Die Scherben unseres Glücks

Brokenville Buch 1

Klara Juli

Verlag:
Zeilenfluss Verlagsgesellschaft mbH
Werinherstr. 3
81541 München

Texte: Klara Juli
Cover: Zeilenfluss
Korrektorat: TE Language Services – Tanja Eggerth
Satz: Zeilenfluss

ISBN: 978-3-96714-407-9

DIE SCHERBEN UNSERES *Glücks*

Klara Juli

ZEILENFLUSS

Für alle, die täglich gegen ihre inneren Dämonen kämpfen.
Ihr seid Helden!

PLAYLIST

Another Love – Tom Odell
Leave a light on – Tom Walker
Someone you loved – Lewis Capaldi
Love the way you lie – Eminem, Rihanna
Bruises – Lewis Capaldi
2002 – Anne-Marie
Control – Zoe Wees

TRIGGERWARNUNG

Liebe Leser*innen,

ich möchte euch darauf aufmerksam machen, dass dieses Buch einige Elemente enthält, die unter Umständen triggern können.

Die Themen, die angesprochen werden, sind facettenreich und äußern sich bei jedem und jeder anders. Auch der Umgang damit ist ganz unterschiedlich.

Ihr findet sie am Ende des Buchs, da sie Spoiler für die ganze Geschichte enthalten.

Bitte achtet beim Lesen auf euch und eure Gefühle!
Ich wünsche euch schöne Lesestunden mit Ray und Bec.

1

RAY

DREI JAHRE ZUVOR

Unzählige Tränen rinnen über ihre rundlichen Wangen. Ihre Sommersprossen schimmern unter der Feuchtigkeit, bevor sie mit ihrem Handrücken darüberwischt. Ihre karamellbraunen Augen sind rot unterlaufen, die tiefen Augenringe verraten mir, wie wenig sie in den letzten Tagen geschlafen hat. Sie spiegeln mir nicht nur Schmerz, sondern vor allem Hass wider.

Becs Anblick lässt mir das Blut in den Adern gefrieren. Sie so leiden zu sehen, macht mich fertig. Mein Herz zieht sich mit jeder Träne, die über ihre Wangen läuft, noch mehr zusammen. Die Wut über mich selbst klammert sich wie eine Klaue um meinen Brustkorb und schnürt mir die Kehle zu.

»Wieso?« Im Gegensatz zu ihrem Erscheinungsbild ist Becs Stimme laut und kräftig. »Warum hast du es jeden anhören lassen?« Sie steht dicht vor mir, hat die Arme um sich geschlungen.

»Ich …« Räuspernd versuche ich, den Knoten in meinem Hals hinunterzuschlucken, um besser atmen zu können. Was soll ich ihr schon sagen? Wie leid es mir tut? Oder lieber, was für ein Arschloch ich bin? Dass ich ihr Herz in tausend

Scherben zerbrochen habe? Dass ich *uns* zerstört und ihr Vertrauen missbraucht habe?

»Es tut mir leid«, flüstere ich schließlich. Ganz leise, um von meiner Unsicherheit abzulenken.

Fassungslos starrt sie mich an. »Mehr hast du nicht zu sagen?« Ein Sturm aus Hass, Wut und Enttäuschung tobt in ihr. Sie zieht die Schultern hoch, ballt die Hände zu Fäusten.

Mit einem Mal fühle ich mich wie ein Häufchen Elend neben ihr. Mir ist unbegreiflich, wie ich nur so dumm sein konnte. Ich habe nicht nur unsere Beziehung zerstört, sondern auch sie.

»Nein«, erwidere ich ehrlich. Mir ist bewusst, dass sie etwas anderes erwartet hätte, aber was kann ich ihr schon sagen?

In diesen Sekunden ist es, als könnte ich ihr Herz zerbersten hören. Wie Porzellan, das auf den Boden fällt und in tausend Scherben zerspringt. Die Anspannung aus ihren Schultern schwindet, als hätte ich ihr bewiesen, wie scheiße ich bin. Als hätte ich ihr mein wahres Gesicht gezeigt.

Vorsichtig hebe ich die Hand und strecke sie nach ihr aus. Ich wünsche mir nichts sehnlicher, als sie zu berühren. Mir wäre nichts lieber, als sie zu trösten und mein dummes Verhalten wiedergutzumachen. Sie in den Arm zu nehmen und ihre Tränen wegzuwischen. Ihr übers Haar zu streicheln und sie auf den Scheitel zu küssen. Für sie da zu sein und sie nicht mehr loszulassen. Viel zu sehr quält es mich, sie so leiden zu sehen.

Sobald meine Hand in ihrer Reichweite ist, weicht sie angewidert zurück.

»Ist das dein Ernst?« Ihre Stimme bebt. Ihre Arme hängen kraftlos an ihr herab, als würde eine schwere Bürde auf ihr liegen, die sie nicht mehr tragen kann.

Und diese Last bin ich.

Zu spät merke ich, wie sich meine Fingernägel in meine Handflächen bohren. Für wenige Sekunden verschafft mir dieser stechende Schmerz Erleichterung. Er lenkt mich von meiner belasteten Seele ab und erinnert mich daran, dass ich nicht nur eine gefühllose Hülle bin.

»Ich …«, setze ich erneut an. Doch sobald ich etwas sagen möchte, verpuffen meine Gedanken. Es erscheint mir unmöglich, auch nur ein klares Wort in meinem Kopf einzufangen.

Was kann ich schon sagen? Es war ein riesiger Fehler, der sich nicht wieder rückgängig machen lässt.

»Ich … habe Mist gebaut.« Die Hände vergrabe ich in den Hosentaschen, wobei mir ein Pochen deutlich zeigt, wie fest sich meine Nägel in meine Haut gebohrt haben. »Es … war ein Fehler, dass ich mich darauf eingelassen habe.«

»Da kommst du aber früh drauf.« Ihre Stimme trieft vor Ironie. »Du Arschloch hast mir das Herz gebrochen! Ich habe dir vertraut! Mit dir die schönsten Momente meines Lebens verbracht! Und du? Ja, du hast mein Vertrauen einfach mit Füßen getreten und es ausgenutzt, wie es dir eben gerade gepasst hat!«

»Was willst du von mir hören?« Verzweifelt raufe ich mir die Haare, wohl wissend, dass ich mich nicht mehr retten kann. Dass ich *uns* nicht mehr retten kann.

»Tja.« Sie runzelt die Stirn. »Da gibt es so vieles und doch würde ich am liebsten nie wieder mit dir sprechen.« In ihren Augen blitzt Wut auf. »Du hast es gar nicht verdient, dass ich dich überhaupt noch anschaue! Geh mir gefälligst aus dem Weg und lass mich in Ruhe! Du bist es nicht wert!«

Ihre Worte treffen mich. Zorn überkommt mich. Sie hat so verdammt recht! Ich bin es nicht wert, dass sie mich noch ansieht. Ich bin es nicht wert, dass sie überhaupt noch mit mir spricht. Ich bin es nicht wert, dass sie jemals an meiner Seite war oder es wieder ist.

Und trotzdem stehe ich hier und flehe sie an. »Bitte, lass es mich erklären.« Erneut möchte ich nach ihr greifen, aber sie zuckt zurück.

»Fass. Mich. Nicht. An.«, zischt sie.

Mit dem Ärmel ihres Pullis wischt sie sich die Tränen von den Wangen. Anschließend richtet sie sich auf und starrt mich aus kalten, leeren Augen an.

Unwillkürlich fröstle ich.

»Das kannst du dir sparen«, hallt ihre Stimme durch den Flur. »Ich bin fertig mit dir.«

Ohne mich erneut anzusehen, dreht sie sich um. Schnellen Schrittes läuft sie den Gang entlang zur Tür. Als Letztes erkenne ich, wie sie die große Flügeltür der Schule öffnet und ins Freie hinaustritt.

Der Druck um meine Brust wird unendlich, als ich sie nicht mehr sehe. Es fühlt sich an, als hätte sie mein Herz mitgenommen. Als würde sie mich allein lassen, dabei habe ich es nicht anders verdient.

Noch immer stehe ich im Flur, die Hände wieder zu Fäusten geballt.

Du hast es gar nicht verdient, dass ich dich überhaupt noch anschaue! Ihre Worte wiederholen sich in Dauerschleife in meinem Kopf. Unaufhörlich muss ich an das Pulsieren in ihren Iriden denken. Diesen Hass, den sie mir deutlich gezeigt hat. Diese Abweisung. Diese Kälte.

Wie ein Knoten liegt die Wut in meinem Magen. *Wieso? Warum habe ich ihr das nur angetan und uns zerstört?*

Mit der Faust schlage ich gegen die körnige Wand. Augenblicklich platzen meine Fingerknöchel auf. Das Blut tropft über meine Finger, während ich erneut auf sie eindresche. Ein Knirschen zerreißt die Stille, doch das ist mir egal. Mir ist vollkommen gleichgültig, dass hier das Blut meiner Hand über die Betonwand rinnt. Der Schmerz, den ich dank der Wunde verspüre, ist bedeutungslos.

Ich bin schuld daran, dass das Mädchen meines Herzens leidet.

Allein ich bin dafür verantwortlich, dass sie über meinen Verrat hinwegkommen muss.

Wegen mir liegt unser Glück in Scherben.

2

BEC

»Musst du wirklich gehen?« Ted hat seinen nackten Körper eng an meinen geschmiegt, so dass seine Erregung an meinen Oberschenkel drückt.

»Ja«, flüstere ich und sehe ihn an. Seine braunen Augen zeigen mir deutlich, dass er sich wünscht, ich würde bleiben. Kurz verhaken sich unsere Blicke, bevor ich ihn sanft von mir schiebe und aufstehe. Ich sammle meine Kleidung vom Boden auf, schlüpfe hinein und binde mein Haar zu einem Zopf.

Ted steht ebenfalls auf. Nackt wie er ist, kommt er auf mich zu und legt mir seine Arme um die Schultern. Seine Hand in meinem Nacken zieht er mich zu sich und drückt seine Lippen auf meine.

»Okay«, haucht er.

Sanft schiebe ich ihn von mir und lächle ihn schmal an. »Wir telefonieren, sobald ich angekommen bin.« Ihm zuzwinkernd, greife ich nach meiner Tasche.

»Fahr vorsichtig.« Er begleitet mich zu seiner Wohnungstür, und ich trete in den Flur des Altbaus.

»Mache ich.« Ehe ich die Treppe mit eiligen Schritten hinunterlaufe, schenke ich ihm ein letztes Lächeln.

Ob ich weiß, dass Ted mehr für mich empfindet?

Ja!

Ob ich das erwidere?

Nein.

Vor fast einem Jahr haben wir uns am College kennengelernt. Ein paar gemeinsame Freunde haben uns einander vorgestellt, und irgendwie haben wir zueinander gepasst. Ich mag ihn unheimlich gern und konnte mich erstaunlich schnell auf ihn einlassen. Hin und wieder habe ich sogar mit dem Gedanken gespielt, eine Beziehung mit ihm einzugehen. Aber das kann ich nicht. Auch wenn ich anfangs dachte, es läge an meiner Vergangenheit, habe ich mit der Zeit festgestellt, dass es noch einen anderen Grund gibt: Ich will mich nicht binden. Ich fühle mich nicht bereit dazu, etwas Festes mit Ted zu haben. Ob es an ihm liegt oder an mir, kann ich nicht genau sagen.

Durch eine hölzerne Eingangstür trete ich in das hektische Geschehen New Yorks. Hier reihen sich die Hochhäuser dicht aneinander. Eins größer als das andere, als gäbe

es einen Wettbewerb, welches Haus am höchsten ist. Eigentlich verrückt, wie größenwahnsinnig die Stadt ist.

Neben den riesigen Gebäuden findet man zahlreiche Autos, die sich wie Blechkisten aneinanderreihen und von einem Stau in den nächsten gelangen. Mir graut es davor, mich gleich in meinen Wagen zu setzen, gemeinsam mit Lizzy Einkäufe für Ms Warren zu tätigen und diese anschließend bei ihr vorbeizubringen. Danach werden wir den Heimweg antreten. Den Weg zu unseren Eltern in den kleinen Ort Brokenville, der sich mitten im Nirgendwo verbirgt und eng mit meiner Vergangenheit verknüpft ist. Ein Lebensabschnitt, den ich am liebsten vergessen würde, weil er mir so viel genommen hat.

Zu Fuß laufe ich zu der Wohnung, die ich mir mit meiner besten Freundin Lizzy teile. Schon in der Highschool haben wir uns geschworen, gemeinsam das College in New York zu besuchen. Koste es, was es wolle.

Jetzt wohnen wir seit bald drei Jahren hier und ich kann mich noch immer nicht damit anfreunden. Die Stadt ist mir zu groß, zu laut und vor allem zu hektisch. An manchen Tagen fühle ich mich erdrückt von all den Reizen, die auf mich einprasseln. Hier und dort Werbeplakate. Die vielen Autos auf den Straßen. Die Abgase, die in die Luft steigen. Die Massen an Passanten, die täglich über die Fußwege laufen.

Noch ein Jahr, sage ich mir selbst, *dann hast du es geschafft!*

Schon bald werde ich mein Studium beenden, und anschließend mischen sich die Karten neu. Was dann kommt? Keine Ahnung.

Vor unserem Wohnhaus angekommen, gehe ich hinein und nehme die Treppe in den fünften Stock. Wir sind damals durch Zufall auf diese Wohnung gestoßen, als wir die Anzeigen durchgingen. Erst hatten wir geplant, in ein Wohnheimzimmer zu ziehen. Nachdem die Räume schnell weg waren, mussten wir uns nach einer Alternative umsehen. Auf einem Internet-Portal haben wir gesehen, dass Studenten ihr Apartment aufgaben, weil sie ihr Studium beendet hatten. Wir sahen das als unsere Chance und bewarben uns. Bei einem Besichtigungstermin stellte sich heraus, dass die Wohnung sogar einer Bekannten von Lizzys Eltern gehört. Wir bekamen sie zugesprochen und konnten keine zwei Monate später einziehen.

Es tat wirklich gut, Brokenville und damit der Vergangenheit den Rücken zu kehren.

»Da bist du ja endlich«, ertönt die Stimme meiner besten Freundin, als ich die Wohnungstür öffne, »wir wollten um drei Uhr los.« Sie sieht mich böse an und deutet mit einem Nicken auf die Uhr, die in unserem schmalen Flur hängt. »Das war vor fünfzehn Minuten.«

»Sorry.« Ich laufe augenblicklich rot an. »Ted ist wirklich anhänglich.« Beschämt zucke ich mit den Achseln und gehe direkt in mein Zimmer. Dort lasse ich die Tasche mit dem Unikram auf den Stuhl am Schreibtisch sinken und atme tief durch.

»Ich habe sogar den Einkauf für Ms Warren erledigt.« Lizzy steht hinter mir im Türrahmen und beäugt mich kritisch. »Die Sachen habe ich in dein Auto gebracht, damit wir es nur bei ihr abliefern müssen.«

Ich drehe mich um. »Danke«, hauche ich. »Ich …« Mit den Händen fahre ich mir durchs Haar, während mein Herz in einem aufgeregten Galopp schlägt.

»Ist es so schlimm?« Meine Freundin kommt zu mir und legt mir ihre Hand auf die Schulter. Seit ich weiß, dass wir nach Hause fahren, verspüre ich ein Kribbeln in meinem Bauch. Lizzy, der das nicht entgangen ist, hat mich oft darauf angesprochen und mich versucht zu beruhigen. Meistens kam es nur kurz und verging wieder, aber jetzt, da unsere Rückkehr kurz bevorsteht, wird es schlimmer.

»Ja.« Ich seufze. »Irgendwie bin ich unglaublich nervös.«

»Hey«, flüstert meine beste Freundin, »das ist vollkommen in Ordnung. Ich denke, es ist normal, weil wir zum ersten Mal seit drei Jahren wieder nach Hause fahren. Hier in New York gibt es nichts, was dich an ihn erinnert.« Sie legt mir eine Hand um die Schultern. »Trotzdem solltest du versuchen, an die schönen Dinge zu denken, die dich in Brokenville erwarten. Deine Eltern, meine Eltern, unsere Freunde.« Lizzy lächelt mich aufmunternd an.

»Du hast recht.« Ich versuche, die Mundwinkel zu heben. »Dann mal los.« Sanft löse ich mich aus unserer Umarmung und greife nach der Reisetasche, die bereits gepackt in der Ecke steht.

»Ich hole schnell meine Sachen.« Sie eilt aus meinem Zimmer, wobei ihre roten Locken wippen.

In der Zwischenzeit kontrolliere ich nochmal, ob alle Fenster geschlossen und sämtliche Elektrogeräte vom Strom genommen sind. Auch wenn Ted jeden Tag die Post leert und unsere Blumen gießt, möchte ich einfach auf Nummer sicher gehen.

»Wir können«, ruft Lizzy aus dem Flur. An das Treppengeländer gelehnt wartet sie im Hausgang.

Ich atme noch einmal tief durch, bevor ich die Wohnungstür hinter mir absperre und Lizzy folge, die bereits die Stufen hinunterläuft.

Unser erster Stopp ist bei Ms Warren. Ich stelle den Wagen auf einem Seitenstreifen ab, damit wir die Papiertüten in ihre Wohnung bringen können. Als wir bei ihr ankommen, freut sie sich riesig darüber, uns zu sehen.

»Danke, meine Mädchen.« Sie schenkt uns ein fröhliches Lächeln und nimmt die Einkäufe entgegen. »Ich bin wirklich froh, dass ich euch habe.«

»Ach, das ist doch keine große Sache«, wiegle ich ab.

Ms Warren neigt dazu, sehr überschwänglich zu reagieren. So war es auch bei unserer ersten Begegnung im Supermarkt, als ich ihr half, ein Gurkenglas aus dem obersten Regal zu holen. Sie bedankte sich tausendmal bei mir und wollte mir gleich ein Stück Kuchen als Dankeschön kaufen. Obwohl ich ihr oft sagte, dass das wirklich keine große Sache sei, bestellte sie mir schließlich ein Stück Torte.

Wir trafen uns noch ein paarmal im Supermarkt und jedes Mal holte ich ihr dieses Glas aus dem Regal. Irgendwann erzählte mir Ms Warren, dass sie eigentlich eine Haushaltshilfe für Einkäufe einstellen wollte, aber bisher nie eine geeignete Person dafür fand. Sie fragte mich, ob ich das übernehmen möchte. Nachdem ich zu diesem Zeitpunkt gerade neu in der Stadt war und Lizzy und ich von jeglichen Einnahmen abhängig waren, stimmte ich sofort zu. Immerhin hatte ich fast mein komplettes finanzielles Polster aufgebraucht und brauchte langsam einen Job.

Seitdem versorge ich Ms Warren zweimal in der Woche mit Lebensmitteln und helfe ihr einmal wöchentlich im Haushalt. Im Laufe der Zeit hat sich dabei sogar eine Art Freundschaft entwickelt.

»Doch, das bedeutet mir viel!« Sie strahlt. »Deswegen habe ich eine Kleinigkeit für euch.« Ms Warren holt eine kleine Tasche aus ihrer Kammer im Flur. »Da ihr eine lange Autofahrt vor euch habt, habe ich mir gedacht, dass ein Proviant nicht schaden könnte.« Grinsend drückt sie mir die Tasche in die Hand.

Kurz werfe ich einen Blick hinein und erkenne allerlei Kuchen, Sandwiches und Süßigkeiten. Während der dreistündigen Autofahrt werden wir kaum die ganzen Lebensmittel aufessen.

»Ach!« Lizzy schaut ebenfalls in die Tasche. »Das wäre doch nicht nötig gewesen.«

»Doch! Ich kann nicht dulden, dass ihr vom Fleisch fallt«, widerspricht die ältere Dame. »Und jetzt halte ich euch nicht länger auf und lasse euch fahren. Ich wünsche euch eine tolle Zeit.« Zum Abschied nimmt sie uns kurz in den Arm. »Fahrt mir bloß vorsichtig.«

»Danke, das werden wir«, verspreche ich ihr. »Und Sie passen gut auf sich auf!«

Wir verabschieden uns von Ms Warren und steigen wieder in meinen *Toyota Corolla.*

»Die Frau ist doch verrückt!« Lizzy hat sich auf den Beifahrersitz gesetzt und schnallt sich an, während ich das Auto aus der Parklücke lenke. »Sie hat uns alles Mögliche zum Essen mitgegeben! Sandwiches, Cupcakes, Gummibärchen –«

»So ist sie eben«, erwidere ich. »Was meinst du, wie viel sie mir zum Essen anbietet, wenn ich ihr im Haushalt helfe? Ich komme kaum drum herum, dass ich mich mit ihr hinsetze und zu Mittag esse.«

»Tja, dir schadet es auch nicht.« Sie lacht.

»Pff! Was soll das denn heißen?«, frage ich sie empört. In ihren Augen bin ich viel zu dünn. Dabei bringe ich mit meinen einen Meter siebzig knapp achtundfünfzig Kilo auf die Waage und bin damit wirklich zufrieden.

Lizzy zuckt mit den Achseln und greift beherzt in die Tüte von Ms Warren. Sie holt in Folie gewickelte Sandwiches hervor und packt sie aus. Anschließend beißt sie davon ab.

»Mhhhh«, macht sie, »die schmecken so lecker.«

Ich schüttle nur grinsend den Kopf über meine Freundin.

Langsam reihe ich mich in eine Schlange aus Autos ein. Um auf den Highway zu gelangen, müssen wir durch die dicht befahrenen Straßen New Yorks. Es ist so viel Verkehr, dass ich wirklich froh bin, die meisten Strecken zu Fuß oder mit meinem Fahrrad zurücklegen zu können.

»Boah«, fluche ich, als das Fahrzeug vor mir abrupt abbremst, »wieso lassen die Leute ihr Auto nicht einfach stehen, wenn sie nicht fahren können?« Ich beobachte durch die Frontscheibe, wie der Fahrer vor mir fies grinst.

»Hey«, meint Lizzy, »er fährt immerhin einen Sportwagen und muss ihn zur Schau stellen.«

»Schön«, brumme ich. »Dann soll er aber auch aufs Gas gehen, wenn's grün wird.« Ich deute mit dem Kinn auf die Ampel, die rot leuchtet.

Genervt rolle ich mit den Augen, als das Lichtsignal auf

Grün umschaltet und der Fahrer in seinem Sportwagen nicht losfährt.

»Wird's heut noch?« Mit der flachen Hand drücke ich auf die Hupe, was mir den Mittelfinger des Autofahrers vor mir beschert.

»Du mich auch, Arschloch«, rufe ich und fahre ihm dicht auf. Der Fahrer vor mir zwinkert mir bloß zu, während meine Wut ins Unermessliche steigt. Er soll endlich seine blöde Karre fortbewegen!

Letztlich schafft er es, seinen Sportflitzer zum Fahren zu bringen. Keine Ahnung, was er für ein Problem hat, aber es nervt mich tierisch. Es kann doch wohl nicht so schwer sein, das Gaspedal zu treten!

»Bleib gelassen«, meint Lizzy mit einem Grinsen auf den Lippen, »solche Leute lieben es, jemanden wie dich auf die Palme zu bringen.«

»Na danke.« Ich schnalze mit der Zunge.

Die Reifen meines *Toyota Corolla* quietschen, als ich eng um die Kurve fahre. Der Autofahrer vor mir fährt betont langsam und erst auf dem Highway braust er davon.

So ein Idiot.

Mit meinem Fuß trete ich das Gaspedal komplett durch und flitze ebenfalls über die Straßen. Es ist später Nachmittag, was bedeutet, dass der gröbste Feierabendverkehr schon vorbei ist. Die meisten Leute sind zuhause und genießen ein gemeinsames Abendessen mit ihrer Familie oder gönnen sich ein Glas Wein mit ihren Freunden.

Zuhause.

Mein Herz verkrampft sich. Einerseits freue ich mich darauf, meine Eltern wiederzusehen. Andererseits habe ich Angst vor dem, was auf mich wartet. Die ganzen Erinnerungen, die in mir wachgerüttelt werden, obwohl es mir in New York gut damit geht.

In den letzten Jahren war ich nie bei meinen Eltern, weil ich in den Semesterferien gearbeitet habe, um meine Studiengebühren bezahlen zu können. Während des Semesters wollte ich mich komplett auf das Studium konzentrieren, weshalb ich die Ferien für Jobs nutzte. Über Weihnachten traf ich meine

Familie bei Granny, die in der Nähe von New York lebte. Erst als sie sich vor wenigen Wochen eine Verletzung am Arm zuzog, entschieden meine Eltern, sie zu sich nach Hause zu holen, um sie im Alltag zu unterstützen. Das ist der Grund, weshalb ich jetzt zum ersten Mal wieder nach Brokenville fahre.

»Hey.« Lizzy stupst mich in den Oberarm. »Du denkst zu viel nach.«

Ich seufze.

»Es gibt gar keinen Grund dafür. Vielleicht wird es gar nicht so schlimm, immerhin ging es dir in New York wirklich gut und du hast ihn zeitweise vergessen«, versucht sie mich aufzumuntern.

In meinem Bauch bildet sich ein Knoten. Ja, ich habe ihn zeitweise vergessen. Dachte ich. Manchmal haben sich seine wunderschönen grünen Augen, die mich immer an das Schilf am Ufer eines Sees erinnert haben, in meine Gedanken und Träume geschlichen. Ein sattes Grün, das von der Sonne angestrahlt wird und leuchtet. Die gebräunte Haut bildet einen perfekten Kontrast zu seiner hervorstechenden Augenfarbe, welche durch die schwarzen Locken, die sein Gesicht umrahmen, unterstrichen wird.

»Becca.« Lizzys Stimme holt mich wieder in die Realität.

»Mh?« Ich wende den Blick für eine Sekunde zu ihr.

»Das wird schon«, spricht sie mir gut zu.

Tief atme ich ein und wieder aus, wobei ich mir vorstelle, dass ich die Gedanken an ihn weit wegpuste. »Ja.«

3

BEC

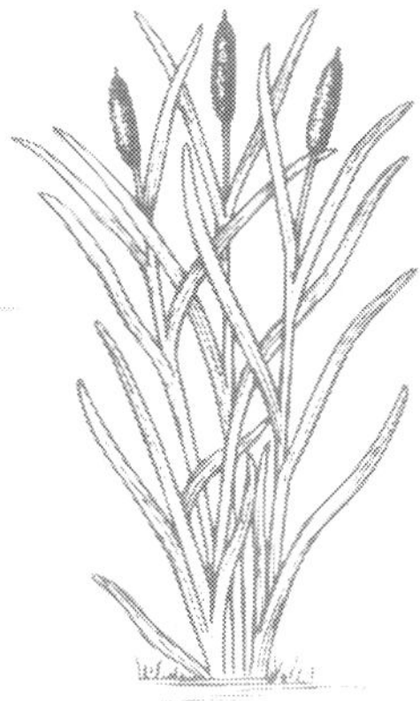

Nach einer dreistündigen Fahrt kommen wir endlich in Brokenville an. Dort bringe ich Lizzy direkt zu ihren Eltern, die gleich am Rand der Stadt wohnen.

»Also«, sagt sie, nachdem sie ihre Tasche aus dem Kofferraum geholt hat, »wir sehen uns morgen.«

An mein Fahrzeug gelehnt, beobachte ich meine Freundin. »Ja, genau.«

Für den morgigen Abend hat sie geplant, dass wir uns mit unserer Highschool-Clique in *Taylors Pub*, dem einzigen Pub des Ortes, treffen.

»Schreib mir, wenn du zuhause bist.« Sie nimmt mich in den Arm. »Ich werde dich echt vermissen.«

»Jetzt werde bloß nicht sentimental«, necke ich sie und lache.

»Hey, ich habe mich einfach an dich gewöhnt«, empört sie sich und stimmt in mein Lachen ein. »Immerhin haben wir drei Jahre beinahe Tag und Nacht zusammen verbracht.«

»Klar.« Grinsend schiebe ich sie zum Tor, das in den Vorgarten ihres Elternhauses führt.

»Ist ja gut.« Augenrollend schnappt sie sich ihre Tasche. »Bis morgen!«

»Bis morgen«, verabschiede ich mich und setze mich auf den Fahrersitz.

Ich lenke das Auto auf die Hauptstraße und mache mich

auf den Weg zu meinen Eltern. Von Minute zu Minute werde ich nervöser. Es ist merkwürdig, nach all der Zeit wieder hier zu sein. Nach allem, was passiert ist, wollte ich den Ort hinter mir lassen und nie wieder zurückkehren. Umso verrückter ist es, dass ich jetzt doch hier bin – und es mir damit gut geht.

Spontan beschließe ich, einen Umweg über meinen Lieblingsplatz am nahegelegenen See von Brokenville zu machen. Dort parke ich den Wagen auf einem Parkplatz und steige aus.

Obwohl die Sonne bereits untergegangen ist, laufe ich zu der Lichtung, an der ich vor drei Jahren viel Zeit verbracht habe. Zuerst verspüre ich Angst, dass mich die Erinnerungen doch noch überwältigen. Als ich allerdings am See ankomme und mich der Duft der Natur einhüllt, fühle ich mich … gut.

Am Ufer setze ich mich auf das Gras und zupfe ein Schilfrohr ab. Zwischen Zeigefinger und Daumen zwirble ich den Halm, während ich nachdenke. Die Augen lasse ich über das Wasser schweifen. Es ist umsäumt von Bäumen und gibt einen schönen Blick auf das Ufer des Sees frei. Das Schilf bietet Sichtschutz und nur ein schmaler Pfad führt in den See. Der Ort ist so still, dass ich in mich kehren und meinen Gedanken Raum geben kann.

Die Geschehnisse von vor drei Jahren ploppen in meinen Gedanken auf. Ich kann nicht anders, als wieder an all das zu denken. Seine Augen. Die schmalen Lippen. Sein Lächeln. Sein Lachen, das durch meinen Kopf hallt. Die Wut in seinem Gesicht, als ich ihn mit seinem Verrat konfrontiert habe. Seine Sprachlosigkeit, weil er nicht wusste, wie er sich bei mir entschuldigen soll.

Lange Zeit habe ich damit gekämpft, so verletzt worden zu sein. All der Schmerz, die Enttäuschung und auch der Hass sind noch da, das spüre ich. Aber nicht mehr so intensiv wie früher. Vielleicht bin ich endlich darüber hinweg. Nachdem ich mir die erste Zeit in New York die Augen ausgeheult habe, ist da nur noch eine kleine Flamme negativer Gefühle, die in mir lodert.

Ich seufze. Vielleicht habe ich es endlich geschafft. Vielleicht hat die Zeit meine Wunden geheilt.

Mit diesem Gedanken werfe ich den Halm ins Wasser,

stehe auf und klopfe mir den Staub von meiner Jeans. Anschließend laufe ich zum Auto und fahre los. Ein immer wiederkehrendes Klacken lässt mich kurze Zeit später mitten auf der Straße innehalten.

Ein ungutes Gefühl überkommt mich, als ich aussteige und die Geräuschquelle suche. Ich sehe, dass die Luft aus meinem linken Vorderreifen komplett entwichen ist. An der Unterseite erkennt man einen Nagel, der sich im Gummi des Reifens verkeilt und einen Riss hinterlassen hat.

»Mist!«, fluche ich und klatsche mir mit der Hand gegen die Stirn.

Ich hole mein Handy hervor und wähle Dads Telefonnummer.

»Hallo mein Engel.« Bei seiner Stimme wird mir warm ums Herz.

»Hi Dad.« Ich muss lächeln. »Es gibt da ein Problem.«

»Was ist los?« Die Verwirrung ist ihm deutlich anzuhören.

»Ich bin in einen Nagel gefahren, der mir den Reifen aufgerissen hat.« Missmutig betrachte ich den Schaden an meinem *Toyota*.

»Wo bist du?«

»Ich habe einen kurzen Abstecher zum See gemacht.«

»Wir können erst in einer dreiviertel Stunde da sein«, meint Dad, »wir sind eben erst von Granny losgefahren.« Da fällt mir wieder ein, dass sie Granny heute Nachmittag besuchen wollten, die im Laufe der nächsten Woche auch wieder nach Hause kommt. Nach der OP ihres komplizierten Armbruchs begab sie sich direkt in eine Rehaklinik, wo sie an vielen Therapien teilnehmen muss, um den Großteil der Mobilität ihres Arms wiederzuerlangen.

Frustriert reibe ich mir über die Stirn.

»Ruf im *Grays* an«, schlägt Dad nach einer Weile des Schweigens vor. »Ich bin mir sicher, dass Grayson deinen Wagen abschleppt.«

Bei dem Namen setzt mein Herz für einen Moment aus. Obwohl es mir besser geht, hatte ich dennoch gehofft, nicht gleich am ersten Tag direkt mit den Grays konfrontiert zu werden.

»Ich probiere es erst noch bei Lizzy, vielleicht kann sie mir helfen«, meine ich.

Obwohl Dad protestiert, wimmle ich ihn ab und wähle sofort die Nummer meiner besten Freundin. Sie hebt nach dem dritten Läuten ab.

»Was gibt's? Hast du schon Sehnsucht?« Das Grinsen in ihrer Stimme ist kaum zu überhören.

»Na ja, ich habe einen Platten und komm hier nicht weg«, sage ich etwas zu barsch.

»Oh …« Gleichzeitig höre ich im Hintergrund eine laute Stimme und ein Lachen. »Leider bin ich schon mit Layla losgezogen … Sie wollte meine Ankunft auf der Party ihres Mitschülers feiern.«

Brummend presse ich die Kiefer aufeinander. »Ja, ist gut.«

»Ruf doch bei –«, setzt Lizzy an, aber ich falle ihr hastig ins Wort.

»Ja, ich hab's verstanden. Ich werde bei den Grays anrufen und nachfragen. Wir sehen uns morgen.«

Nachdem sie sich verabschiedet hat, bleibt mir nichts anderes übrig, als die Nummer der Grays rauszusuchen. Seit meiner Trennung von Ray habe ich sämtliche Kontaktdaten der Familie gelöscht. Deswegen suche ich im Internet nach der Telefonnummer und stelle fest, dass es noch immer die gleiche ist, die ich damals unzählige Male gewählt habe, wenn ich mich nach seiner Stimme gesehnt habe.

Mein Herz zieht sich zusammen.

Bevor ich auf die Nummer klicke, atme ich tief durch. Das Freizeichen ertönt und ich rechne nicht damit, dass jemand rangeht, immerhin haben wir schon nach acht Uhr abends. Es läutet fast eine Minute lang, ehe ich ein Knacken in der Leitung höre.

»Gray.« Die vertraute Stimme löst gemischte Gefühle in mir aus. Ich fühle mich plötzlich in die Vergangenheit zurückversetzt. Grayson, der Vater meiner ersten großen Liebe, ist am Telefon.

Bevor ich antworten kann, muss ich hart schlucken.

»Hier ist Rebecca. Mein … Mein Auto hat einen Platten«, stammle ich.

»Rebecca?« Die Verblüffung in der rauen Stimme ist kaum zu überhören. »Rebecca White?«

»Ja.« Emotionen wirbeln durch mich, aber keinesfalls schlechte. Vielmehr Aufregung und Vorfreude, Grayson wiederzusehen.

»Wo bist du?«, hakt er nach.

»Am See«, erwidere ich. »Ein paar hundert Meter Richtung Ortskern.«

»Okay, in fünf Minuten bin ich da.«

»Danke.« Wir verabschieden uns voneinander.

Mit einem mulmigen Gefühl in der Magengegend lehne ich mich an mein Auto und ziehe meine Jacke enger um mich. Wie Grayson wohl reagieren wird? Wird es komisch sein, den Vater meines Ex-Freundes wiederzusehen? Ob es sich wohl so anfühlen wird wie früher, als ich beinahe meine gesamte Freizeit bei ihnen war?

Obwohl fünf Minuten später Graysons Pick-up vorfährt, scheint sich die Zeit in die Länge zu ziehen, als wäre sie ein Kaugummi. Der Strudel meiner Gedanken wird erst durchbrochen, als sich die Autotür öffnet und ein älterer Mann mit schütterem Haar aussteigt.

»Hallo Rebecca!« Freudestrahlend begrüßt mich Grayson. »Schön, dich zu sehen!« Wie selbstverständlich umarmt er mich. Der schwache Geruch nach Öl und Werkstatt erinnert mich an die vielen Stunden, die ich mit ihm in der Garage verbracht habe.

Unwillkürlich treten mir Tränen in die Augen, weil mir bewusst wird, wie sehr ich ihn vermisst habe. Neben Dad spielte Grayson immer eine sehr wichtige Rolle in meinem Leben. Nach all der Zeit stelle ich mir die Frage, ob es richtig war, nicht nur den Kontakt zu meinem Ex abzubrechen, sondern ebenfalls zu seiner Familie. Schließlich haben sie nichts mit alldem zu tun.

»Hallo Grayson.« Nachdem ich ihn noch einmal an mich gedrückt habe, löse ich mich von ihm. »Wie geht es dir?«

»Unkraut vergeht nicht.« Er zwinkert mir zu. »Wie geht es dir? Hast du genug von New York?«

»Mir geht es super«, erwidere ich. »Ich nehme mir nur eine Auszeit vom Trubel der Großstadt.«

»Genieß sie.« Grayson holt eine Taschenlampe aus seiner Tasche und beleuchtet meinen Wagen. »Wo liegt denn das Problem?«

Mit der Hand deute ich auf meinen rechten Vorderreifen. »Ich habe einen Platten und keinen Ersatzreifen.«

Grayson beleuchtet den Autoreifen, wobei ein silbernes Metallstück im Licht der Taschenlampe leuchtet. »Oh, den hast du mies erwischt«, meint er und holt die Utensilien, die er zum Abschleppen braucht aus seinem Auto. Während er von seinem Wagen zu meinem läuft, fällt mir auf, wie schwerfällig sein Gang geworden ist.

Hat er Schmerzen?, frage ich mich.

Der gequälte Ausdruck, der beim Befestigen der Abschlepphilfe über sein Gesicht huscht, bestätigt meinen Verdacht.

»Ist alles okay?« Ich kann nicht anders, als ihn zu fragen.

»Ja«, ächzt er, »alles gut.« Er versucht sich an einem Lächeln, um mich zu täuschen. Dabei bin ich mir sicher, dass etwas nicht stimmt.

»Komm, ich helfe dir«, sage ich deshalb und nehme ihm die Abschleppgurte ab.

Sichtlich dankbar nickt er und gibt mir kurze Anweisungen, wie er es früher bereits getan hat.

Anschließend bittet er mich, auf meinem Fahrersitz Platz zu nehmen. Langsam zieht er meinen Wagen hinter seinem her, wobei ich die Lenkung kontrolliere. Innerhalb weniger Minuten sind wir bei Graysons Werkstatt. Er zieht mein Fahrzeug direkt hinein, steigt aus und hält mir die Fahrertür auf.

»Danke«, sage ich zu ihm und schenke ihm ein Lächeln.

Er bittet mich, am Tresen zu warten, da er im Lager nach einem passenden Reifen schauen möchte. In der Zwischenzeit sehe ich mich in der Werkstatt um, die noch genauso aussieht wie vor drei Jahren. An den Wänden sind hohe Metallregale befestigt, in denen notwendige Werkzeuge verschlossen aufbewahrt werden. In der Mitte befindet sich eine Hebebühne, auf der bereits mein Auto steht. Der Tresen befindet sich in einem sicheren Abstand daneben und ist aus einem schlichten Metall. Darauf sind ein Computer mit entsprechender Ausstattung, ein Notizblock, ein Kalender und ein Behälter mit Stiften zu sehen.

Die Tür zum Lager wird geöffnet und Grayson kommt wieder. »Leider habe ich keinen Reifen da, den ich dir montieren könnte.« Er sieht mich entschuldigend an.

»Kein Problem.« Glücklicherweise liegt in Brokenville alles so nahe beieinander, dass ich mein Auto sowieso nur selten nutzen würde. Andernfalls könnte ich bestimmt meine Eltern fragen, ob ich ihren Wagen nehmen darf.

»Wie lange bist du in der Stadt?«, fragt mich Grayson. »Nur damit ich weiß, wie schnell du dein Auto wieder brauchst.« Dabei fährt er sich durch das schwarze Haar, das mit vielen grauen Strähnen durchzogen ist.

»Die kompletten Semesterferien.« Ich zupfe an meinem Fingernagel. »Trotzdem wäre ich ganz froh, wenn ich es so bald wie möglich wiederbekommen könnte.«

»Kein Problem. Ich gebe mein Bestes.«

Eine Tür geht auf und Schritte ertönen. Obwohl ich ihn nicht sehen kann, spüre ich seine Anwesenheit.

»Hey Dad, die Lasagne ist fer…«

Trotz dem Bewusstsein darüber, dass Ray hier ist, stolpert mein Herz beim Klang seiner Stimme.

4

RAY

Ich habe mit allem gerechnet, aber nicht mit ihr.

Die langen braunen Haare fallen in sanften Wellen über ihre Schultern. Die helle Haut bildet den perfekten Kontrast zu ihren karamellbraunen Augen, die mich anstarren, und lässt die Sommersprossen auf ihren Wangen noch mehr hervorstechen.

Trotzdem entgeht mir ihr kühler Gesichtsausdruck nicht. Zwar nicht so kalt, wie ich ihn von damals in Erinnerung habe, als sie alles herausfand, aber dennoch kühl genug, um mich an meine Fehler zu erinnern.

Ich balle die Hände zu Fäusten.

Instinktiv weiche ich ihr aus. Aus Unsicherheit, wie ich mit ihr umgehen soll, und Angst vor ihrer puren Wut, die sie mich damals hat spüren lassen.

»Die Lasagne ist fertig«, sage ich an Dad gewandt.

»Ich … ich wollte sowieso gehen.« Ihre Stimme klingt wie Musik in meinen Ohren. Beruhigend, harmonisch und wunderschön. Schon früher habe ich es geliebt, ihr stundenlang zuzuhören.

»Sollen wir dich nach Hause bringen?«, fragt Dad. »Ich kann dich fahren.«

»Nein, kein Problem.« Sie legt ihm eine Hand auf die Schulter, ehe sie zu ihrem Kofferraum hinübergeht. »Du hast heute genug für mich getan.«

»Okay.« Dad wirkt ein bisschen geknickt. »Wir melden uns, sobald der Reifen da ist.«

»Klar.« Sie holt ihre Sachen aus dem Fahrzeug und gibt Dad ihren Schlüssel. »Bis dann.«

Bevor sie zur Tür hinausgeht, schaut sie kurz zu mir. Unsere Blicke verhaken sich ineinander und die Zeit scheint stehen zu bleiben. Wärme durchströmt mich und ich stelle fest, wie sehr ich ihre Anwesenheit vermisst habe. Sie hier vor mir zu sehen, füllt mich mit Zufriedenheit aus. Zugleich rufe ich mir in Gedanken, dass ich der Grund bin, warum sie die letzten drei Jahre kein einziges Mal in Brokenville war. Dass ich schuld daran bin, was meinem Dad widerfahren ist. Dass ich mir mein Leben selbst versaut habe, weil ich einen dummen Fehler begangen habe.

Ich rechne fest damit, dass sie mir Anschuldigungen an den Kopf wirft, ihren Hass in Worten ausdrückt, sich einfach umdreht und geht.

Doch nichts davon passiert. Stattdessen weicht die Kälte aus ihren Iriden und macht einem anderen Ausdruck Platz. Gleichgültigkeit – und Neugier?

Bec durchbricht unseren Augenkontakt, verlässt die Garage durch die Tür, die sich im Garagentor befindet, und wird von der Nacht verschluckt. Trotzdem starre ich an den Fleck, an dem sie stand, und frage mich, was gerade passiert ist. Ihr Auftauchen hat mich komplett verwirrt. Ich weiß gar nicht wohin mit meinen Gefühlen, die sie aufgebrochen hat. Sie überschlagen mich wie Wellen, die am Ufer auf den Sand treffen, und brechen über mir zusammen. Bec hat all das aufgewirbelt, was ich in den letzten Jahren erfolgreich verdrängen konnte. All die Fehltritte, die ich gemacht und den Schmerz, den ich ihr und anderen zugefügt habe.

Ich schlucke hart.

»Ray.« Dad steht wie aus dem Nichts dicht vor mir. Sanft berührt er mich am Unterarm, sieht mich aus seinen grünen Augen durchdringend an. Ich bin mir sicher, dass er diese merkwürdige Atmosphäre zwischen ihr und mir gespürt hat. Trotzdem sagt er nichts dazu. »Lass uns essen.«

Langsam nicke ich und gehe wie automatisch in die Küche.

Es fühlt sich so an, als hätte ein Roboter die Kontrolle über meinen Körper übernommen. Viel zu sehr hänge ich noch in dem Augenblick mit Bec fest.

Ivy, meine kleine Schwester, sitzt bereits am Tisch und befüllt die Teller mit Lasagne.

»Da seid ihr ja endlich.« Sie wirbelt herum. »Hast du einen Geist gesehen? Du bist weiß wie die Wand«, fragt sie mich.

Ohne meine Schwester zu beachten, setze ich mich neben Dad an den Tisch. Aus dem Augenwinkel bemerke ich, wie er den Kopf schüttelt, um sie vom Nachbohren abzuhalten.

Klar, er möchte mich auf keinen Fall aufregen. Er möchte nicht, dass ich an die Vergangenheit erinnert werde und einen Wutanfall kriege. Er möchte verhindern, dass Becs Name fällt und Ivy die falschen Fragen stellt.

Mit gerunzelter Stirn schiebt uns meine Schwester die befüllten Teller hin und isst. Dabei ruhen ihre Augen auf mir, als könne sie dadurch in meinen Gedanken stöbern und herausfinden, was mich so sehr beschäftigt.

Das Aufeinandertreffen mit Bec hat mir den Appetit komplett verdorben und meine Gefühlswelt vollkommen übernommen, weshalb ich lustlos in meinem Abendessen stochere. Plötzlich ist da wieder das schlechte Gewissen, das ich all die Jahre unterdrücken konnte. Sie jetzt wiederzusehen, hat die Kiste, in der ich die Erinnerungen verborgen hatte, wieder geöffnet.

Bec sieht einfach perfekt aus, noch viel hübscher als damals. Sie wirkt so unglaublich erwachsen und komplett anders als an der Highschool. Nicht mehr so hilflos, sondern selbstbewusst.

Ob sie wohl einen Freund hat? In New York, wo sie studiert? Oder ist sie single?

Ich weiß, dass ich ihr erster und einziger Freund war. Mit mir hat sie alles zum ersten Mal erlebt. Vom ersten Kuss bis hin zum ersten Sex. Und darüber hinaus wurde sie von mir hintergangen. Auf üble Weise, wofür ich mich selbst hasse.

Immer wenn ich daran denke, schnürt es mir die Kehle zu und ich hoffe, dass ich irgendwann nicht mehr atmen kann. Viel zu sehr bereue ich, was ich ihr angetan habe.

»Erde an Ray!« Meine kleine Schwester fuchtelt mit der Hand vor meinem Gesicht herum, um mich ins Hier und Jetzt zurückzuholen. All die Gedanken, die durch das Treffen mit ihr wieder da sind, entfachen meine Wut erneut. Die Wut über mein eigenes Verhalten, meine Fehler, die ich begangen habe.

»Ach leck mich!« Ich schiebe den Teller schwungvoll von mir und werfe dabei ein Glas auf den Boden.

Ich ignoriere es und stürme hinaus. Wohl wissend, dass meine Schwester und Dad mal wieder meinen Mist aufräumen dürfen. Eigentlich sollte ich kehrtmachen und die Scherben selbst aufsammeln. Stattdessen stürze ich in meine kleine Bude, die in Dads Garten steht.

Die Holztür reiße ich schwungvoll auf und werfe sie mit einem lauten Krachen hinter mir zu. Die Bilder, die Ivy liebevoll um den Türrahmen befestigt hat, klirren dabei.

Ich gehe direkt zu meiner kleinen Küche, öffne das Regal und hole die Schnapsflasche heraus. Es ist das beste Mittel, um die Stimmen in meinem Kopf und meine schlechten Gedanken zu betäuben. Den Schmerz, der mir die Luft zum Atmen nimmt, mich aber nicht gehen lässt. Mir ein paar Minuten der Ruhe gibt. Mir dabei hilft, besser einzuschlafen.

Mühelos gehe ich nach oben in meinen Schlafbereich, der sich auf einer zweiten Ebene in meinem Tiny House befindet. Von dort aus gelange ich über ein großes Fenster auf meine kleine Dachterrasse, die ich im Sommer mit einer Matratze ausgestattet habe. Ich lege mich darauf, öffne die Schnapsflasche und starre in den Himmel.

Die Sterne leuchten mir frech entgegen und zeigen mir, dass mich meine Vergangenheit jedes Mal aufs Neue einholen wird. Mir das Herz brechen wird, so wie ich Becs in tausend Scherben geschlagen habe.

Ich setze die Flasche an die Lippen und nehme einen großen Schluck. Der Alkohol brennt auf meiner Zunge. Er schmeckt nach allem gleichzeitig und löst eine regelrechte Überforderung meiner Geschmacksnerven aus.

Unwillkürlich fröstle ich.

Um nicht allzu viel Zeit für meine Gedanken zu haben, nehme ich gleich noch einen Schluck. Doch jedes Mal, wenn ich die Flasche an meine Lippen setze, spüre ich ihre Küsse. Ihre sanften Lippen, die meine Haut kribbeln lassen. Ein Feuerwerk in meinem Inneren auslösen und mir wohlige Schauer über den Rücken jagen.

»Verdammte Scheiße!« Ich schlage mit der flachen Hand auf das Dach. »Verschwinde aus meinem Kopf!«

Gleichzeitig greife ich nach meinem Handy. Wie automatisch durchsuche ich sämtliche Social-Media-Kanäle nach einem Account von ihr. Ob Bec wohl etwas über ihr Leben preisgibt? Konnte sie heilen? Lebt sie mittlerweile das Leben, das wir gemeinsam leben wollten?

Ich werde tatsächlich fündig. Die Tatsache, dass ihr Profil nicht für mich sichtbar ist, versetzt mir einen Stich. Denn das bedeutet, dass ich ein Fremder für sie bin.

Ich klicke auf ihr Profilfoto, auf dem sie mit Lizzy, ihrer besten Freundin aus der Highschool, und einem fremden Kerl zu sehen ist. Er hat dunkelbraune Augen, rötliches Haar und wirkt in seinem Polohemd mit der Strickjacke darüber wie der perfekte Schwiegersohn.

»Er ist besser als du«, sage ich zu mir selbst, »jeder ist besser als du.« Ich setze die Flasche erneut an die Lippen und lasse den Alkohol ungehindert in meinen Mund fließen. Selbst das Brennen in meinem Magen lässt mich nicht innehalten. Stattdessen hoffe ich, dass er mich benebelt. Mich vergessen lässt. Zumindest für ein paar Stunden, die ich einfach verschlafe. Nicht aufwache und all die Gefühle nicht mehr spüren muss, die Bec in mir hervorruft.

Ich schließe den Social-Media-Kanal und öffne meinen Nachrichtendienst. Dort suche ich nach Becs Kontakt. Ich muss einfach wissen, ob sie mich noch immer blockiert hat. Schließlich war es das Erste, was sie getan hatte, nachdem ich sie nach meinem Fehler mit unzähligen Nachrichten bombardiert habe.

Am liebsten würde ich jetzt ein paar Zeilen an sie schreiben. Irgendwas Belangloses. Sie fragen, ob sie gut nach Hause gekommen ist. Sie fragen, wie ihr Leben ohne mich ist.

Ohne mich.

Die Worte hallen in meinem Kopf wider.

Immer und immer wieder erinnere ich mich daran, wie ich mir selbst wehgetan habe. Mir die Handknöchel an der Wand des Schulgebäudes aufgeschlagen habe. Den Schmerz hatte ich verdient.

Für all das, was ich ihr angetan habe, habe ich ihn noch immer verdient.

5

RAY

Am nächsten Morgen wache ich mit stechenden Kopfschmerzen auf. Ich reibe mir mit den Fingern über die pochende Stirn, in der Hoffnung, sie loszuwerden. Nur vage erinnere ich mich daran, was ich gestern noch gemacht habe.

»Guten Morgen.« Die laute Stimme meiner Schwester lässt mich aufstöhnen.

»Morgen«, brumme ich und reibe mir die Augen. Ich möchte sie nicht öffnen. Nicht in das Licht der Sonne blicken, das durch das große Fenster über meinem Bett hereinstrahlt.

»Du stinkst«, sagt Ivy, »dabei braucht Dad dich bei seinem Termin.« Ich spüre ihr Gewicht auf der Matratze neben mir.

»Fuck!« Ich klatsche mir mit der Hand gegen die Stirn, was meine Kopfschmerzen nicht unbedingt erträglicher macht, und reiße die Augen auf. »Den habe ich vollkommen vergessen.«

»So wie du gestern rumgegrölt hast, ist das kein Wunder.« Sie betrachtet mich kritisch. »Du hattest das lange nicht mehr. Ist es wirklich wegen –«

»Halt die Klappe, Ivy«, unterbreche ich sie, »ich will ihren Namen nicht hören. Schon gar nicht in meinem Haus.« Ich schlucke hart, in der Hoffnung, nicht nur den widerlichen Geschmack in meinem Mund, sondern auch die Emotionen, die in Zusammenhang mit Bec entstehen, loszuwerden.

»Oh Mann«, stöhne ich.

»Mach dich fertig. Der Termin ist in einer Dreiviertelstunde«, erinnert mich meine Schwester. Mit diesen Worten krabbelt sie von meinem Bett herunter und geht zu meiner Küchenzeile. Sie holt eine Schale hervor, die sie mit Müsli und Milch füllt. Doch allein der Gedanke an Essen löst in mir eine Welle der Übelkeit aus, so dass ich an der Treppe, die in meinen Wohnbereich führt, erstmal sitzen bleibe.

»Ich brauch Aspirin«, fluche ich und schlage die Bettdecke beiseite, »sonst überlebe ich den Tag niemals.«

»Wie gut, dass du eine kleine Schwester hast, die dir welche mitgebracht hat.« Nachdem sie sich einen Löffel Müsli in den Mund geschoben hat, nimmt sie ein unbenutztes Glas aus der Spülmaschine und füllt es mit Wasser. Anschließend greift sie in die Tasche ihres Hoodies, wo sie eine Packung Aspirin verstaut hat. »Aber du musst schon runterkommen. Ich bring es dir bestimmt nicht ans Bett.« Auffordernd sieht sie zu mir hoch.

»Ist ja gut.« Ich verdrehe die Augen und steige die Treppe hinunter.

Wir setzen uns zusammen an den Esstisch. Sie verspeist genüsslich ihr Müsli, während ich versuche, nicht zu kotzen.

»Kannst du mal aufhören, zu schmatzen?«, frage ich sie genervt. Ich weiß, dass es ihr besonderen Spaß bereitet, wenn ich einen meiner Aussetzer hatte. Jedes Mal setzt sie sich vor mich und verputzt lautstark meine *Lucky Charms*.

»Was sollte das gestern?« Sie kneift die Augen zusammen, als könnte sie dadurch meine Gedanken lesen. »Immerhin habe ich dich davor bewahrt, vom Dach zu springen, und dich stattdessen ins Bett gebracht.«

»Echt jetzt?« Verwirrt runzle ich die Stirn. »Das habe ich nicht wirklich versucht, oder?«

»Lass mich mal überlegen.« Sie tippt sich ans Kinn. »Ich fürchte schon.«

Allmählich kehren die Erinnerungen an den gestrigen Abend zurück. Ziemlich schnell habe ich die Schnapsflasche geleert. Immer wieder habe ich die Bilder von Bec und mir angeschaut, mich in längst vergangenen Fehlern gesuhlt.

»Hat Dad was mitbekommen?« Ich stütze mein Gesicht in meine Hände.

»Ich weiß es nicht. Es würde mich allerdings nicht wundern.«

In meinem Magen bildet sich ein Knoten. Ich wollte es vor ihm verheimlichen, weil ich ihm schon mehr als genug Schwierigkeiten bereitet habe und es nicht noch schlimmer machen wollte.

»Tja.« Ivy zuckt mit den Achseln. Mit einem Mal wird ihr Blick ernst. »Du solltest es endlich beenden.«

»Was?« Ich sehe sie verwirrt an.

»Diesen Kampf mit dir.« In ihren grünen Augen liegt Mitgefühl.

»Wovon sprichst du bitte?«

Da ist sie wieder. Diese Wut in meinem Bauch, die ich seit einiger Zeit nur noch schwer unterdrücken kann. Die mich an der Hand nimmt und mein Leben kontrolliert.

»Du weißt genau, was ich meine. Immerhin tust du es schon wieder.« Meine kleine Schwester schiebt sich eine Strähne hinters Ohr, nimmt die Schale und stellt sie in mein Spülbecken. »Wir sehen uns später.«

Ich kann nur noch dabei zusehen, wie ihre Haare, die sie als einen frechen Bob trägt, hin und her wippen. Sie schließt die Tür hinter sich und lässt mich mit meinen erdrückenden Gedanken, den Ängsten und Sorgen allein.

Um den Kopf freizukriegen, stelle ich mich unter die Dusche. Das kalte Wasser fühlt sich wie Eis auf meiner Haut an und sorgt dafür, dass ich innerhalb weniger Sekunden zittere. Dennoch hilft es mir dabei, die negativen Gedanken beiseitezuschieben. Während ich mich fertig mache, versuche ich, einen Kaffee zu trinken, was mir einigermaßen gelingt. Anschließend gehe ich hinaus und werde bereits von Dad am Pick-up erwartet.

»Geht's dir gut?« Er mustert mich mit zusammengezogenen Augenbrauen.

»Ja.« Ich antworte kurz und knapp, in der Hoffnung, dass er mich möglichst schnell wieder in Ruhe lässt.

»Bitte lüg mich nicht an.« Ich höre den flehenden Unterton

in seiner Stimme. Es ist der gleiche Ton, den er damals hatte, als ich ihm die Wahrheit erzählt habe. »Ich habe ganz genau mitbekommen, wie du gestern auf dem Dach deines Hauses standest und herumgebrüllt hast.«

»Ich –«

»Ray, ich mache mir verdammt nochmal Sorgen um dich! Was ist los mit dir? Warum tust du dir das an?«

»Ich will nicht darüber reden«, erwidere ich eine Spur zu laut, zu schnell. Als sich Dads mitfühlender Ausdruck zu einem traurigen wandelt, fühle ich mich absolut scheiße und gebe der Wut erneut einen Grund, in mir zu brodeln.

»Mir geht's gut«, wiederhole ich etwas sanfter. »Wenn du pünktlich beim Arzt sein willst, sollten wir uns auf den Weg machen.«

»Okay.« Dad atmet flach ein, als müsste er sich beherrschen. An seinem mahlenden Kiefer erkenne ich, dass er mir zu gern noch etwas sagen möchte, allerdings jeglichem Streit aus dem Weg gehen möchte.

Ohne ein weiteres Wort miteinander zu wechseln, schiebe ich mich hinter den Fahrersitz. Ich weiß, dass es dumm ist, jetzt hinter dem Steuer zu sitzen. Schließlich habe ich am Abend zuvor etwas zu viel getrunken und könnte noch Restalkohol aufweisen. Trotzdem rede ich mir ein, dass das okay ist, schließlich ist es nicht das erste Mal, dass ich so etwas tue.

Die Fahrt über verbleiben wir in Stille, während ich das Fahrzeug durch den Verkehr in die nächstgrößere Stadt lenke. Je näher wir der Klinik kommen, umso mehr bricht mir der Schweiß aus. Für Dad steht heute eine Untersuchung wegen der Verletzung an seinem Rücken an. Seit jenem Unfall vor fast drei Jahren hat er immer wieder Probleme. Er wurde bereits operiert, um seine beschädigte Wirbelsäule zu stabilisieren, aber es wäre eine weitere OP nötig, da auch andere Wirbel in Mitleidenschaft gezogen wurden. Er schiebt es allerdings immer mehr vor sich her, aus Angst vor den Kosten, die auf uns zukommen, sowie seine kurzzeitige Berufsunfähigkeit, die damit einhergehen würde.

Und das alles ist deine Schuld, erinnert mich eine innere Stimme. Mit einer Atemtechnik, die mir die Schulpsychologin in der siebten Klasse mal gezeigt hat, versuche ich, mich zu beruhigen und die Gedanken an jenen schrecklichen Abend zu verdrängen.

»Ich hole den Reifen und bin dann wieder bei dir«, sage ich zu Dad, als ich vor dem Eingang anhalte.

»Alles klar.« Dad ist weiß um die Nase, als er nach dem Türgriff langt.

Bevor er aussteigt, lege ich eine Hand auf seine Schulter. »Das wird schon.« Dabei weiß ich nicht, ob ich das mehr zu mir selbst oder zu Dad sage.

Er nickt, verabschiedet sich und läuft auf den Eingangsbereich zu, aus dem zwei Personen in weißen Kitteln kommen.

Dads Humpeln schnürt mir die Kehle zu, lässt mich schwerer atmen. Die Angst davor, dass er nie wieder gesund wird, überwältigt mich. Eine Klaue legt sich um meine Brust. Was ist, wenn Dad für immer unter diesen Schmerzen leiden wird, die ich ihm angetan habe? Wie soll es in Zukunft weitergehen? Was wird mit der Werkstatt passieren, wenn Dad nicht mehr arbeiten kann?

Die Wut auf mich selbst bahnt sich ihren Weg nach draußen. Mit der flachen Hand schlage ich gegen das Lenkrad und brülle. Meine Stimme hallt im Inneren des Fahrzeugs wider. Nackte Verzweiflung klammert sich an mir fest und lässt sich kaum abschütteln.

Es dauert eine ganze Weile, bis ich mich einigermaßen gefangen habe. Erst dann starte ich den Pick-up und fahre auf direktem Weg zu Dads Kumpel, der glücklicherweise einen Reifen auf Lager hatte. Da Dad gestern gesehen hat, wie Bec damit kämpfte, dass ihr Auto nicht mehr fahrtüchtig ist, hat er heute sämtliche seiner Kumpels abtelefoniert, um ihr einen Gefallen zu tun.

Bec war wie ein drittes Kind für Dad. Er würde einfach alles für sie tun. Nach dem Tod von Mom hat sie frischen Wind in unser Haus gebracht, an den Nachmittagen und Wochenenden viel Zeit bei uns verbracht. Sie hat gekocht, mit Ivy das Haus dekoriert, Blumen im Garten gepflanzt und alles irgendwie gemütlicher gestaltet. Sie hat uns allen in der schweren Zeit nach Moms Tod geholfen.

Und ich habe das alles zerstört. Unsere schöne, perfekte Welt. All die schöne Zeit, die wir miteinander hatten, habe ich mit einer einzigen Aktion ruiniert.

»Es war eine Highschool-Liebe, mehr nicht«, sage ich zu mir selbst. »Sowas zerbricht nun mal.«

Wie lächerlich. Als ob ich mir nach allem, was passiert war, wirklich einreden konnte, Bec sei nur eine belanglose Jugendliebe gewesen. Schließlich bin ich derjenige, der seit der Trennung von ihr keine Beziehung mehr eingegangen ist. Sex war okay, aber alles andere konnte ich mir nicht mal ansatzweise vorstellen.

Erst als zwanzig Minuten später die Werkstatt von Dads Kumpel in mein Blickfeld rückt, schaffe ich es, die Gedanken beiseitezuschieben. Nachdem ich den Pick-up vor der Garage geparkt habe, gehe ich in die Werkstatt, hole den Reifen und lade diesen ins Auto. Auf dem Rückweg zur Klinik mache ich einen kurzen Halt bei *Stop'n'Coffee,* dem einzigen Coffeeshop in Brokenville.

»Hey Ray!« Isaac, mein Cousin, steht hinter der Theke und bedient die Kaffeemaschine. Wir sehen uns verdammt ähnlich, obwohl wir unterschiedliche Väter haben. Isaac hat die gleichen schwarzen Locken, die ich auch hätte, wenn ich meine Haare nicht kurz geschoren tragen würde. An seinem muskulösen Nacken erkennt man sein Faible fürs Boxen.

»Isaac«, begrüße ich ihn und nehme auf einem der Barhocker am hölzernen Tresen Platz. Für einen Mittag ist erstaunlich wenig Betrieb, weshalb Isaac sofort bei mir ist.

»Was kann ich dir bringen?«, erkundigt er sich.

»Einen schwarzen Kaffee. Ich bin heute mit Dad unterwegs.« Normalerweise nehme ich immer einen Kaffee mit einem Schuss Alkohol, was häufig zu hitzigen Diskussionen mit meinem Cousin führt. Doch heute ist die Stimme der Vernunft lauter. Auf keinen Fall möchte ich den besorgten Ausdruck erneut auf Dads Gesicht sehen. »Hättest du mir noch was zum Essen? Am besten fettig.«

Isaac runzelt die Stirn und setzt dazu an, etwas zu sagen. »Sag's nicht«, warne ich ihn, woraufhin er genervt mit den Augen rollt.

»Ich schau mal, was ich in der Küche habe«, sagt er und seufzt. Anschließend verschwindet er, um sich meiner Bestellung zu widmen.

Unterdessen warte ich geduldig an der Theke und beobachte die anderen Gäste. Als eine Blondine an den Tresen tritt, kommt Isaac wieder, flirtet mit ihr und nimmt ihre Bestellung auf. Anschließend geht er wieder.

»Hast du heute Abend was vor?«, fragt er mich, als er mir den Kaffee in einem Pappbecher über den Tresen schiebt und einen Teller mit einem in Papier eingewickelten Baguette hinstellt. Es duftet verführerisch nach einem Schinken-Käse-Baguette.

»Nö.« Ich nippe an meinem Getränk, das mir deutlich besser bekommt als heute Morgen. Danach widme ich mich dem Baguette und beiße hinein. Obwohl es nur etwas Simples ist, kommt es mir vor wie das Paradies auf Erden.

»Wir gehen in *Tylers Pub*. Komm doch mit«, er zwinkert mir zu. »Allein trinken ist auf Dauer bestimmt langweilig«, fügt er hastig hinzu, als er mein Zögern bemerkt. Irgendwie habe ich das Gefühl, dass Isaac ein Auge auf mich haben möchte. Bestimmt hat Ivy ihm eine Nachricht geschickt und ihm von vergangener Nacht erzählt.

»Mal sehen.« Ich zucke mit den Achseln. »Bis dann.« Zum Abschied hebe ich die Hand, nehme das Baguette in die eine, den Kaffeebecher in die andere Hand und verlasse den Coffeeshop. Auf dem Parkplatz angekommen, esse ich auf, leere meinen Becher, entsorge beides in einen Mülleimer und setze mich wieder hinters Steuer.

Dad steht bereits vor dem Eingang, als die Klinik in mein Blickfeld kommt.

»Und?«, frage ich ihn, sobald er eingestiegen ist und sich anschnallt.

Er seufzt. »Ich komme nicht um die OP herum.« Dad sinkt in den Beifahrersitz. Wie ein Häufchen Elend sitzt er da, mit unzähligen Schmerzmitteln auf dem Schoß. »Die Schmerzen können nicht mit Medikamenten kompensiert werden. Der Arzt rät mir dringend zu einer Operation.«

»Oh.« Seine Worte sind ein Schlag für mich. »Ich hatte

wirklich gehofft, dir bleibt eine weitere OP erspart«, murmle ich. Dad hasst Krankenhäuser, seit er Mom dort sterben sah, und kann sie seitdem kaum betreten.

Sieh nur, was du angerichtet hast, sage ich zu mir selbst.

»Das wird schon«, versuche ich Dad aufzumuntern, obwohl ich mich in Gedanken fertigmache. »Ich bekomme das mit der Werkstatt hin und du trittst einfach ein bisschen kürzer.«

Das wirst du niemals allein schaffen, dafür bist du zu kaputt, flüstert die Stimme in meinem Kopf. Krampfhaft versuche ich sie auszublenden, indem ich uns nach Hause bringe.

»Bist du dir sicher?«, hakt Dad nach. »Ich hatte in letzter Zeit nicht das Gefühl, dass du mit deinem Leben zurechtkommst.« Zwischen den Zeilen höre ich genau, wie er auf den gestrigen Vorfall anspielt.

Siehst du, selbst er glaubt, dass du es niemals schaffen kannst, bohrt die Stimme in meinem Inneren.

Sei still, brülle ich.

»Doch«, gebe ich zurück, »mach dir um mich mal keine Sorgen.« Meine Stimme klingt fester, als ich erwartet hatte, dennoch spüre ich, dass mir Dad meine Worte nicht abkauft. Natürlich macht er sich Sorgen. Und das steht trotz unserem Schweigen so schwer zwischen uns, dass ich das Gefühl habe, keine Luft mehr zu kriegen. Erst als ich unser Zuhause sehe, kann ich aufatmen. Ohne irgendetwas zu sagen, steige ich aus und bringe den Reifen in die Garage.

»In einer Stunde kann sie das Auto holen«, sage ich meinem Dad beiläufig, der gerade in die Werkstatt kommt und den Schlüssel von Becs Auto auf den Tresen legt, damit ich den Reifen wechseln kann.

»Ruf du sie an. Ich leg mich ein bisschen hin. Ich brauche eine Pause.«

»Ist okay.« Dabei bekomme ich Herzrasen, wenn ich nur daran denke, dass ich gleich ihre Stimme hören werde.

Nachdem Dad die Werkstatt verlassen hat, hole ich mein Handy aus der Tasche und suche ihren Kontakt raus. Beim dritten Klingeln hebt sie ab.

»White.« Die melodische Art, wie sie ihren Namen ausspricht, beschert mir ein ungewolltes Kribbeln im Bauch. Zugleich macht mir ihre Ahnungslosigkeit klar, dass sie meine Nummer gelöscht hat und ich nicht länger Teil ihrer Kontakte bin.

»Ray hier«, melde ich mich und ignoriere das Stechen, welches ich in der Magengrube verspüre.

»Was gibt's?« Ein seltsamer Unterton schwingt in ihrer Stimme mit, den ich nicht einordnen kann. Ist es Überraschung? Überforderung?

Sie ist nur eine Kundin, sage ich zu mir selbst und setze meine Professionalität auf. »Dein Auto ist in einer Stunde fertig.«

»Oh«, macht sie, dann ist es für eine Sekunde still, so, als ob sie darauf wartet, dass ich etwas sage. »Ich werde da sein.« Mit diesen Worten verabschiedet sie sich.

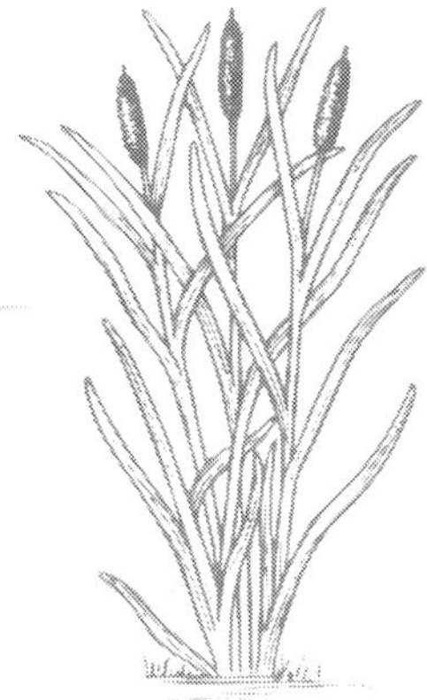

6

BEC

»Mein Auto ist in einer Stunde fertig.« Ich lege mein Smartphone auf den Schreibtisch, direkt neben einen Stapel Kleidung, den ich aus meinem Schrank herausgeholt und darauf verteilt habe.

Lizzy, die auf meinem Bett liegt, hebt den Kopf und sieht mich an. »War das Ray?«

Ich nicke. Und obwohl ich zunächst ein seltsames Herzflattern hatte, hat mir das Gespräch mit ihm weniger ausgemacht, als ich gedacht hatte. Eigentlich hatte ich erwartet, emotional davon getroffen zu sein. Schließlich hat er mich in der Vergangenheit verletzt, indem er der ganzen Schule auf ganz uncharmante Art Einblicke in unser Sexleben gegeben hatte.

Doch jetzt ist da nichts mehr. Keine Wut, nicht mal die kleine Flamme, die ich bei unserem ersten Wiedersehen gespürt hatte, ist noch da.

Erwartungsvoll sieht mich Lizzy an. So, als würde sie fest davon ausgehen, dass ich durchdrehe, weil ich meinen Ex erneut treffe. »Soll ich dich begleiten?«

»Nein«, erwidere ich schnell. »Ich gehe allein.« *Auch wenn das eine Challenge für mich wird,* denke ich. Nur weil ich gut damit umgehen konnte, mit Ray am Telefon zu sprechen, muss das noch lange nicht heißen, dass eine Begegnung mit ihm genauso einfach auszuhalten ist. Aber ich muss mich der Tatsache stellen. Immerhin ist Brokenville ein kleines Kaff, in dem jeder jeden kennt und es so gut wie unmöglich ist, einander aus dem Weg zu gehen.

»Gut, aber ich fahre dich«, beschließt sie.

»Das darfst du gern.« Ich lächle sie an. »Aber erst machen wir das hier fertig.« Mit meinem Finger deute ich auf die Kleidungsstücke, die vor mir liegen. Schließlich war der Plan für heute, meinen Schrank auszusortieren und die alten Kleidungsstücke in Kartons zu packen. Einmal jährlich im Sommer sammeln die Walthers, die direkten Nachbarn meiner Eltern, gebrauchte Kleidung und spenden sie für Bedürftige aus der Region.

Lizzy seufzt. »Na gut.« Sie rafft sich auf und kommt zu mir an den Schreibtisch. Gemeinsam sehen wir uns alles an, entsorgen Kaputtes und packen gut erhaltene Kleidung ein.

»Langsam sollten wir los«, meine ich, als ich rund vierzig Minuten später auf die Uhr sehe. »Den Rest mache ich später fertig.«

»Alles klar.« Lizzy legt den Weihnachtspullover in den Karton und holt ihre Tasche von meinem Bett. »Dann mal los.« Sie geht hinaus in den Flur.

Ich folge ihr, und wir laufen gemeinsam die Treppe hinunter. Aus meiner Jackentasche hole ich meinen Geldbeutel.

Als wir hinaus in die warme Luft treten, treffen wir auf Mom und Dad. Sie sitzen auf der Veranda und unterbrechen ihre Unterhaltung, als sie uns sehen. Dad hat seinen Arm um Mom gelegt und streicht ihr liebevoll über ihr dunkelbraunes Haar.

»Hallo Grace, hallo Tony«, grüßt Lizzy meine Eltern.

»Ihr seid schon zurück?«, frage ich.

»Ja.« Mom nickt. Meine Eltern waren am Nachmittag bei Granny, die die letzten Tage in ihrer Reha-Klinik verbringt. »Deine Granny wollte uns schon wieder loswerden.«

»Und deine Mom hatte keine Lust mehr auf Eis, stimmt's?«, fügt Dad neckend hinzu, woraufhin Mom lacht und ihm durchs graue Haar wuschelt.

»Ganz genau«, stimmt sie zu.

Ich schüttle belustigt den Kopf. »Wir holen jetzt jedenfalls mein Auto.«

»Ist es schon so schnell fertig?« Verwundert runzelt Dad die Stirn.

»Ja.« Ich zucke mit den Achseln. Ray hat eben angerufen, dass es fertig ist.« Bei der Erwähnung von Rays Namen verfinstert sich Dads Gesicht. Wenn man bedenkt, was Ray im Senior Year abgezogen hat, ist das kein Wunder.

»Du kennst doch Grayson«, meint Mom, »er liebt unsere Becca und würde alles für sie tun.« Sie zwinkert mir zu.

»Wenn nur sein Sohn auch so denken würde.« Dads Worte wiegen schwer und ich ahne, in welche Richtung sich das Gespräch entwickeln könnte.

»Bis später!«, rufe ich deshalb hastig und tue damit das einzig Richtige: flüchten. Ansonsten dürfte ich wieder Dads Anschuldigungen gegenüber Ray lauschen und irgendwelchen Gerüchten, die über ihn kursieren.

Lizzy verabschiedet sich ebenfalls mit einem Winken von meinen Eltern und eilt mir hinterher.

»Sorry, aber das musste schnell gehen«, entschuldige ich mich bei ihr, sobald wir im Auto sitzen und uns anschnallen. »Sonst würde Dad wieder irgendwelche Geschichten über Ray auspacken, die ich nun wirklich nicht hören will.« Außerdem verletzt mich Dads anklagender Ton, den er jedes Mal anschlägt. Früher waren Ray und er nämlich ein Herz und eine Seele. Sie arbeiteten viel in Dads Garage, reparierten alles Mögliche und verstanden sich nahezu blind. Obwohl Ray seine Fehler hatte, gab ihm Dad eine Chance und akzeptierte ihn als meinen Freund. Nach allem, was Ray im Senior Year abgezogen hatte, verlor er Dads Vertrauen. Er entwickelte regelrecht eine Abneigung gegen ihn, weil er Ray nicht verzeihen konnte, was er mir angetan hatte.

»Oh, okay.« Lizzy runzelt die Stirn und öffnet die Lippen, als würde sie noch etwas sagen wollen. Als würde sie sich selbst eines Besseren besinnen, schüttelt sie den Kopf.

»Was ist?«, hake ich nach.

»Ach, nichts«, antwortet sie und lenkt unser Gespräch auf den heutigen Abend, den wir gemeinsam mit unseren Freunden in *Tylers Pub*, dem einzigen Pub in Brokenville, verbringen wollen. Damit verstärkt sie mein Misstrauen nur noch mehr.

»Also, wir sehen uns dann später.« Ich löse den Gurt und öffne die Beifahrertür, als wir in der Einfahrt von Graysons Werkstatt angekommen sind.

»Soll ich dich abholen?«, erkundigt sich meine beste Freundin.

»Dad meinte, dass er sowieso in die Richtung muss. Ich schreib dir also noch.«

»In Ordnung.« Lizzy hebt zum Abschied die Hand. »Bis später!«

»Bis nachher!«, erwidere ich, steige aus und sehe Lizzy dabei zu, wie sie davonsaust.

Jetzt, wo ich bei Tageslicht vor dem Anwesen der Grays stehe, halte ich für eine Sekunde inne. Ich lasse den Blick über das Farmhaus mit der hellen Holzverkleidung und dem dunklen Dach zu der angrenzenden Werkstatt schweifen. Vor dieser parken am Rand verschiedene Fahrzeuge, die wohl auch eine Reparatur benötigen. Unzählige Erinnerungen an all das Erlebte an diesem Ort dringen in meine Gedanken und ich laufe mit einem prickelnden Gefühl in der Magengegend auf das Garagentor zu. Dabei komme ich an den Büschen vorbei, die ich gemeinsam mit Ivy und Ray gepflanzt habe, um dem Garten mehr Charakter zu verleihen. Tatsächlich blühen sie nach all der Zeit noch und allein der Gedanke, dass jemand die Pflanzen nach meinem Umzug weiter gepflegt hat, lässt mir ganz warm ums Herz werden.

Unwillkürlich legt sich ein Lächeln auf meine Lippen, das auch nicht verschwindet, als ich an der Werkstatttür klopfe.

»Herein.« Rays Stimme klingt genauso rau wie früher und stößt etwas in meinem Inneren an. Unbeirrt davon öffne ich die Tür und gehe hinein. Der vertraute Geruch nach Öl und Metall hüllt mich ein und überwältigt mich. Auf eine gute Art und Weise.

»Hey«, sage ich und sehe zu Ray, der beim Reifen meines Fahrzeugs steht und diesen mit einer Bürste reinigt. Er trägt einen Blaumann über einem Achselshirt, wie er es bereits früher getan hat, wenn er in der Werkstatt gearbeitet hat. Seine Locken, die er früher etwas länger trug, hat er mittlerweile kurz geschoren. Dabei muss ich zugeben, dass ihn das nicht weniger attraktiv macht als früher. Eher im Gegenteil.

»Hallo.« Ray dreht sich zu mir und augenblicklich kriecht mir Wärme in die Wangen. Ich bete insgeheim, dass ich nicht rot anlaufe.

»Ich hoffe, es ist in Ordnung, dass ich den gröbsten Schmutz von deinen Felgen weggemacht habe.« Er deutet mit dem Kopf auf die Räder meines *Toyota*. »Sie haben ausgesehen, als hätten sie schon lange keine Waschstraße mehr von innen gesehen.«

»Da ist was dran«, bestätige ich. »In New York war ich nur selten mit dem Auto unterwegs.«

»Okay.« Ray geht zum Schalter der Hebebühne und betätigt sie. Den Mund zusammengepresst, scheint er nicht zu wissen, was er sagen soll. Seine Aufmerksamkeit gilt dem Wagen, als müsse er genauestens prüfen, wann der erste Bodenkontakt besteht. Dabei weiß ich, dass er ein Gespür dafür hat.

Unschlüssig, wie ich mich verhalten soll, sage auch ich nichts. Stattdessen lasse ich den Blick durch die Garage schweifen und warte.

»Also«, durchbricht Ray schließlich die Stille. Er geht zum Tresen, holt eine Klarsichtfolie und kommt anschließend zu mir. »Hier ist dein Schlüssel.« Er holt ihn heraus und übergibt ihn mir. Dabei berühren sich unsere Fingerspitzen, woraufhin sich ein angenehmes Brennen unter meiner Haut ausbreitet.

Ich verliere mich vollkommen im Schilfgrün seiner Augen. Dabei sehe ich, was für ein Sturm in ihm wütet. Schmerz, Wut, Hass.

»Oh mein Gott!«, kreischt jemand und lässt mich zusammenzucken. »Sie ist es wirklich! Rebecca White ist hier!« Ivy, Rays kleine Schwester, stürmt auf mich zu und fällt mir regelrecht um den Hals. Dabei drückt sie mich so fest an sich, dass mir die Luft aus den Lungen weicht. Ihre braunen Haare verdecken mir die Sicht und kitzeln an meiner Nasenspitze.

»Ivy«, bringe ich mühsam hervor, »du zerquetschst mich!«

»Ich habe dich so lange nicht mehr gesehen und dich so

vermisst.« Ein paar Tränen sind in ihren Augenwinkeln erkennbar.

»Und ich dich erst«, wispere ich.

Ivy war und ist wie eine kleine Schwester für mich. Vom ersten Aufeinandertreffen an hat sie mich als solche akzeptiert, obwohl ich die Freundin ihres Bruders war.

»Wie geht's dir?«, fragt sie, löst sich von mir und zieht mich hinter sich her in das angrenzende Wohnhaus der Grays. Ich sehe dabei zu Ray, der uns mit hängenden Schultern hinterhersieht.

»Mir geht's gut. Wie geht es dir?«, antworte ich und versuche, den Gedanken an Ray auszusperren.

Ivy schließt die Tür hinter uns und führt mich zur Veranda ihres Hauses. Dort setzt sie sich auf die Treppenstufen und klopft mit der flachen Hand neben sich. Ich lasse mich neben sie sinken und genieße die Aussicht auf den Garten der Grays. Dabei sticht mir ein kleines Haus ins Auge, das gegenüber von uns aufragt.

»Oh, eigentlich ganz gut. Abgesehen davon, dass ich wirklich Schwierigkeiten in der Schule habe. Ich komme jetzt bald ins Senior Year und habe echt Angst zu versagen.« Sie seufzt.

»Wo hakt es denn?«

»In allem. Das Einzige, was einigermaßen funktioniert, sind die ganzen Lernfächer. Aber gerade die Hauptfächer sind für mich wirklich schwer.« Sie seufzt und verdreht die Augen. »Dabei will ich unbedingt an das *College of New York City*. So, wie du und Lizzy.«

Es war immer Rays Wunsch, an der *CONYC* zu studieren. Allerdings hat sich meine Vermutung, dass er genau das nicht tut, bestätigt. Schließlich habe ich ihn in all den Jahren nicht am Campus gesehen und jetzt herausgefunden, dass er wirklich in der Werkstatt seines Dads arbeitet.

Aber warum?, frage ich mich. *Er hat so hart dafür gearbeitet.* Ray hat stundenlang in der Bibliothek verbracht, um zu lernen. Ihm war es wichtig, zumindest für das Studium aus Brokenville herauszukommen. Wieso also hatte er seinen Traum an den Nagel gehängt?

»Meine Noten sprechen nicht unbedingt dafür, dass ich mir

einen Platz an der *CONYC* sichern kann«, reißt mich Ivy aus den Gedanken. »Dabei brauche ich wirklich mal Abstand zu Brokenville. Du glaubst mir gar nicht, wie sehr die Leute tratschen.«

Hastig schiebe ich meine Fragen beiseite. »Doch, das glaube ich dir nur zu gern«, pflichte ich ihr bitter bei und überlege anschließend, wie ich ihr helfen könnte. »Wie wäre es denn, wenn ich dir Nachhilfe gebe, solange ich in der Stadt bin?«

Ivys grüne Augen weiten sich. »Würdest du das wirklich machen?«

»Klar.« Ich lächle sie an. »Warum nicht? Früher haben wir uns auch immer geholfen.«

Ein Strahlen legt sich auf ihr Gesicht. Sie beugt sich zu mir und drückt mich erneut fest an sich. »Oh! Danke, danke, danke! Ich dachte wirklich, dass –«

»Nein«, unterbreche ich sie, weil ich genau weiß, worauf sie hinauswill. Sie dachte, dass ich ihr nicht helfen würde, weil sie Rays Schwester ist und er mein Herz gebrochen hat. »Das eine hat mit dem anderen nichts zu tun. Schließlich hatten wir zwischenzeitlich auch immer mal wieder Kontakt, oder nicht?«

»Das stimmt.«

»Wann willst du anfangen?«, frage ich sie.

»Wie wäre es mit morgen?«, schlägt sie vor.

»Klar«, antworte ich, »kein Problem. Ich komme so gegen zehn Uhr vorbei?«

»Dann mache ich uns ein kleines Frühstück.« Ivy klatscht in die Hände.

»Das muss nicht sein. Ich kann auch einfach –«

»Doch, das muss sein! Immerhin opferst du deine Ferien für mich«, fällt mir Ivy ins Wort, »und eine Bezahlung würdest du ohnehin nicht annehmen.«

»Na gut.« Wo sie recht hat, hat sie recht. Ich würde von Ivy niemals Geld dafür verlangen.

Wir unterhalten uns noch eine ganze Weile über alles Mögliche, ehe ich mich verabschiede. Eigentlich hatte ich insgeheim gehofft, Ray würde sich zu uns setzen, doch das Gegenteil war der Fall. Stattdessen steht mein Auto mutterseelenallein in der

Werkstatt. Das Garagentor ist geöffnet, so dass ich gleich rausfahren kann. Während ich in meinen Wagen steige, sehe ich Rays Blick vor meinem inneren Auge. Die Emotionen, die in seinem Ausdruck lagen. Der Schmerz, die Wut. Und gleichzeitig die Tatsache, dass er seine Träume scheinbar nicht weiterverfolgt.

Die ganze Heimfahrt über zerbreche ich mir den Kopf darüber, warum Ray sich gegen seinen Traum entschieden hat. Selbst als ich meinen Wagen geparkt habe und die Haustür aufsperre, kann ich meine Überlegungen noch nicht verdrängen.

»Ich bin wieder da!«, rufe ich durch den Flur.

»Hallo mein Schatz.« Moms Stimme erklingt aus der Küche. »Wir können gleich essen.«

»Okay!« Ich schlüpfe aus meinen Schuhen und gehe ins Bad, um die Hände zu waschen.

In der Küche angekommen, sitzt Dad bereits am Kopfende des großen Eichentischs im Esszimmer und liest Zeitung.

»Hi Dad«, sage ich und gehe zu ihm.

»Hallo Rebecca.« Er drückt mir einen Kuss auf die Wange und legt die Tageszeitung beiseite.

Mom kommt mit dem Kartoffelauflauf zum Esstisch. »Warst du so lange bei den Grays?«, erkundigt sie sich, nachdem sie das Essen abgestellt und sich selbst gesetzt hat.

»Ja«, antworte ich wahrheitsgemäß. »Ivy und ich haben uns noch unterhalten.« Ich lasse mich auf den Stuhl gegenüber von ihr fallen.

»Hast du Ray auch getroffen?«, hakt Dad nach.

Ich antworte nicht gleich, sondern gebe mir erst etwas Auflauf auf den Teller. »Ja, er hat meinen Reifen montiert und mir anschließend den Schlüssel gegeben.« Bei dem Gedanken daran, wie er meine Felgen extra geschrubbt hat, verspüre ich Wärme. Schließlich würde sich keine andere Werkstatt darum kümmern.

Mom schaut warnend zu Dad, der dazu ansetzt, etwas zu sagen.

»Warum arbeitet Ray eigentlich in der Werkstatt?«, frage ich unbeirrt davon. »Wisst ihr was darüber?« Dad und unser

Nachbar Mr Walther sind beste *Tratschkumpels*, wie Granny und ich immer sagen. Und mich interessiert brennend, warum Ray nicht studiert.

»Ray hat seinen Studienplatz nicht angenommen«, sagt Mom.

»Das heißt, er hatte einen?« Ich kann meine Überraschung nicht verbergen. »Warum hat er ihn abgelehnt?« Immerhin hat er alles dafür gegeben, einen zu bekommen.

»Es gab kurz nach deinem Umzug einen Autounfall, bei dem Grayson verletzt wurde. Seitdem hilft Ray in der Werkstatt seines Vaters aus, manchmal unterstützt Isaac ihn dabei. Sagen wir so: Die Grays hatten keine einfache Zeit.«

Jetzt wird mir klar, warum Grayson das Gesicht schmerzvoll verzogen hatte, als er die Abschlepphilfe an meinem Wagen befestigt hatte. Mom erzählt mir davon, welche Theorien die Nachbarschaft zu diesen Vorfällen aufgestellt hat, doch ich kann ihr gar nicht mehr richtig folgen. Vielmehr denke ich an Grayson, Ray und Ivy. Ich verspüre tatsächlich so etwas wie Mitleid für Ray, weil er seine Träume aufgrund der Verletzung seines Vaters nicht weiterverfolgen kann.

»Erde an Bec?« Dads Stimme holt mich ins Hier und Jetzt zurück. »Soll ich dich zu Lizzy fahren?«

Hastig vertreibe ich meine Überlegungen. »Wenn du eh auf dem Weg bist, wäre das nett.« Ich lächle Dad an. Auch wenn der Weg nicht so weit ist, schlage ich das Angebot ungern aus. Schließlich ist das eine Zeitersparnis für mich. »Dann ziehe ich mich direkt um«, meine ich, woraufhin Dad nickt. Ich räume schnell meinen Teller auf und gehe anschließend hinauf in mein Zimmer. Auf dem Bett liegt bereits das Outfit, das ich gemeinsam mit Lizzy für den heutigen Abend herausgesucht habe. Mein dunkelblaues Lieblingskleid, das mir bis zu den Knien reicht. Dazu schminke ich mich etwas stärker. Zwischenzeitlich schreibe ich Lizzy eine Nachricht, dass wir von ihr aus zum Pub laufen werden.

Sobald ich fertig bin, begebe ich mich in den Flur, wo Dad bereits wartet. Eilig schlüpfe ich in meine Schuhe und folge ihm hinaus ins Auto.

»Und, wie ist es, wieder in Brokenville zu sein?«, erkundigt er sich.

»Schön.« Eigentlich *liebe* ich es, wieder hier zu sein. Unabhängig von Ray habe ich mich wirklich danach gesehnt, ein bisschen Abstand zwischen mich und New York zu bringen. Hier finde ich die Ruhe, die mir in den letzten drei Jahren gefehlt hat.

»Wir freuen uns auch sehr, dass du wieder hier bist.« Dad konzentriert sich auf den Weg, aber das Lächeln auf seinen Lippen erkenne ich trotzdem.

»Ich doch auch, Dad.« Meine Mundwinkel heben sich, und ich berühre Dad am Arm.

Nur wenige Minuten später hält er vor Lizzys Haus.

»Überpünktlich wie eh und je.« Dad deutet auf meine beste Freundin, die vor dem Tor steht. Sie hat sich in Schale geworfen und trägt ein schönes, sommerliches Kleid, das an der Vorderseite geschnürt ist. Über ihre Schultern hat sie eine weiße Strickjacke gelegt.

»Das stimmt.« Ich lache. »Danke fürs Fahren, Dad.« Eilig drücke ich ihm einen Kuss auf die Wange, ehe ich aussteige.

»Kein Problem!« Er zwinkert mir zu und winkt, als ich zu Lizzy über die Straße laufe. »Und Rebecca?«

»Ja?«

»Pass bitte auf dich auf.« Obwohl es Worte sind, die man einander wünscht, weiß ich genau, was er damit meint. Ich soll auf mein Herz aufpassen. Wegen Ray.

»Das werde ich, Dad«, verspreche ich ihm.

Mit einem Nicken verabschiedet er sich und ich lasse die Fahrzeugtür hinter mir zufallen. Lizzy, die schon ungeduldig zu warten scheint, kommt direkt auf mich zu.

»Hi.« Sie umarmt mich, wobei mir ihre roten Locken über die Wangen streichen.

»Hey.«

»Du scheinst den Besuch bei den Grays ja überlebt zu haben.« Sie feixt.

»Haha«, mache ich nur und verdrehe die Augen, während wir nebeneinander zum Pub laufen. Unterwegs genieße ich es einmal mehr, von weitläufigen Feldern umgeben zu sein, und schätze die Freiheit, die mir hier geboten wird. Brokenville ist sowas wie meine Ruheoase. Obwohl es ein winziger Ort ist und jeder jeden kennt, hat es etwas Beruhigendes.

Lizzy hakt sich bei mir unter. »Hat Ray etwas gesagt? Also wegen der Sache damals?«

»Nein, hat er nicht«, antworte ich. »Ich habe mich nur kurz mit Ivy unterhalten und ihr meine Hilfe in der Schule angeboten.«

»Oh«, macht Lizzy, »hat sie solche Probleme?«

»Keine Ahnung«, gebe ich achselzuckend zurück. »Ich weiß nur, dass sie halt auch an die *CONYC* möchte.«

»Was will sie denn studieren?«

»Rechtswissenschaften.«

Für eine Sekunde schweigen wir.

»Wusstest du, dass Ray seinen Studienplatz nicht angenommen hat, weil sein Dad einen Unfall hatte?«, spreche ich die Frage aus, die mir unter den Nägeln brennt, seit mir Dad davon erzählt hat.

»Layla hat es mir erzählt.« Nervös fährt sie sich durch die Haare und lächelt mich verlegen an.

»Wieso hast du mir das nie gesagt?«, bohre ich nach. Schließlich haben wir die letzten drei Jahre zusammengewohnt und sie hat Ray kaum erwähnt.

»Ich wusste nicht, ob du das willst.« Lizzy kaut auf ihrer Lippe. »Weißt du, du hast zu Beginn unserer Zeit in New York unglaublich viel gelitten. Ich habe mitbekommen, wie du dich allmählich wieder erholt hast, und da wollte ich dich nicht wieder in die Vergangenheit zurückwerfen.«

Ich kann nicht verhindern, dass Enttäuschung in mir aufkeimt. Ja, Lizzy war an meiner Seite, während ich meine Wunden geleckt und mich dafür tagelang eingesperrt habe. Sie war diejenige, die mich immer wieder aus meinem Schneckenhaus gelockt hat, um mich auf andere Gedanken zu bringen. Nächtelang ist sie mit mir wach geblieben, wenn es mir schlecht ging. Und gleichzeitig hat sie mir dabei geholfen, die Vergangenheit ruhen zu lassen. Aber dennoch ist es verletzend, dass sie nicht mit offenen Karten gespielt und mir davon erzählt hat.

»Es tut mir leid.« Lizzy legt eine Hand auf meinen Arm. »Ich wollte dir nichts verheimlichen.«

»Mach dir keinen Kopf.« Ich stupse sie an. »Wer weiß, wie ich reagiert hätte.«

Lizzy zuckt nur mit den Achseln.

»Lizzy! Bec!«

»Logan!« Lizzy läuft mit eiligen Schritten auf unseren Freund zu, der direkt unter dem Leuchtschild mit der Aufschrift *Tylers Pub* wartet. »Wie geht's dir?« Sie umarmt ihn und drückt ihn fest an sich, während ich gedanklich noch immer bei Ray bin.

»Super!« Logan grinst sie mit einem lückenlosen Lächeln an. »Und euch?« Dabei bedenkt er mich mit einem besorgten Ausdruck.

»Gut«, antwortet Lizzy und zieht mich hinter sich in den Pub. Dort werden wir von lautem Stimmengewirr empfangen, wobei uns einige alte Schulfreunde wiedererkennen.

7

RAY

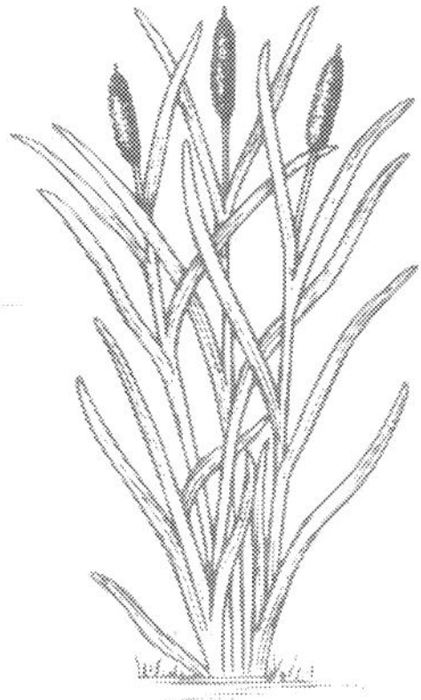

»Ist das nicht schön?« Ivy grinst mich über den Rand ihrer Zeitschrift hinweg an, als ich zu ihrer Liege trete. »Bec wird mir Nachhilfe geben!« Meine kleine Schwester ist ganz aus dem Häuschen, weil meine Ex-Freundin in der Stadt ist, während ich bei ihrem Namen ein schmerzhaftes Ziehen in meiner Brust verspüre.

Die beiden haben sich schon damals vom ersten Moment an richtig gut verstanden und waren unzertrennlich. Zusammen haben sie dafür gesorgt, dass unser Haus, das mein Dad nach dem Tod meiner Mom allein finanzieren musste, wieder wohnlich wird und unser Leben weitergeht. Bei dem Gedanken daran, welchen Raum Bec in meiner Familie eingenommen und welche Lücke sie danach hinterlassen hat, verkrampft sich mein Herz.

»Das ist so cool!« Die grünen Augen meiner kleinen Schwester leuchten, während sie die Zeitschrift beiseitelegt.

»Mhm«, brumme ich und setze mich neben sie auf die Sonnenliege.

Nachdenklich starre ich in den Himmel und betrachte die Wolken, die über den Horizont ziehen. Sie haben mich schon immer an das Leben erinnert. Viel zu schnell können sie sich verändern. In der einen Minute sind sie nicht da, in der anderen zieht ein Sturm auf, wirbelt sie herum und lässt sie dunkel werden, bevor sie sich anschließend in Form von Regen entladen.

»Worüber denkst du nach?« Ivy legt das Heft beiseite.

»Dad kommt nicht um die OP herum«, erzähle ich ihr.

Die Tragweite dieser Worte wird spürbar, als Ivy sich die Hand vor den Mund schlägt und die Augen aufreißt. »Wie schlimm ist es?«

Unwillkürlich strecke ich meine Hand nach ihr aus. Behutsam lege ich meine Finger auf ihren Unterarm, um ihr Trost zu spenden. »Keine Ahnung, er hat mir die Berichte nicht gezeigt.« Meine freie Hand balle ich zur Faust.

Das ist eine der Eigenschaften, die ich an Dad hasse. Er möchte uns vor allem und jedem beschützen. Gleichzeitig lässt er keine Hilfe zu, auch wenn er sie dringend benötigt. So wie in diesem Fall.

Oder liegt es vielleicht daran, dass du schuld an seinen Schmerzen bist?, ertönt eine leise Stimme in meinem Kopf.

»Oh nein.« Ivy ist die Sorge um unseren Vater ins Gesicht geschrieben. Seit Moms Tod reagiert sie sensibel auf alles, was mit Dad zu tun hat. Sie hat Angst davor, ihn auch noch zu verlieren.

»Hey«, versuche ich sie aufzumuntern, »das wird schon!«

»Glaubst du?« Traurigkeit zeichnet sich in ihrem Gesicht ab.

»Klar.« Weil ich weiß, dass sie mich jetzt braucht, ziehe ich sie in meine Arme und streiche ihr tröstend über ihr Haar. »Später spreche ich nochmal mit ihm und versuche mehr herauszufinden.«

»Und was passiert mit der Werkstatt?« Ihre Stimme ist leise und gedämpft.

»Die werde ich in dieser Zeit führen.« Allein der Gedanke daran überfordert mich. Mittlerweile arbeite ich gern in der Werkstatt und habe Spaß an der Tätigkeit gefunden. Trotzdem ist es eine komplett andere Hausnummer, wenn ich sie komplett leite.

»Schaffst du das?« Meine kleine Schwester richtet sich auf und sieht mich prüfend an. »Du wirkst nicht so.« Die Ehrlichkeit in ihren Worten erinnert mich an meine Probleme.

Eilig schiebe ich sie beiseite, um nicht allzu viel daran zu denken.

»Dad ist ja nicht komplett aus der Welt, sondern nur auf Reha. Bestimmt wird er mir noch einiges zeigen, bis es so weit ist.«

Eine ganze Weile bleiben Ivy und ich so sitzen, bis sie einen Anruf von ihrer Freundin bekommt und ins Haus hineingeht. Das ist auch für mich der Zeitpunkt, um mich für einen Besuch in *Tylers Pub*, fertig zu machen. Da der Pub kaum zehn Minuten zu Fuß von meinem Zuhause entfernt ist, laufe ich anschließend hin. Vor dem Gebäude wartet Isaac schon auf mich.

»Hey.« Er schlägt mit mir ein.

»Hi, alles fit?«, frage ich ihn.

»Klar.« Er zwinkert mir zu. »Bei dir?«

Ich nicke bloß und laufe voran. Da es erst früher Abend ist, haben Isaac und ich noch freie Platzwahl. Um den Getränken möglichst nahe zu sein, setzen wir uns an den Holztresen, vor dem einige abgenutzte Barhocker stehen. Die eine Hälfte der Wand hinter der Bar ist komplett mit unterschiedlichen alkoholischen Getränken ausgestattet, die andere ist bestückt mit Gläsern.

»Hallo Johnny!«, ruft Isaac über die Musik hinweg und hebt die Hand. Der Barkeeper winkt ebenfalls, bei meinem Anblick verfinstert sich allerdings seine Mimik.

Ich kann es ihm auch kaum verübeln. Bei meinem letzten Besuch sind einige Gläser zu Bruch gegangen, nachdem er mir keinen weiteren Alkohol mehr ausschenken wollte. Erst Isaac konnte die Situation entschärfen, indem er mich aus dem Pub zog.

Der alte Ray hätte sich für dieses Verhalten geschämt. Obwohl er seine eigene Art von Fehlern gemacht hatte, wäre er dafür am liebsten im Erdboden versunken. Niemals hätte er zugelassen, dass der Alkohol die Kontrolle übernimmt. Sich sein Gehirn in Watte verwandelt und er alles, was er tut, vergisst.

Es gibt aber so viel, das ich vergessen möchte. Den Schmerz, den ich Bec zugefügt habe, aber auch den Schmerz, den Dad wegen des Unfalls spürt. Und natürlich seine bevorstehende OP. Ich komme nicht damit klar, dass ich für all das verantwortlich bin, und das Einzige, was dagegen hilft, sind die Stunden mit dem Alkohol.

Mir ist bewusst, dass das definitiv nicht optimal ist, aber ich weiß nicht, wie ich dieses merkwürdige Gefühl in mir sonst betäuben soll. Eine Mischung aus Wut auf mich selbst, die Sehnsucht nach alten Zeiten und der Überforderung, die sich zunehmend in mir breitmacht.

»Hey«, unterbricht Isaac meine Überlegungen, »du schaust so betrübt.« Er setzt sich auf einen der Barhocker neben mir, bestellt uns zwei Flaschen Bier und sieht mich an.

Ich brumme zur Antwort, nehme einen großen Schluck Bier.

»Was ist los mit dir?«, bohrt mein Cousin nach. Dabei legt er seine Hand auf meinen Unterarm und zwingt mich mit seiner Berührung, ihn anzusehen.

»Nichts.« Gleichzeitig werfe ich ihm einen vielsagenden *Halt die Klappe*-Blick zu und hoffe, dass er endlich mit dieser Fragerei aufhört.

»Ey Mann, ich merke, dass du in letzter Zeit aggressiv gegenüber jedem bist, der dir auch nur ein paar Zentimeter zu nahe kommt.«

»Ach, was weißt du schon«, murmle ich und hebe die Hand, damit Johnny zu uns kommt. Ich bestelle bei ihm eine ganze Flasche Schnaps.

»Verdammt viel. Immerhin kenne ich dich seit unserer Kindheit.« Isaac kratzt sich am Bart. »Und der Ray von früher hätte sich niemals so betrunken.«

»Kann sein.« Ich zucke die Achseln. Was soll ich schon dazu sagen? Immerhin hat Isaac recht und das weiß ich.

Johnny kommt wieder, stellt eine Schnapsflasche und ein Glas vor mir ab. Mit einem Nicken bedanke ich mich bei ihm.

»Sprich mit mir.« In der Stimme meines Cousins höre ich etwas Flehendes heraus. Nachdem ich seinem Augenkontakt nicht standhalten kann, wende ich mich ab. Stattdessen hefte ich den Blick auf den hölzernen Tresen und mustere eingehend die Maserung des Holzes.

Er seufzt, als er merkt, dass ein Gespräch mit mir sinnlos ist. »Ich komme gleich wieder.«

Nickend leere ich mein Schnapsglas und befülle es erneut.

Im gleichen Augenblick geht die Tür des Pubs auf. Als Erstes kommt ein Kerl herein, der breite Schultern hat und damit den ganzen Türrahmen ausfüllt. Seine Nackenmuskeln sind so ausgeprägt, dass er glatt als Bodybuilder durchgehen könnte. Er hat schwarze Haare, die ihm in die Stirn fallen, und stechend blaue Augen, die seine Umgebung wachsam mustern. Irgendwie erinnert er mich an einen Mitschüler. Ich glaube, er hieß Logan oder so.

Direkt hinter ihm kommt eine junge Frau mit roten Locken herein. Es ist Lizzy.

Sofort schlägt mein Herz schneller. Wenn Lizzy hier ist, wird Bec auch nicht weit sein. Die beiden kleben seit der Highschool aneinander und verbringen kaum eine Sekunde ohne die jeweils andere.

Und tatsächlich, hinter Lizzy läuft Bec herein. Sie trägt ein dunkelblaues, knielanges Kleid mit langen Ärmeln, das eng an ihrem Oberkörper anliegt.

Allein bei ihrem Anblick scheinen meine Gedanken in einen Stand-by-Modus zu schalten. Mit einem Mal kann ich nichts mehr. Weder meine Hand heben, um das Glas an die Lippen zu führen, noch richtig Luft holen. Ja, es fühlt sich an, als würde sie mich mit ihrer Anwesenheit einengen, weil ich genau weiß, dass mein Fehler zwischen uns steht.

»Sieh mal, wer da ist.« Isaacs Feststellung macht mich wütend. »Jetzt weiß ich, was mit dir los ist.« Wissend nickt er und setzt sich wieder neben mich.

»Halt die Klappe«, fauche ich.

Mit den Augen folge ich Lizzy, Logan und Bec. Sie gehen direkt zu einem großen Tisch, an dem Layla sitzt. Scheinbar haben sie sich für den heutigen Abend verabredet, um über die alten Zeiten zu sprechen.

Du warst mal einer von ihnen, sage ich mir selbst, *bevor du alles zerstört hast.*

Eine Klaue legt sich über meinen Brustkorb und drückt zu. Sämtliche Gefühle stürzen auf mich ein. Sie überrollen mich wie eine Welle, die das Ufer trifft. Brechen über mir zusammen und wollen mich in sich aufnehmen. Zugleich schnürt sich meine Kehle zu, überfordert von den Empfindungen, die mich überwältigen.

Bec nimmt Layla in den Arm und lässt sich neben ihr auf die Bank sinken, so dass sie mir am Ende des Raumes gegenübersitzt. Sie sieht sich um und reißt die Augen auf, als sie an mir hängen bleiben. Erwacht aus der Starre, greift meine Hand wie ferngesteuert nach der Schnapsflasche, um das Glas zu befüllen. Bec bemerkt das und ihr Gesicht spiegelt gemischte Emotionen wider. Überraschung. Unglauben. Besorgnis.

Schau, wie angewidert sie von dir ist, stichelt die Stimme in meinem Kopf.

Im gleichen Moment drehen sich Logan, Lizzy und Layla ebenfalls in meine Richtung. Augenblicklich sucht Logan Augenkontakt zu mir und macht mir allein mit seinem Gesichtsausdruck klar, dass ich Bec auf keinen Fall zu nahe kommen soll.

Ich ignoriere ihn und richte meine Aufmerksamkeit auf Bec, die nervös auf ihrer Lippe kaut.

Unwillkürlich muss ich an unser erstes Date denken. Bei diesem hatte sie zu einem abendlichen Picknick am See in der Nähe von Brokenville eingeladen. Wir hatten uns einen Platz in der Nähe des Ufers gesucht und stießen dabei auf eine Lichtung, die uns freie Sicht auf das Wasser und die untergehende Sonne gab. Der Himmel wurde bereits in oranges Licht getaucht, während wir dalagen und uns alles Mögliche erzählten. Durchgehend kaute Bec auf ihrer Unterlippe, als würde sie auf etwas warten. Als ihr eine lose Strähne in die Stirn fiel, schob ich sie mit meinem Finger zurück. Bec erschauerte bei meiner Berührung und ihre Wangen röteten sich. Ein Lächeln stahl sich auf ihren Mund, während sich unsere Blicke ineinander brannten. Es war, als wäre sie ein Magnet, dessen Gegenstück ich war. Der Moment war so intensiv, dass ich nicht anders konnte, als mich zu ihr zu beugen und meine Lippen auf ihre zu legen.

»Boah.« Isaac, der sein Bier mit einem lauten Krachen auf den Tresen stellt, klopft mir auf die Schulter und holt mich damit in die Realität zurück. »Du konntest sie wirklich nie vergessen.«

Ich zucke zusammen und unterbreche den Augenkontakt mit Bec, um meinen Cousin anzusehen.

»Halt die Klappe«, zische ich und setze das Schnapsglas an die Lippen, um meine Gedanken und Gefühle zu ertränken. Der Alkohol brennt in meiner Kehle, als ich ihn hinunterschlucke. Und das tut verdammt nochmal gut.

»Du könntest auch einfach zu ihr gehen und mit ihr sprechen«, schlägt er vor, »dann müsstest du dir nicht schon wieder die Kante geben.«

»Seit wann gibst du mir bitte Ratschläge?«, frage ich ihn.

»Seit ich merke, dass du mit deinem Schmerz nicht mehr klarkommst.«

»Lass mal überlegen, wer daran schuld ist.« Mit dem Zeigefinger tippe ich auf mein Kinn. »Stimmt, du hast mich zu dieser beschissenen Wette verleitet.«

»Wir waren jung«, sagt Isaac, »jung und dumm.« Er verdreht die Augen. »Und wir haben beide jede Menge durch.« Am meisten ärgert mich an Isaacs Aussage, dass er es so betont, als wäre es völlig normal, Fehler zu machen. Als sei es normal, andere damit zu verletzen.

»Tja«, kontere ich, »mein Scheiß hat halt mein Leben zerstört.«

»Nein, du zerstörst dir dein Leben selbst.«

»Als ob«, knirsche ich. Dabei spüre ich, wie sich ein beklemmendes Gefühl in mir ausbreitet.

»Du könntest dich einfach dem ganzen *Scheiß* stellen. Geh zu ihr und schaff es aus der Welt. Es ist verdammt nochmal drei Jahre her. Irgendwann muss man bereit dazu sein, über alles zu sprechen.«

»Du hast leicht reden.« Ich bedenke ihn mit einem finsteren Blick. »Schließlich bist nicht du derjenige, der alles verloren hat.«

»Gut.« Er seufzt und zuckt mit den Achseln. »Ich mach's dir vor.«

Irritiert sehe ich ihm dabei zu, wie er bei Johnny eine Coke bestellt. Viel zu spät fällt mir ein, dass es sich dabei um Becs

Lieblingsgetränk handelt, und mein alkoholisiertes Hirn braucht ewig, um zu realisieren, was Isaac vorhat.

»Lass den Mist«, zische ich und möchte ihn aufhalten.

»Nein, im Gegensatz zu dir habe ich die Eier in der Hose, mich bei ihr zu entschuldigen.« Mit diesen Worten dreht er sich um und geht zu ihr.

8

BEC

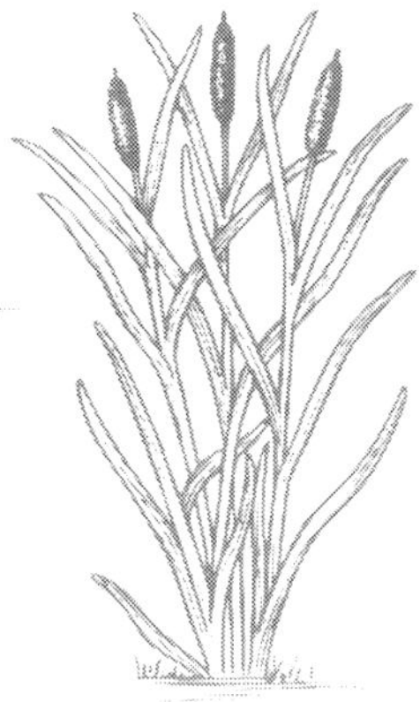

»Es ist so toll, euch wiederzusehen!« Layla klatscht und schmiegt sich an Lizzy. »Meine Schwester ist wieder da und mit ihr eine meiner besten Freundinnen.«

»Oh ja!« Grinsend prostet Logan uns mit seinem Bier zu.

»Auf jeden Fall!« Lizzy nimmt einen Schluck.

Eigentlich sollte ich mich mit ihnen freuen. Glücklich sein, dass ich mit meinen Freunden zusammensitze, die ich schon so lange nicht mehr gesehen habe.

Stattdessen wandert mein Blick immer wieder zu Ray, der am anderen Ende des Pubs sitzt. Direkt am hölzernen Tresen, hinter dem Barkeeper Johnny seine Drinks mixt. Ray hat freie Sicht auf unseren Tisch und macht keinen Hehl daraus, dass er uns beobachtet. Vor ihm steht eine Flasche Schnaps und direkt daneben ein Glas, das er nahezu im Minutentakt neu befüllt.

Und genau diese Tatsache versetzt meinem Herzen einen Stich.

Wann hatte das angefangen? Warum hatte es angefangen? Ausgerechnet Ray, der Alkohol nicht ausstehen konnte, sitzt dort und trinkt ein Glas nach dem anderen. So, als wäre es Wasser.

Hart schlucke ich.

»Und?«, fragt Logan. »Wie ist das Leben in New York?« Neugierig schaut er von Lizzy zu mir.

»Groß, stinkend, erdrückend und manchmal echt toll«, antworte ich.

Layla lacht. »Echt jetzt?«

»Ach, hört nicht auf Becca.« Lizzy macht eine abwehrende Handbewegung. »New York ist einzigartig. Ich liebe es dort!« Über das ganze Gesicht strahlend, erzählt sie von den vielen Erlebnissen, die wir dort hatten.

Lizzy mag zwar eine Vorliebe für New York entwickelt haben, ich hingegen habe über die letzten Jahre hinweg festgestellt, dass mir das ländliche Leben tausendmal besser gefällt.

»Wann können wir euch mal besuchen?« Layla macht große Augen.

»Du hattest schon so oft die Chance und bist nie gekommen.« Lizzy verdreht die Augen.

»Sorry.« Layla grinst verschmitzt. »Ich hatte eben Besseres zu tun.«

»Klar.« Meine beste Freundin schnalzt mit der Zunge. »Du hattest mal wieder einen Freund.«

»Pah!«, macht Layla. »Nur weil deine Beziehungen nie lange halten.«

»Oh Mann.« Logan lacht. »Das habe ich wirklich vermisst. Diese Geschwisterliebe.«

»Am Ende liegen sie sich eh wieder heulend in den Armen, wenn sie sich beleidigen.« Ich zucke mit den Achseln und muss tatsächlich auch lachen. Dabei sticht mir eine Person ins Auge, die zu Ray an den Tresen tritt. Es ist Isaac.

Allein die Tatsache, dass ich ihn hier sehe, versetzt mich in die Vergangenheit. Es lässt mich daran denken, was alles passiert ist. All der Mist, den ich durchlebt habe. Der Schmerz, den sie mir zugefügt haben. Und das alles nur wegen einer Wette.

Ich atme geräuschvoll aus.

»Was ist?«, fragt Lizzy. Gleichzeitig sieht sie Ray und Isaac am Tresen sitzen und sich unterhalten. »Vergiss die beiden. Wir haben Logan, wenn sie dich nicht in Ruhe lassen.«

»Wen soll ich vermöbeln?« Logan dreht sich ebenfalls um. »Oh.« Damit wendet er sich wieder zu uns. »Ray verbringt seit einer ganzen Weile echt viel Zeit hier.«

»Ja«, pflichtet ihm Layla bei. »Dad hat ihn auch schon öfter dabei beobachtet, wie er vom Pub heimgetorkelt ist.«

»Echt jetzt?« Lizzy macht große Augen. »Du hast nie erwähnt, dass es *so* schlimm ist, Layla.«

»Na ja.« Ihre Schwester sieht sie unschuldig an. »Ich wusste auch nicht, dass es so wichtig ist.«

»Typisch.« Lizzy schüttelt den Kopf.

»Wisst ihr, wann das angefangen hat?« Ich komme nicht darum herum, die Frage zu stellen.

»Ziemlich genau zu der Zeit, als du weggezogen bist. Und nach Graysons Unfall ist es noch schlimmer geworden«, berichtet Layla.

Logan nickt zustimmend.

Ob es wohl mit damals zusammenhängt? Mitleid keimt in mir auf.

»Aber davon lassen wir uns jetzt nicht den Abend verderben, oder?«, meint Logan und wechselt das Thema. »Wie läuft's eigentlich an der Brokenville High?«

Das ist für Layla der perfekte Einstieg, um die wildesten Geschichten des letzten Schuljahrs auszupacken.

»Niemals«, rufe ich und pruste los. »Beim besten Willen kann ich mir nicht vorstellen, dass sich Mr Harris auf der Abschlussfeier so die Kante gegeben hat.«

Bei Mr Harris handelt es sich um meinen alten Lehrer, der strikt jede Regel umgesetzt hat. Er war so streng, dass viele Schüler Angst vor ihm hatten.

»Doch!« Layla lacht laut. »Ihr hättet das sehen müssen! Er kam sogar als Kaktus verkleidet zur Halloweenfeier.«

Ich muss bei der Vorstellung so sehr lachen, dass ich Tränen in den Augen habe. Und irgendwie tut das richtig gut.

»Oh, oh«, sagt Lizzy mit einem Blick auf Rays und Isaacs Platz. »Der Feind ist im Anmarsch.«

Damit erinnert sie mich an deren Anwesenheit, die ich vollkommen ausgeblendet hatte.

Noch bevor ich mich umdrehen kann, steht Isaac bereits mit einer Coke in der Hand an unserem Tisch.

Logan ballt die Hand zur Faust, bereit, Isaac jeden Moment

in die Flucht zu schlagen. Dieser hingegen blendet ihn vollkommen aus. »Hallo Bec.«

»Was willst du?« Logan steht auf und schiebt seine Schulter vor mich.

Das Blut rauscht in meinen Ohren. Unsicher, was ich tun oder sagen soll, scheinen meine Lippen festgeklebt zu sein.

»Mit Bec sprechen.« Isaacs Blick ist noch immer auf mich geheftet. »Hier«, sagt er und reicht mir die Coke.

»Und woher sollen wir wissen, dass da nichts drin ist?« Layla schnalzt mit der Zunge und wirft ihm einen bösen Blick zu. »Euch Grays kann man nicht mehr vertrauen.«

»Hey, ich habe euch nichts getan.« Isaac verschränkt die Hände vor der Brust. Sein Gesicht ist durchzogen von einem weichen Ausdruck. Ja, ich bin mir fast sicher, so etwas wie Reue in seinen Augen zu erkennen.

Mein Gefühl sagt mir, dass er nichts Böses will. Und seit der Sache mit Ray lag es meistens richtig. »Was gibt's, Isaac?«

»Du willst ihm echt noch zuhören?« Layla starrt mich ungläubig an.

»Ja, das will ich«, gebe ich entschlossen zurück.

»Ich …« Isaac stammelt, was komplett untypisch für ihn ist. »Ich wollte mich entschuldigen.«

»Mehr hast du nicht auf dem Kasten?«, bohrt Logan nach. »Immerhin habt ihr Becca vor der ganzen Schule bloßgestellt.«

Isaac seufzt. »Ich weiß ganz genau, was wir gemacht haben. Deswegen möchte ich mich ja auch entschuldigen. Dafür, dass ich Ray zu der Wette gedrängt habe.« Er meint es ernst. Ich erkenne es daran, wie er meinem forschenden Blick standhält.

Ich atme aus. »Okay.«

»Okay?«, fragt er.

»Okay.«

Verwirrt sieht er mich an. »Heißt das, du –«

»Ich habe deine Entschuldigung angehört.«

»Alles klar.« Er nickt und fährt sich nervös durchs Haar.

»Also«, meint Isaac, »ich geh dann mal wieder. Wir sehen uns.« Zum Abschied hebt er die Hand.

»Wow.« Lizzy sieht ihm sprachlos hinterher. »Hat er sich

gerade wirklich bei dir entschuldigt? Ausgerechnet Isaac Gray, einer der größten Bad Boys an unserer Schule?«

»Ja, das hat er.« Meine Augen ruhen noch immer auf Ray, der sein Glas erneut füllt. *Warum?,* hallt es durch meinen Kopf.

»Nicht zu fassen«, meint Layla. »Ausgerechnet er entschuldigt sich.«

Logan kratzt sich am Hinterkopf, weil er nicht weiß, was er dazu sagen soll. Wir sind alle sprachlos. Keiner von uns hätte jemals damit gerechnet.

Isaac war an der Highschool dafür bekannt, dass er sich einfach nimmt, was er möchte. Jeder wusste, dass er gern einen draufmachte und auch mal zuschlug, wenn es sein musste. Kaum jemand hatte ihm die Stirn geboten, außer Ray.

Ray, der jetzt mit ihm am Tresen sitzt und bereits die halbe Schnapsflasche geleert hat, während Isaac noch immer am gleichen Bier nippt.

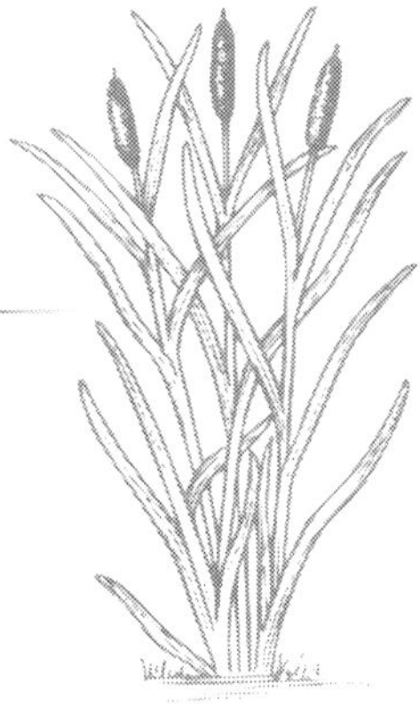

9

RAY

»Komm«, sagt Isaac, »der Platz im Eck wird frei.« Er deutet mit dem Zeigefinger auf die Eckbank direkt neben dem Eingang. »Dann musst du Bec nicht so anstarren.«

Seit gut zwei Stunden mache ich nämlich nichts anderes, als meine Ex-Freundin zu beobachten, und kann nicht damit aufhören. Jedes Mal, wenn sie lacht und sich eine Strähne ihres braunen Haars hinters Ohr schiebt, zieht sich mein Herz schmerzhaft zusammen.

Und das tut weh.

Richtig weh.

Du bist selbst schuld, erinnere ich mich und wende mich von Bec ab.

Als Antwort auf Isaacs Frage brumme ich, nehme mein Glas mit und folge Isaac. Er setzt sich auf die Eckbank und stellt sein Bier vor sich. Ich tue es ihm gleich und blicke finster drein.

»Wie geht's deinem Dad?«, erkundigt er sich nach einer Weile.

»Falsches Thema.«

»So schlimm?« Isaac sieht mich mitfühlend an.

»Erstens: Ja, es ist so schlimm. Zweitens: falsches Thema.«

»Du bist so gesprächig.« Seine Aussage trieft vor Sarkasmus.

»Vielleicht ist hier auch einfach nur der falsche Ort, um darüber zu reden«, stelle ich fest. »Morgen weiß es sonst ganz Brokenville.«

»Da ist was dran.« Isaac seufzt.

»Hallo Ray.« Carol, eine meiner Ex-Affären, kommt an den Tisch. Ich mustere sie und frage mich erneut, woher sie diese knappen Mini-Röcke bekommt, die gerade mal ihre Arschbacken bedecken. Als wäre das nicht schon aufreizend genug, trägt sie immer Oberteile, deren Ausschnitt knapp über ihren Brustwarzen endet.

»Hallo Carol.«

»Darf ich mich setzen?« Mit ihren großen blauen Augen sieht sie mich an und deutet mit dem Finger auf den freien Platz neben mir.

»Klar«, antworte ich, auch wenn ich nicht weiß, was ich mir von ihrer Anwesenheit verspreche.

Sie schiebt ihren Po auf die Bank und rückt mir auf die Pelle. Der Duft ihres süßlichen Parfüms steigt mir in die Nase und beschert mir Übelkeit. Sofort versuche ich, Abstand zu gewinnen, allerdings rutscht sie mir hinterher, bis ich an der Wand sitze.

»Wie geht's dir?« Ihre Hand legt sie mir auf die Schulter und beugt ihr Gesicht ganz nahe zu meinem.

»Es ging mir schon besser«, murre ich.

»Mir geht's gut«, sagt sie, »danke der Nachfrage.« Sie schiebt sich eine ihrer blondierten Haarsträhnen hinters Ohr und kaut auf ihrem Kaugummi. »Wir haben uns schon lange nicht mehr gesehen.«

»Wirklich bedauerlich«, murmle ich, woraufhin Isaac lacht.

»Sehe ich auch so.« Carols Blick huscht zu meinem Cousin, der sein Lachen als Husten tarnt.

In der Hoffnung, sie mit meinem Schweigen loszuwerden, ignoriere ich sie.

»Hör mal«, beginnt Carol, »was hältst du davon, wenn wir nachher noch zu mir gehen?« Mit ihrem Finger fährt sie an meiner Wange entlang und zieht mein Gesicht näher zu sich.

»Kein Bedarf.«

»Du hast doch sicher schon lange nicht mehr –«

»Das kann dir vollkommen egal sein«, unterbreche ich sie barsch.

Sie zuckt vor mir zurück, als hätte ich ihr Gewalt angedroht. »Wann bist du eigentlich so verbohrt geworden? Hast du mittlerweile eine Freundin, oder was?«

»Nein, ich habe einfach keine Lust auf irgendwelche Spielchen«, erwidere ich.

»Muss ich dich daran erinnern, dass du derjenige warst, der mich vor ein paar Wochen im Suff verführt hat?« Sie schnalzt mit ihrer Zunge und lässt ihren Finger an meine Brust wandern.

Nur ungern denke ich an diese Party, auf die mich Isaac mitgeschleppt hatte. Sie fand im Haus seiner mittlerweile Ex-Freundin statt. Es waren so viele Leute eingeladen, dass man sich kaum noch bewegen konnte. Einige der Gäste hatten Drogen mitgebracht und auf den Toiletten konsumiert, während sich andere die Kante gaben. Auch ich habe über die Stränge geschlagen und fand, dass Carol unglaublich attraktiv wirkte. An diesem Tag hatte ich zuvor Bilder von Bec und mir gefunden, was mich richtig mitnahm. Da kam mir jemand wie Carol einfach genau richtig. Ich ließ meinen Charme spielen und bekam sie ziemlich leicht rum. Nur leider war der Sex das reinste Desaster. Mein Kopf war so voll von Bec, dass ich nicht konnte. Während Carol auf ihre Kosten kam, ging ich leer aus.

»Daran musst du mich nicht erinnern.« Ich schiebe Carols Hand beiseite. »Und jetzt entschuldige mich bitte.«

Ich stehe auf und schiebe mich an ihr vorbei. Der Alkohol steigt mir zu Kopf, so dass mir schwindlig ist. Diesen Moment mag ich sogar am liebsten, weil ich dazu übergehe, meine Gefühle zu vergessen. All die negativen Gedanken endlich für eine Weile vergessen kann.

Mit einem mulmigen Gefühl im Bauch bahne ich mir meinen Weg zur Toilette. Dabei stütze ich mich an der Wand ab, weil ich kurz schwanke. Sobald es besser ist, laufe ich weiter und gehe ins Klo.

Während ich pinkle, starre ich gegen die weißen Fliesen, die keine geraden Linien mehr bilden, sondern vor meinen

Augen tanzen. Die Übelkeit, die durch den grässlichen Geruch aus der Toilette verstärkt wird, versuche ich zu unterdrücken. Ich möchte den Anwohnern von Brokenville sicherlich nicht den Gefallen machen, dass ich hier kotze und sie sich morgen wieder das Maul über mich zerreißen können.

Beim Händewaschen starre ich mein Spiegelbild an. Meine grünen Augen sind blutunterlaufen und zeigen mir, was für ein Loser ich bin.

Wütend reiße ich ein Papiertuch ab, um meine Hände damit zu trocknen. Anschließend balle ich meine Hände zu Fäusten und sehe dabei zu, wie sich meine Knöchel weiß färben.

Mit aufeinandergepresstem Kiefer gehe wieder zur Tür hinaus, in den Lärm des Pubs.

Dort werde ich von niemandem Geringeren als Bec erwartet.

Sie hat sich gegen die Wand neben den Toiletten gelehnt und sieht mich mit ihren Augen an. Die Farbe ihrer Iriden erinnert mich an flüssigen Karamell.

»Was ist mir dir?« Sie stemmt ihre Hände in die Hüften. »Wieso machst du das?«

»Was?« Mit einer Hand stütze ich mich an der Wand, mit der anderen kneife ich mir in die Nasenwurzel, in der Hoffnung, den Schwindel damit zu vertreiben.

»Wieso betrinkst du dich?« Bec zieht die Augenbrauen zusammen. »Das bist nicht du.«

Unsere Blicke verhaken sich ineinander und sie lässt mich ihre Gefühle erkennen. Enttäuschung, Mitgefühl und Sorge.

Das macht mich krank.

»Kann dir egal sein.« Ich bin mir sicher, dass meine Aussprache mittlerweile nicht mehr normal ist. Definitiv klinge ich verwaschen und lalle sie an.

Aber das ist mir egal.

»Mir ist das nicht egal«, wispert sie. So leise, dass ich sie in der lauten Umgebung des Pubs gerade so verstehe. Sie macht einen Schritt auf mich zu. Wie automatisch greift sie nach meinem Handgelenk und umschließt es mit ihren zierlichen Fingern. Die Berührung jagt mir einen wohligen Schauer über den Rücken und beschert mir eine Gänsehaut.

»Sollte es dir aber.« Als ich ihrem Gesicht mit meinem näher komme, erstarrt sie. »Ich habe dich verletzt. Ich sollte dir egal sein, denn ich bin es nicht wert.«

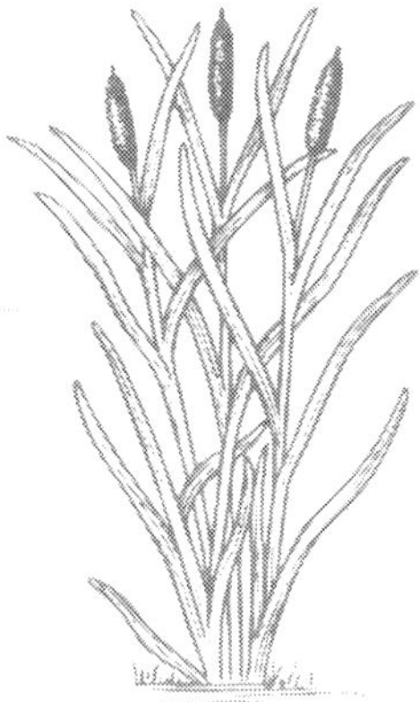

10

BEC

Dieser Ausdruck in seinen Augen. Dieser Schmerz, der tief aus seinem Inneren kommt. Diese grünen Augen, die mich nicht mehr anleuchten, sondern all seinen Kummer und die Bürde, die er auf seinen Schultern trägt, ausdrücken.

All das lässt mich nicht mehr los.

Ich bin es nicht wert.

Seine Worte hallen unaufhörlich durch meine Gedanken. Hat er womöglich recht? Sollte ich aufhören, mir solche Sorgen und Gedanken um ihn zu machen? Schließlich hat er mich verletzt und dafür gesorgt, dass ich keine Gefühle zulassen will.

Als er vor ein paar Minuten torkelnd aus *Tylers Pub* gegangen ist, hat er mich noch einmal angesehen. Seine blutunterlaufenen Augen haben meine festgehalten, mich in sich aufgenommen und mir gezeigt, wie sehr er leidet. Wie viel ihn belastet. Genau deswegen kann ich nicht anders, als mir Sorgen um ihn zu machen.

Schweigend beobachte ich Logan und Lizzy, die Witze reißen und sich immer wieder mit ihren Getränken zuprosten. Layla wurde bereits vor einer halben Stunde von ihrem neuen Freund abgeholt.

»Becca?« Lizzy sieht mich mit einem Grinsen auf den Lippen an.

»Mh?«, mache ich. Erst jetzt fällt mir auf, dass Logan weg ist.

»Wo bist du denn mit deinen Gedanken?«, tadelt sie mich, lächelt aber dabei.

»Ich bin nur müde«, wiegle ich ab und reibe mir die Augen, um meine Aussage zu unterstreichen. Das Letzte, was ich möchte, ist, dass Lizzy etwas von meinem Gefühlschaos mitbekommt. »Wo ist Logan?«

»Der kommt gerade wieder.«

Logan tritt an den Tisch. Er setzt sich neben Lizzy auf die Bank und grinst, während er ihr den Arm um die Schulter legt.

»Ich gehe nach Hause«, beschließe ich und schnappe meine Tasche.

»Sollen wir zusammen gehen?«, fragt meine beste Freundin sofort.

»Nein, nein.« Abwehrend hebe ich die Hände. »Alles gut, ich bin nur müde und möchte noch ein bisschen an die frische Luft. Genießt ihr den Abend noch!« Mit dem Versuch eines Lächelns verabschiede ich mich von den beiden und verlasse den Pub.

Draußen schlägt mir die lauwarme Luft entgegen und ich genieße den sachten Wind, der meine Wangen streichelt. Der Duft nach einem lauen Sommerabend liegt in der Luft und mir wird ganz wohl ums Herz. Gleichzeitig lasse ich meine Gedanken schweifen, während ich durch die gut beleuchteten Straßen laufe. Logischerweise wandern sie zu Ray. Ich weiß, dass das, was er gemacht hat, definitiv scheiße war. Aber das ist drei Jahre her und irgendwann –

Das Klingeln meines Handys holt mich in die Realität zurück. Ich fische es hastig aus meiner Tasche und lächle, als ich Teds Namen auf dem Display lese.

»Hi«, begrüße ich ihn.

»Hey Süße«, antwortet er, »ich wollte mal hören, wie es dir geht.« Das Grinsen in seiner Stimme ist nicht zu überhören. Gleichzeitig sträubt sich etwas in mir dagegen, dass er mich ›Süße‹ nennt.

»Mir geht's super, und dir?«, antworte ich und schiebe das merkwürdige Gefühl beiseite.

»Ich vermisse dich und wünschte, du wärst hier.«

Ich weiß genau, dass er sich eine Beziehung mit mir wünscht. Allerdings kann ich das nicht. Es fühlt sich für mich falsch an, wenn ich darüber nachdenke, ich könnte ihm ›Ich liebe dich‹ sagen und mit ihm zusammen sein. Der Einzige, zu dem ich die Worte je gesagt habe, war Ray.

»Du musst nichts dazu sagen«, fügt Ted hinzu, als ich nichts erwidere. »Auf keinen Fall wollte ich dich damit überrumpeln.«

»Nein, keine Sorge.« Sofort meldet sich mein schlechtes Gewissen. »Bis zu unserem gemeinsamen Wochenende dauert es ja nicht mehr lange«, versuche ich ihn aufzumuntern. Schon als ich ihm gesagt habe, dass ich den Sommer bei meinen Eltern verbringen werde, wollte er mich unbedingt besuchen kommen. Da er allerdings selbst ein paar Termine hat, haben wir uns auf ein Wochenende geeinigt, das er in Brokenville verbringen wird.

»Stimmt, in ein paar Wochen bin ich da.«

Wir unterhalten uns noch über belanglose Dinge. Er erzählt mir, dass er heute schon in unserer Wohnung war und die Post geleert hat. Im Gegenzug berichte ich ihm ein bisschen von Brokenville. Dabei versuche ich, das Thema Ray zu umgehen, weil Ted diesen Teil meines Lebens nicht kennt. Ehrlich gesagt bin ich auch nicht scharf darauf, diesen Part mit ihm zu teilen.

Als ich in die Straße einbiege, die zum Haus meiner Eltern führt, höre ich ein merkwürdiges Wimmern. Erschrocken halte ich inne und beuge mich zu dem Gebüsch, das direkt an die Straße grenzt.

»Ist alles okay?«, fragt Ted, der meinen plötzlichen Stimmungswandel bemerkt hat.

Ich luge in das Gebüsch und sehe eine Gestalt sitzen. Sie hat sich zwischen den Sträuchern versteckt und das Gesicht in den Händen verborgen.

»Oh mein Gott«, flüstere ich, als ich die Person erkenne.

»Becca?« Teds Stimme klingt am Telefon verzweifelt.

»Ähm …«, stammle ich mit Blick auf Ray, der betrunken im Gestrüpp liegt. »Ich muss auflegen.«

Bevor Ted überhaupt etwas sagen kann, drücke ich ihn weg.

Sofort knie ich mich hinunter. »Ray?«

»B… Bec?«, lallt er und sieht mich mit rot unterlaufenen Augen an. Sein Anblick lässt mir das Blut in den Adern gefrieren. Es ist das erste Mal, dass ich ihn so sehe.

»Ray.« Mit meiner Hand greife ich nach seiner. »Komm da raus.«

»Nein«, haucht er, »ich … ich bin ein Versager.« Er hickst. »Ein schrecklicher Versager.«

»Bitte«, flüstere ich. »Du musst nach Hause.«

Er erschauert, als ich meine Hand auf seine lege. »Ich habe das nicht verdient«, nuschelt er, als sich unsere Finger berühren. Er zieht sie ruckartig weg.

»Ray«, flehe ich ihn an. »Komm, ich bringe dich nach Hause.«

»Will nich.« Er vergräbt sein Gesicht wieder in seinen Händen. Ein Schluchzen entfährt ihm, das mir das Herz zerreißt.

»Ray, bitte.« Verzweifelt sehe ich ihn an.

Unwissend, was ich sonst tun soll, wähle ich die Nummer von Ivy. Sie hebt erst nach dem vierten oder fünften Klingeln ab. »Bec?«

Ich höre ihr an, dass ich sie mit meinem Anruf wecke.

»Sorry, dass ich dich wecke, aber dein Bruder sitzt hier im Gebüsch bei den Walthers. Er ist betrunken und ich kriege ihn hier nicht weg.«

Am anderen Ende höre ich ein Seufzen. »Ich bin unterwegs.«

Während ich auf Ivy warte, setze ich mich zu Ray auf den Boden. Ich ziehe meine Knie an und mummle mich in meinen Blazer.

»Was ist mit dir?«, flüstere ich in die Dunkelheit. In der Hoffnung, dass sein Schluchzen verebbt.

»Ich …«, stottert er, »ich bin ein … Versager.«

»Nein«, wispere ich. »Du bist kein Versager.«

Ray richtet seinen Kopf auf. »Doch, das bin ich.« In seinen Augen kann ich seine Qual sehen.

»Du bist einfach nur betrunken.« Erneut hebe ich meine Hand und lege sie auf seine Schulter.

»Das bin ich viel zu oft«, murmelt er, »viel zu oft.«

Genau in diesem Moment fährt Ivy mit dem Pick-up der Werkstatt vor. Sie sieht mich, steigt aus und kommt im Pyjama gekleidet auf uns zu.

»Ray.« Ivys Stimme klingt erleichtert. »Was machst du nur?« Sie greift die Hand ihres Bruders und gemeinsam richten wir ihn auf.

»Ich …«, stammelt er, »ich weiß nicht.«

»Komm, wir fahren nach Hause«, meint seine Schwester. Wir bringen ihn zum Auto, schieben ihn auf den Beifahrersitz und er schnallt sich an.

»Danke«, sagt sie zu mir, nachdem sie die Beifahrertür geschlossen hat.

»Passiert das öfter?« Ich kann nicht anders, als sie zu fragen.

Ivy weicht meinem Blick aus, was mir als Antwort reicht.

»Ich …«, setzt Ivy an, unterbricht sich allerdings. »Wir sehen uns morgen.« Sie steigt ins Auto und lässt mich mit unzähligen Fragen zurück.

11

BEC

Am nächsten Morgen werde ich vom Vibrieren meines Handys geweckt. Plötzlich hellwach, greife ich danach. Mein Atem stockt, als ich Teds Namen auf dem Display sehe. Sofort habe ich ein schlechtes Gewissen, schließlich habe ich ihn gestern Abend nicht nur abgewimmelt, sondern in einer Nachricht versprochen, ihn anzurufen, sobald ich zuhause bin. Tja, Letzteres habe ich vollkommen vergessen, nachdem sich meine Gedanken ausschließlich um Ray gedreht haben.

»Guten Morgen, Ted«, sage ich, als ich den Anruf annehme. »Es tut mir leid, dass ich dich gestern nicht mehr angerufen habe, obwohl ich es dir versprochen hatte. Ich war nur so müde, dass –«

»Guten Morgen, Becca«, schneidet er mir das Wort ab. »Alles gut. Ich habe mir nur Sorgen gemacht, weshalb du ein paar Nachrichten von mir auf dem Handy hast. Ich habe sogar Lizzy geschrieben, aber sie meinte, du bist gut nach Hause gekommen und bestimmt gleich ins Bett gegangen.«

Augenblicklich verschlimmern sich meine Gewissensbisse. Schließlich habe ich meiner besten Freundin noch Bescheid gegeben, dass ich gut heimgekommen bin.

»Es tut mir trotzdem leid«, entschuldige ich mich erneut. »Das war nicht meine Absicht.«

»Bec, es ist wirklich alles in Ordnung«, beruhigt mich Ted, »mir ist nur wichtig, dass es dir gut geht.«

Manchmal ist Ted einfach viel zu nett, denke ich. Aber das war er schon immer. Lizzy bezeichnet ihn nicht umsonst als *perfekten Schwiegersohn.*

Vielleicht ist das der Grund, warum es zwischen uns nicht passt?, schießt es mir durch den Kopf. Gleichzeitig schiebt sich das Bild von Ray vor mein inneres Auge.

»Warum musstest du gestern eigentlich so schnell auflegen?«, erkundigt sich Ted und holt mich damit in die Gegenwart zurück.

»Ein ehemaliger Mitschüler von mir hat Hilfe gebraucht.« Die Worte kommen schneller über meine Lippen, als ich darüber nachdenken kann. »Er hatte ein Problem mit seinem Auto, das nicht mehr angesprungen ist.« *Wow, was für eine Lüge, Bec.* Dabei fällt es mir schwer, Ray als Mitschüler zu bezeichnen.

»Konntest du ihm helfen?«, hakt Ted nach.

»Ja«, antworte ich wie aus der Pistole geschossen. »Was hast du heute vor?« Mit dieser Frage hoffe ich, das Thema wechseln zu können.

Und tatsächlich – es funktioniert. »Ich hole nachher meine Eltern vom Flughafen ab. Sie sind für ein paar Tage in der Stadt und haben sich in einem Airbnb eingemietet. Am Abend gehen wir essen.«

»Oh, das klingt schön.«

»Auf jeden Fall! Was machst du heute? Hast du etwas mit Lizzy geplant?«

»Ich gebe einer guten Freundin Nachhilfe. Sie steht kurz vor dem Abschluss und möchte ihre Noten verbessern.« *Wieder eine halbe Lüge.* »Wann kommen deine Eltern an?«

»Gegen mittags. Ich mache mich aber bald auf den Weg, weil ich den Schlüssel der Ferienwohnung gleich abhole und Einkäufe erledige.« Und so geht unser Gespräch erneut in Belanglosigkeiten über. Es ist eines der Dinge, die ich an Ted bewundere: Er findet immer etwas, worüber man sich unterhalten kann.

Nach rund zwanzig Minuten verabschiedet er sich von mir.

Sobald die Leitung leer ist und ich mein Smartphone auf die Seite lege, wird es mir schwer um die Brust. In meiner Magengegend pocht es und mein schlechtes Gewissen meldet sich erneut. Schließlich habe ich Ted noch nie angelogen – bis jetzt. Und ich weiß ganz genau, dass er Gefühle für mich hat.

»Wie soll ich da nur wieder rauskommen?«, frage ich mich laut und schlage die Bettdecke zurück.

Andererseits stelle ich mir die Frage, was es bringen würde, ihm die Wahrheit zu sagen. Nach diesem Sommer bin ich eh hier weg und ich möchte nicht, dass er zu viel über Brokenville weiß. Mir erscheint es unwichtig, jedes Detail meines Lebens mit ihm zu teilen.

Im Bad wasche ich mir das Gesicht, putze die Zähne und mache mich für den Tag fertig. Anschließend schlüpfe ich in bequeme, sommerliche Kleidung und begebe mich hinunter. Meine Eltern sind unterwegs, weshalb ich allein frühstücke. Anschließend mache ich mich auf den Weg zu den Grays. Dabei werde ich von einem nervösen Kribbeln im Bauch begleitet, als ich pünktlich um zehn Uhr vor der Haustür der Grays stehe. Sobald ich geklingelt habe, fühle ich mich wacklig auf den Beinen.

Wie geht es Ray? Warum hat er sich gestern so betrunken? Macht er das öfter? Das sind nur einige der Gedanken, die mir ständig durch den Kopf wirbeln.

Als die Tür aufgeht, steht Grayson vor mir und strahlt übers ganze Gesicht, als er mich sieht.

»Rebecca!« Er nimmt mich sofort in den Arm. Dabei steigt mir der vertraute Duft nach Öl in die Nase. Scheinbar hatte er zuvor an einem Auto geschraubt und macht gerade eine Pause. »Schön, dich zu sehen.«

»Hallo Grayson.« Ich lächle ihn ebenfalls an. »Wie geht es dir?«, frage ich ihn, während ich ihm durch den schmalen Flur in die offene Wohnküche mit den ozeanblauen Wänden folge, die Ray, Ivy und ich in den ersten Monaten des Senior Years renoviert haben. Grayson hatte damals seit längerer Zeit geklagt, dass der Wohnbereich ziemlich abgenutzt wirkt und er sich frischen Wind wünscht. Nach dem Tod seiner Frau hatte er keine Zeit mehr für Renovierungsarbeiten und so habe ich angeboten, gemeinsam mit Ray und Ivy eine Farbe auszusuchen, um alles umzugestalten. Grayson war so glücklich, als er die neue Küche zum ersten Mal sah, dass er Tränen in den Augen hatte. Umso mehr freut es mich, dass alles noch gleich aussieht.

»Es geht schon.« Er lächelt mich matt an. »Hin und wieder habe ich Schmerzen, aber das ist das Alter.« Zuerst überlege ich nachzuhaken, entscheide mich allerdings dagegen. Ich kenne zwar die Wahrheit, möchte ihn aber nicht dazu zwingen, darüber zu sprechen.

»Bec!« Ivys Stimme ertönt von der Veranda. »Ich bin auf der Terrasse!«

»Viel Spaß euch.« Grayson hebt die Hand, bevor er wieder im Flur verschwindet.

Ich durchquere den Wohnbereich und stelle mit einem Stich in der Brust fest, dass alle Bilder von Ivy, Ray und mir abgehängt wurden.

Wir haben uns getrennt, rufe ich mir in Gedanken, *da wird Rays Familie wohl kaum Bilder von euch hängen lassen.*

Kopfschüttelnd betrete ich die Veranda. Dort werde ich von einer strahlenden Ivy erwartet, die bereits am Tisch sitzt. Vor ihr sammeln sich alle möglichen Snacks.

»Ich dachte mir, wir könnten den Tag mit einem Frühstück starten.«

»Klar, gern.« Ich lasse mich auf den Stuhl ihr gegenüber sinken, so dass ich freien Blick auf den großen Garten der Grays habe. Auf der rechten Seite erstreckt sich die Halle der Werkstatt, dahinter ein Parkplatz, auf dem sie weitere Autos parken, die repariert werden müssen. Links davon befindet sich der Garten, in dem früher ein Pool aufgebaut war. Ray, Ivy und ich haben im Sommer viel Zeit dort verbracht.

Jetzt steht dort ein kleines Häuschen. Es wirkt wie ein Blockhaus, ist aber um einiges kleiner als ein solches. Es hat große Fenster, die den Blick auf eine Küche und einen Wohnbereich freigeben. Vor dem Haus befindet sich eine kleine Veranda, auf der zwei Stühle und ein Tisch stehen.

»Oh, du kennst das ja noch gar nicht«, stellt Ivy fest. »Das ist Rays Tiny House.«

»Hat er das selbst gebaut?« Überrascht sehe ich sie an.

»Ja.« Ivy platzt beinahe vor Stolz. »Es ist eines von Isaacs und Rays Projekten. Sie haben meistens daran gearbeitet, wenn Isaac in der Werkstatt ausgeholfen hat.«

»Wow«, murmle ich, »es ist echt schön.«

Mit einem Mal verspüre ich Sehnsucht danach, das Haus zu betreten. Zu sehen, wie es Ray geht, nachdem ich ihn gestern im Gebüsch gefunden habe.

»Wie geht es ihm?«, frage ich Ivy.

Sie betrachtet mich nachdenklich. »Gute Frage. Er ist zwar heute Morgen aufgestanden, um Dad in der Werkstatt zu helfen, aber wirklich fit sah er nicht aus.« Genüsslich beißt sie von ihrem Croissant ab, während ich mir eine Schale mit *Lucky Charms* fülle.

Ich liebe dieses Müsli so sehr! Mit einem Stich in der Magengegend erinnere ich mich daran, wie mir Ray früher immer eine Schale ans Bett gebracht hat, wenn ich bei ihm übernachtet habe.

Und während mir Ivy von den letzten drei Jahren erzählt, schiebe ich mir einen Löffel in den Mund und lasse die süße Mischung auf meiner Zunge zergehen. Dabei genehmige ich mir, für eine Weile in Erinnerungen zu schwelgen.

12

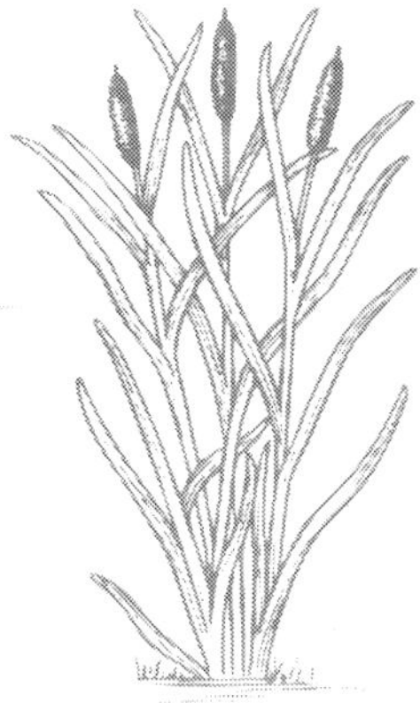

RAY

»Hol mir mal bitte den Neuen.« Dad steht mit schmerzverzerrtem Gesicht neben dem Wagen der Walthers und entfernt den Reifen.

»Lass mich das machen«, sage ich und schiebe ihn sanft beiseite.

»Nein, das geht schon.« Er will sich wehren, verharrt allerdings in seiner Bewegung, als ihn seine Beschwerden erneut einschränken.

»Dad!« Wütend sehe ich ihn an.

Freiwillig hebt er die Hände und rückt beiseite.

Fast schon mühelos nehme ich den alten Autoreifen, entferne ihn und bringe einen neuen an. »Fertig.«

»Danke.« Er klopft mir auf die Schulter. »Rebecca ist gerade gekommen«, erwähnt er beiläufig und lässt damit mein Herz schneller schlagen.

»Schön.« Allein nach dem, was gestern Abend war, würde ich ihr am liebsten aus dem Weg gehen. Nur vage erinnere ich mich daran, wie sie mich im Gebüsch bei den Walthers entdeckt und Ivy angerufen hatte. Wenn mich mein Gedächtnis nicht täuscht, habe ich mich mehr als peinlich benommen und ihr einen tiefen Einblick in meine Seele gegeben.

»Ich habe mich gefreut, sie wiederzusehen.« Dad strafft seine Schultern. »Du solltest mit ihr sprechen.«

Eine Klaue legt sich über meine Brust, bereit zuzudrücken.

»Das ist mein Ernst.« Dad scheint mein Zögern zu bemerken. »Ich weiß genau, wie sehr das alles an dir nagt.«

»Lass das!«, fahre ich ihn an, was mir augenblicklich leidtut. Immerhin meint er es nur gut. »Ich glaube kaum, dass Bec etwas mit mir zu tun haben will. Und selbst wenn, wüsste ich nicht, wie ich die Vergangenheit ansprechen sollte«, füge ich eine Spur versöhnlicher hinzu.

Dieses Geständnis verlangt mir einiges ab. Seit ich Bec das erste Mal wiedergesehen habe, spüre ich tief in mir das Bedürfnis, die Sache aus dem Weg zu räumen. In der Hoffnung, dass es mir danach besser geht. Eine Last weniger mit mir herumtragen zu müssen.

Dad setzt sich auf einen der Hocker neben der Tür, die zu uns ins Haus führt. Er klopft mit seiner Hand auf den anderen, und ich nehme dort Platz.

»Sei ehrlich zu ihr. Sag ihr, warum du so gehandelt hast. Sag ihr, wie leid es dir tut«, schlägt er vor. »Du wirst es nicht mehr rückgängig machen können, aber du kannst lernen, damit umzugehen. Dir die Fehler einzugestehen und daraus zu lernen.«

Er hat recht. Ich kann nicht dauerhaft in der Vergangenheit leben. Trotzdem fühle ich mich schuldig. Nicht gut genug für Bec, Dad und Ivy. Einfach für niemanden.

»Bestimmt wartet Bec nur darauf, dass du mit ihr sprichst«, ermutigt mich Dad.

»Vielleicht hast du recht.« Seufzend erhebe ich mich. »Ich geh mir schnell was zum Essen holen. Möchtest du auch was?«

»Mach das. Ich brauche nichts.« Dad steht auf und klopft sich den Staub von der Hose. »Währenddessen rufe ich bei den Walthers an.«

Mit schwitzigen Händen gehe ich durch die Tür hinein in unser Haus. Dort streife ich mir die Schuhe ab, um möglichst wenig Dreck im Haus zu verteilen, und laufe in die Küche. Dort hole ich mir eine Schüssel und möchte mir gerade die *Lucky Charms* aus dem Regal holen, die ich in Dads Küche deponiert habe. Nur stehen sie nicht an ihrem gewohnten Platz und ich weiß auch schon, warum.

Von der Terrasse höre ich Ivy und Bec lachen. Laut und

herzlich, fast wie früher. Unwillkürlich schleicht sich ein Grinsen auf meine Lippen und ein wohliger Schauer läuft mir über den Rücken.

»Ivy!«, rufe ich und laufe durch das Wohnzimmer. »Hast du schon wieder mein Müsli geklaut?«

Als ich auf die Veranda trete, setzt mein Herz für einen Moment aus. Bec sitzt mit einer Schale Müsli auf dem Stuhl und genießt es sichtlich. Ihre Wangen röten sich, und ich bin mir sicher, dass sie an die unzähligen Vormittage denken muss, an denen ich ihr Frühstück ans Bett gebracht habe.

»Hier«, sagt Ivy und reicht mir die Packung und reißt mich dadurch aus meinen Gedanken. »Ich wollte Bec nur daran teilhaben lassen.« Sie grinst frech.

»Haha«, antworte ich, ohne den Blick von Bec abzuwenden. Sie zwirbelt eine ihrer Haarsträhnen zwischen ihren Fingern und mustert mich. Ihr ist deutlich anzusehen, dass ihr Fragen unter den Nägeln brennen. Nämlich zu gestern Abend.

Beschämt sehe ich weg, drehe mich um und gehe wieder hinein. Dabei gebe ich mein Bestes, das wilde Herzklopfen loszuwerden, indem ich mir mit dem Handballen über die Brust reibe. Es muss einfach weggehen. Ich kann nicht fassen, dass sie nach all den Jahren noch immer so intensive Gefühle in mir auslöst.

Gedankenverloren fülle ich meine Schüssel mit Müsli, kippe Milch darüber und löffle es in mich hinein. Es ist nicht das erste Mal, dass ich den Drang verspüre, mit ihr zu sprechen. Allerdings hätte ich endlich die Gelegenheit dazu. Ich möchte wissen, wie es ihr geht, was sie in New York erlebt hat und wie ihr das Studium gefällt. Dennoch frage ich mich, ob sie das will.

Seufzend stelle ich die Müslischale auf die Arbeitsplatte, ehe ich wieder in die Werkstatt gehe, um Dad unter die Arme zu greifen. Die Zeit vergeht wie im Flug. Wir reparieren mehrere Autos, wechseln Reifen, und Dad hält nebenbei alles für die Rechnungen fest. Als sein Handy klingelt, verschwindet er nach draußen, da wir in der Werkstatt einen schlechten Empfang haben.

Währenddessen kümmere ich mich darum, dass im Fahrzeug unseres Nachbarn neue Lichter eingesetzt, die Scheibenwischer ausgetauscht und einige Dellen ausgebessert werden.

Ein sachtes Klopfen an der Tür lässt mich innehalten und ich drehe mich um.

Bec steht im Türrahmen, mit einem fürsorglichen Ausdruck in ihren Augen. »Hey, ich hoffe, ich habe dich nicht erschreckt.«

»Hey.« Nervös fahre ich mir durch meine kurzen Haare und räuspere mich, um diesen unangenehmen Kloß in meinem Hals loszubekommen. »Nein, alles gut. Was gibt's?«

»Ich wollte nach dir sehen.«

»Warum?«, frage ich sie forscher als beabsichtigt.

»Wegen gestern, ich mache mir Sorgen um dich.« Da sind die Worte, die mir ihr Blick längst verraten haben.

Ehe ich antworte, wische ich meine Hände an der Hose ab und greife nach der Wasserflasche, die neben mir steht. »Es ist alles okay.«

»Wirklich? Mir hat es nicht den Anschein gemacht.« Sie hält inne. »Du hast im Gebüsch gesessen und dich als Versager bezeichnet.«

Unfähig, irgendwas zu sagen, versuche ich, mit einem Schluck Wasser Zeit zu schinden. Ihre Nähe beruhigt mich, so wie früher. Trotzdem tobt da dieser Sturm in meinem Kopf.

»Wieso? Wieso sagst du sowas?« Bec lässt nicht locker.

»Ist das nicht offensichtlich?« Ruckartig stelle ich die Flasche ab, wobei ein paar Spritzer Wasser auf der Arbeitsfläche verteilt werden. »Ich habe so viel Mist gebaut, den ich nicht wiedergutmachen kann. Und jetzt sieh mich an. Ich bin hier in dieser Werkstatt und schaffe es noch nicht mal, meinem Dad eine gute Stütze zu sein.« Mit jedem Wort werde ich lauter. »Alle verlassen sich auf mich, und ich versage.«

Bec zuckt bei meinen Worten zusammen. »Nein«, erwidert sie mit fester Stimme.

»Doch, Bec. Ich versage!« Eine unbändige Wut wirbelt durch meinen Körper. Am liebsten würde ich auf irgendwas eindreschen. Einfach drauflosschlagen, bis es kaputt ist.

Wie automatisch greift Bec nach meiner Faust. Sie umklammert sie und löst damit etwas längst Verdrängtes in mir aus. Ein Schauer läuft mir über den Rücken, während die Wut in meinem Bauch mit einem Mal erträglicher wird.

»Hör auf«, wispert Bec. »Du hast Scheiße gebaut, ja. Aber wir sollten darüber sprechen, um die Dinge aus der Welt zu schaffen und wieder nach vorne zu sehen.« Meine Augen verkeilen sich mit ihren und die Luft um uns herum knistert. Mein ganzer Körper schreit nach weiteren Berührungen von ihr. Nach ihrer Nähe. Am liebsten würde ich sie eng an mich schmiegen, meine Hand in ihren Haaren vergraben und ihren Duft einatmen. Als wäre sie meine Rettung.

Bec rückt näher zu mir. Kaum merklich überwindet sie den Abstand zwischen uns, bis ich ihren Atem an meinem Kinn spüre. Fest rechne ich damit, ihre zartrosa Lippen im nächsten Moment auf meinen zu fühlen. Wie sie einen leichten Druck auf meine ausüben und mir den Verstand nehmen.

Stattdessen unterbricht Bec den Moment. »Ich bin den ganzen Sommer da«, flüstert sie. »Und ich werde mit dir reden, wenn du bereit dazu bist.«

Mit diesen Worten dreht sie sich um und verlässt die Werkstatt. Mit ihr verschwindet das beruhigende Gefühl, das sie eben noch in mir ausgelöst hatte.

13

BEC

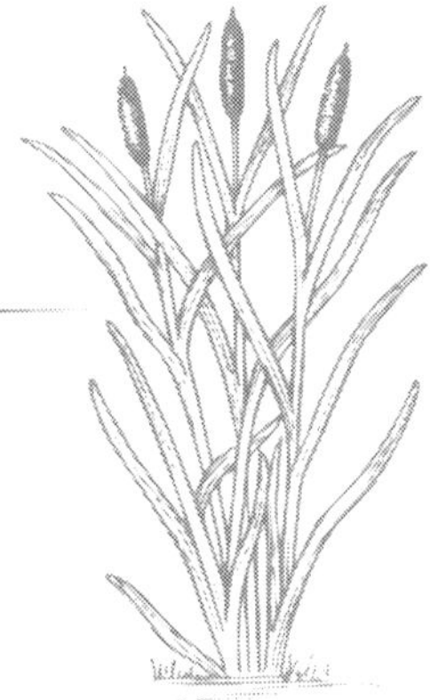

Seit ein paar Tagen ist nun Funkstille zwischen Ray und mir. Immer wenn ich mit Ivy zusammen lerne, geht er mir aus dem Weg. Er meidet mich seit unserem Gespräch regelrecht, aber das ist okay für mich. Ich wollte ihn wissen lassen, dass ich bereit dazu bin, die Vergangenheit ruhen zu lassen. All das aus der Welt zu schaffen und wieder nach vorne zu blicken. Sollte er auch bereit dazu sein, kann er mich jederzeit erreichen. Seinen Kontakt auf meinem Smartphone habe ich längst nicht mehr blockiert.

Jeden Tag hoffe ich darauf, eine Nachricht von ihm zu bekommen, in der er mich um eine Aussprache bittet. Ja, ich wünsche mir regelrecht, dass wir das endlich aus der Welt schaffen können, auch wenn ich nicht weiß, was ich mir davon erhoffe. Eher geht es mir darum, ihm zu helfen. Ich bin der Ansicht, dass eine Aussprache seine Selbstzweifel lindern könnte.

Was mir allerdings etwas Sorge bereitet, ist die Tatsache, dass ich dauerhaft an diesen knisternden Moment zwischen uns denken muss. Während wir uns gegenüberstanden und einander angesehen haben, hat sich eine enorme Hitze in mir ausgebreitet. Mit einem Mal hatte ich das Bedürfnis nach seiner Nähe und konnte nicht anders, als einen Schritt auf ihn zuzugehen. Ich wollte ihm nahe sein. So wie früher.

Seufzend schüttle ich den Kopf. Langsam sollte ich das

hinter mir lassen. Immerhin kommt Ted bald und darauf sollte ich mich freuen. Schließlich hat er Gefühle für mich und vermisst mich.

»Hey.« Lizzy steht vor mir. Sie trägt eine Shorts und ein lockeres T-Shirt. Ihr rotes Haar hat sie zu einem hohen Zopf gebunden.

Für den heutigen Tag haben wir uns im Coffeeshop verabredet. Wir wollen uns einen Eiskaffee holen, um anschließend in den Park zu gehen.

»Hallo«, begrüße ich sie.

»Alles klar?« Neugierig sieht sie mich an, als würde sie etwas von mir erwarten.

»Ja, alles bestens«, erwidere ich. »Und bei dir?«

Lizzy zieht den Stuhl neben mir heraus und nimmt darauf Platz. »Bei mir ist alles gut.«

Ich lasse den Blick schweifen und bleibe bei Isaac hängen, der hinter dem Tresen steht und die Getränke zubereitet. Er trägt seine dichten schwarzen Haare relativ kurz und seine Wangen werden von einem Dreitagebart bedeckt.

»Seit wann er wohl hier arbeitet?«, frage ich meine beste Freundin, ohne den Blick von Isaac abzuwenden. »Niemals hätte ich gedacht, dass er mal in einem Coffeeshop jobbt.«

»Gute Frage.« Sie sieht ebenfalls zu ihm. »Es wundert mich ehrlich gesagt ein bisschen.«

»Mich auch.«

Isaac war in der Vergangenheit als *der* Bad Boy an unserer Schule bekannt. Er besuchte die gleiche Jahrgangsstufe wie wir und sorgte ständig für Ärger. Damit brachte er nicht nur die Lehrer, sondern auch seine Mitschüler zur Weißglut. So gut wie täglich kam er zu spät zum Unterricht, roch nach Alkohol und Zigaretten oder fing Diskussionen an. Sein größtes Interesse galt allerdings den Mädels an unserer Schule. Kaum eine war vor ihm in Sicherheit, und er hatte mindestens ein Mädchen am Tag in seinem Arm. Keine seiner Beziehungen hielt länger als eine Woche. Selbst bei mir und Lizzy hatte er es versucht, aber bei uns scheiterte er. Trotz seines Verhaltens hatte er sehr gute Noten, und wir gingen fest davon aus, dass er aufs College gehen würde.

»Hast du nochmal mit Ray gesprochen?«, wechselt Lizzy das Thema.

Direkt nach dem Gespräch mit Ray hatte ich sie angerufen und ihr davon erzählt. Nur diese Spannung zwischen uns hatte ich ihr verschwiegen. Schließlich kann ich das ja noch nicht mal selbst einordnen.

»Nein«, antworte ich wahrheitsgemäß. »Seit ein paar Tagen geht er mir aus dem Weg. Immer wenn ich bei den Grays bin und mit Ivy lerne, verschanzt er sich entweder in der Werkstatt oder in seinem Haus. Aber das ist okay. Immerhin habe ich ihm gesagt, dass ich auf ihn warte.«

Lizzy betrachtet mich nachdenklich. »Glaubst du denn, er meldet sich?«

Die gleiche Frage habe ich mir auch schon häufiger gestellt. Schließlich ist es gut eine Woche her, dass ich mit ihm gesprochen hatte. Früher war Ray darauf bedacht, sich keine Chance entgehen zu lassen. Er wusste genau, was er wollte, und zog es auch durch. Doch mittlerweile habe ich das Gefühl, dass er sich selbst noch nicht sicher ist, was er möchte. »Keine Ahnung.«

Lizzy legt eine Hand auf meine Schulter. »Das wird schon.«

»Es ist nicht mein Problem, ich lasse ihm die Chance«, wiegle ich ab. Tief in mir frage ich mich aber, ob es mir wirklich egal ist.

Meine beste Freundin sieht mich prüfend an.

»Hey Ladys«, werden wir unterbrochen.

Wir drehen unsere Köpfe herum und sehen direkt in Isaacs Gesicht. Ein Grinsen liegt auf seinen Lippen, während er uns mustert. Mir entgeht dabei nicht, wie sein Blick an Lizzy hängen bleibt. »Kann ich euch etwas bringen?«

Lizzy neigt sich zu ihm. »Also, wenn du schon so fragst.« Ein Lächeln stiehlt sich auf ihren Mund und sie zwinkert ihm zu. »Wir hätten gern beide einen *Frozen Cappuccino* to go.«

Beide starren einander an, als würden sie mich komplett ausblenden. Die Luft lädt sich auf und ich habe das Gefühl, am falschen Ort zu sein.

»Kommt sofort.« Isaac durchbricht letztendlich den Moment und macht sich an die Arbeit.

»Was war denn das?«, frage ich Lizzy, deren Augen noch immer an Isaac haften. Sie kaut auf ihrer Unterlippe. »Lizzy?« Ich stupse sie an.

»Was?« Hastig fährt sie herum. Es dauert einen Moment, ehe sie sich wieder gefangen hat. »Das nennt man: ›weibliche Waffen nutzen‹.« Ihre Wangen röten sich und verraten mir, dass mehr dahintersteckt.

»Natürlich!« Augenverdrehend breche ich in lautes Lachen aus. »Auf jeden Fall!«

Konnte es sein, dass meine beste Freundin ausgerechnet etwas für Isaac Gray übrighat? Der Gedanke daran lässt mich schmunzeln.

»Jetzt erzähl mal, wie war es in Miami?«, wechsle ich das Thema. Erst in der vergangenen Woche war sie mit ihren Eltern und Layla dort.

»Super! Es war so ein tolles Erlebnis.« Sie berichtet mir von ihren Erlebnissen, während wir auf unsere Getränke warten.

Erst Isaac unterbricht unsere Unterhaltung, als er mit zwei Bechern an den Tisch kommt. »Hier, eure *Frozen Cappuccino.* Geht aufs Haus.« Dabei zwinkert er Lizzy mehr als offensichtlich zu. Es kostet mich eine Menge Selbstbeherrschung, nicht loszulachen.

»Danke.« Meine beste Freundin erwidert sein Zwinkern.

Mit einem verschmitzten Lächeln auf den Lippen geht Isaac wieder.

»Klar«, sage ich, als er außer Hörweite ist, »da ist nichts.«

Lizzy boxt mir auf die Schulter. »Pscht.«

Schmunzelnd probiere ich den *Frozen Cappuccino.* »Wollen wir los?«

»Gern.«

Wir verlassen den Coffeeshop und laufen in Richtung Park, der sich mitten im Zentrum von Brokenville befindet. Eigentlich ist es vielmehr eine Grünfläche mit einigen Sitzgelegenheiten, einem kleinen Teich, einem Spielplatz und einem Basketballplatz. Früher waren wir hier oft mit einer Picknickdecke und haben ganze Nachmittage hier verbracht, wenn wir genug vom Schulalltag oder unseren Eltern hatten. Manchmal sind wir auch an den See in der Nähe gefahren.

»Es ist echt schön, wieder hier zu sein«, sage ich, während wir durch die Straßen von Brokenville laufen. An fast jeder Ecke treffen wir jemanden, den wir kennen.

»Mhm, ganz wunderbar.« Der ironische Ton in ihrer Stimme ist nicht zu überhören.

Ich weiß, dass sie dem Dorfleben nicht mehr viel abgewinnen kann. Sie liebt es, in den Tiefen New Yorks zu verschwinden und nicht dauerhaft unter Beobachtung zu stehen. Denn das ist es, was einem in dem kleinen Ort passiert.

Als wir zu einer Parkbank gelangen, setzen wir uns.

Lizzy versinkt erneut in Erzählungen von Miami. »Ich sag's dir, der Sandstrand ist einfach gigantisch. Mom und Dad haben ja vormittags Termine wahrgenommen und Layla und ich haben uns dann einen Platz am Strand gesucht. Dort haben wir den ganzen Tag verbracht.«

»Das klingt toll.«

»Stimmt.« Lizzy zieht am Strohhalm ihres Getränks. »Allerdings … Ich habe ein komisches Gefühl, was Mom und Dad betrifft. Sie benehmen sich wirklich komisch, wollen uns aber nicht sagen, was los ist.«

»Inwiefern?« Besorgt sehe ich meine Freundin an. Sie ist ein harmoniesüchtiger Mensch, der es überhaupt nicht aushalten kann, wenn etwas nicht stimmt. Bei ihrer Vergangenheit ist das auch kaum ein Wunder, schließlich hat sie bis zu ihrem sechsten Lebensjahr in einem Heim gelebt. Anschließend kam sie nach Brokenville und wurde von den Holds adoptiert.

»Sie streiten gerade häufig. Es geht um so kleine Dinge wie das Essen, Reparaturen, Haushalt. Alles, was man wirklich leicht beseitigen könnte. Manchmal sitzen sie auch zusammen am Tisch und schweigen sich einfach an. Es ist aber kein gutes Schweigen, sondern eher, als würden unausgesprochene Worte zwischen ihnen liegen, und wir sie dabei stören. Und ich werde das Gefühl nicht los, dass sie uns etwas verheimlichen.« Mit jedem weiteren Wort sinkt sie mehr in sich zusammen.

Nachdenklich sehe ich Lizzy an. »Was sollten sie denn vor euch verheimlichen?«

»Keine Ahnung.«

»Hast du sie schon darauf angesprochen? Vielleicht haben sie eine simple Erklärung dafür.«

»Layla und ich haben es schon versucht. Es endete in einem riesigen Streit, weil Dad uns unterstellt hat, wir würden irgendwelche Dinge in ihr Verhalten interpretieren.« Lizzy seufzt. »Die Atmosphäre ist gerade wirklich beschissen und ich habe keine Ahnung, wie ich den Sommer hier überstehen soll.«

»Das tut mir leid.« Behutsam nehme ich ihre Hand in meine. Ganz deutlich spüre ich, wie schwer es Lizzy fällt, diese Geheimniskrämerei einfach hinzunehmen und nicht zu wissen, was los ist. »Was hältst du davon, wenn wir einfach das Beste draus machen? Es sagt keiner, dass du immer zuhause bleiben musst. Wir könnten Ausflüge machen, eine Party besuchen oder Übernachtungspartys schmeißen. Meine Eltern haben damit bestimmt kein Problem.«

»Das klingt gut.« Lizzy lächelt dankbar. »Das klingt wirklich gut.«

Wir nippen beide an unseren *Frozen Cappuccino*, die mittlerweile gar nicht mehr *Frozen* sind, als mir eine zierliche Person im Park auffällt.

»Schau mal, ist das nicht Ivy?«, fragt Lizzy, als sie die Person ebenfalls sieht.

»Ich glaube schon.«

»Hey Bec! Hey Lizzy!« Sie sprintet auf uns zu.

»Ivy«, begrüße ich sie, als sie vor uns stehen bleibt.

»Schön, dich zu sehen, wie geht es dir?«, erkundigt sich Lizzy und rutscht ein Stück zur Seite, um ihr einen Platz auf der Bank anzubieten. »Möchtest du dich zu uns setzen?«

»Danke, aber ich muss gleich weiter! Mir geht's gut, wie geht es euch?«, erkundigt Ivy sich.

»Auch«, erwidert Lizzy.

»Schön, zu hören.« Ivy grinst. »Am Samstag steigt eine Party. Mein Geburtstag und so. Es wäre toll, wenn ihr beide auch kommt.«

»Klar!«, antwortet Lizzy sofort, »Wir werden da sein!«

»Auf jeden Fall!« Ich zwinkere Ivy zu.

»Sicher?« Ivy strahlt übers ganze Gesicht. »Dann bis Samstag«, verabschiedet sie sich und joggt weiter.

Kurzzeitig denke ich darüber nach, ob ich mich Ray damit zu sehr aufdränge. Schließlich wollte ich ihm die Zeit geben, die er braucht, um von selbst auf mich zuzukommen. *Nein,* ermahne ich mich, *immerhin ist es Ivys Geburtstag und nicht Rays.*

»Okay, was schenken wir ihr?«, fragt mich Lizzy.

»Mh… ich hätte da so eine Idee«, erwidere ich und bin mir sicher, dass sich Ivy darüber freuen wird.

14

BEC

Es ist Samstagabend und Lizzy wird mich in wenigen Minuten abholen, damit wir gemeinsam zu Ivys Geburtstagsfeier gehen. Da das Haus der Grays lediglich ein paar Minuten von dem meiner Eltern entfernt ist und Lizzy bei mir übernachten wird, werden wir laufen.

Ich werfe einen letzten Blick in den Spiegel. Mein dezentes Make-up steht im Kontrast zu meinen dunkelroten Lippen. Mein braunes Haar ist locker hochgesteckt, wobei einzelne Strähnen herausfallen. Das schwarze Top liegt wie eine zweite Haut an meinem Körper und betont meine Oberweite. Ich streiche mir über den enganliegenden bordeauxroten Rock, den ich zu Pumps kombiniert habe. Wie Ray mich in diesem Outfit wohl finden wird? Ist es zu aufreizend? Sollte ich mich lieber nochmal umziehen?

In meinem Bauch kribbelt es, wie schon den ganzen Tag über.

Ohne es verhindern zu können, hat sich den ganzen Tag über der Gedanke an Ray eingeschlichen. Bei allem, was mir über ihn erzählt wurde, ist mir ganz flau im Magen. Meine Gefühle sind durcheinander. Zwar habe ich mit der Vergangenheit abgeschlossen und verspüre auch keine Wut mehr wegen seinen Taten, aber dafür mache ich mir umso mehr Sorgen um ihn. Gleichzeitig ist da dieser Wunsch, an seiner Seite zu sein. Mich mit ihm zu unterhalten.

»Rebecca!« Die Stimme meiner Mutter hallt durch den Flur. »Lizzy ist da.«

»Okay, schick sie nach oben!«, rufe ich. Aus meinem Schrank hole ich eine schwarze Stoffjacke heraus, die ich in meine braune Ledertasche stopfe.

»Hey!« Lizzy kommt mit einer Sporttasche in mein Zimmer. Ihr Blick wandert von meinem Bett, das voller Klamotten liegt, hin zu mir, wie ich verzweifelt vor dem Spiegel stehe. »Was ist los?«

»Ich … Findest du das zu aufreizend?«

»Ähm, nein. In New York sind wir immer so ausgegangen.« Sie stellt ihre Sporttasche auf den Boden neben meinem Bett.

»Das schon, aber –«

»Ist es wegen Ray?«

Ich schließe die Augen und kneife mir in die Nasenwurzel. »Ja«, hauche ich. »Ich habe Angst, dass er das falsch versteht. Er soll nicht denken, dass ich mich aufdrängen möchte.«

»Bec.« Lizzy kommt zu mir. »Du siehst wunderbar aus. Es ist Ivys Geburtstag, nicht seiner. Wir gehen dorthin, weil Ivy uns eingeladen hat. Sie möchte uns dabeihaben, nicht er.«

Ich atme tief ein, halte die Luft für einen Wimpernschlag an und stoße sie zwischen geschürzten Lippen wieder aus. »Du hast recht.« In Gedanken packe ich meine Unsicherheiten in eine große Kiste und schiebe sie in die hinterste Ecke meines Kopfes. Allerdings vertreibe ich damit nicht das flaue Gefühl in meinem Magen, welches ich jedes Mal spüre, wenn ich daran denke, wie ich ihn betrunken im Busch gefunden habe.

»Lass uns gehen«, sage ich mit neugewonnener Sicherheit und greife nach meiner Tasche.

»Alles klar.« Lizzy nickt. Sie holt eine Tasche, in der sich Ivys Geschenk befindet. »Wir schaffen das. Mach dir nicht zu viele Gedanken.«

Ich nicke und gehe in den Flur hinaus. Als wir die Treppe hinuntergehen, kommen Mom und Dad in den Eingangsbereich.

»Wow, ihr beiden seht hübsch aus«, meint Mom bei unserem Anblick.

»Danke«, erwidern Lizzy und ich zeitgleich.

»Wo geht ihr denn hin?« Dad zieht eine Augenbraue nach oben.

»Wir sind mit den anderen zum Grillen verabredet«, lüge ich und hoffe, dass er mir die Schwindelei abkauft.

»Es ist eine Gartenparty«, unterstützt Lizzy meine Lüge. Sie kennt Dads Meinung über Ray und weiß auch, dass er gegen einen weiteren Kontakt mit ihm ist.

Dads Gesichtszüge scheinen sich sichtlich zu entspannen. »Na dann, wünsche ich euch viel Spaß.« Er nimmt mich in den Arm und küsst mich sanft auf die Wange. Dabei flammt mein schlechtes Gewissen auf. Es war nie mein Ziel, Dad anzulügen.

»Ich wünsche euch einen schönen Abend«, sagt Mom und drückt mich an ihre Seite.

»Danke. Wir werden leise sein, wenn wir nach Hause kommen«, verspreche ich.

Beide nicken und Lizzy und ich verabschieden uns.

Sobald wir draußen sind, habe ich das Gefühl, wieder besser atmen zu können. Dennoch hat sich die Lüge gegenüber meinen Eltern fest in meinen Brustkorb gebohrt.

»Du weißt, dass du sie nicht ewig anlügen kannst? Schließlich sind wir hier in Brokenville und laufen bei den Walthers vorbei.« Lizzys Worte befeuern mein schlechtes Gewissen nur noch mehr.

»Das ist mir klar, aber Dad würde mich niemals gehen lassen, wenn er wüsste, wo ich heute eingeladen bin.« Ich hake mich bei meiner besten Freundin ein.

»Trotzdem solltest du ehrlich zu ihm sein. Er muss akzeptieren, dass du alt genug bist, deine eigenen Entscheidungen zu treffen.«

»Du kennst doch meinen Dad und weißt, wie sehr er nach der Sache mit Ray gewütet hat. Ich möchte nur Streit vermeiden. Mir haben schon die ständigen Diskussionen der vergangenen Tage gereicht, die wir führen, weil ich Ivy Nachhilfe gebe. Ich habe mich gefühlt wie ein Teenager, dem man den Kontakt zu falschen Freunden verbietet. Dabei würde ich mir einfach wünschen, dass Dad Ray eine zweite Chance gibt. Schließlich macht jeder Mensch mal Fehler.«

»Das verstehe ich. Aber denkst du wirklich, es wird besser, wenn du ihn belügst?« Skeptisch betrachtet sie mich.

»Nein«, antworte ich und seufze. »Es wird bestimmt nicht besser.«

»Na also.« Sie schnalzt mit der Zunge. »Du kannst deinem Dad ja auch sagen, dass du Ray nicht gleich heiraten wirst. Ich bin mir sicher, er wird dich verstehen.«

»Haha, sehr witzig.« Ich verdrehe die Augen.

Wir biegen in die Straße, die zu den Grays führt. Je näher wir dem Haus kommen, umso weiter rücken die Gewissensbisse bezüglich meiner Eltern in den Hintergrund.

»Wie ist es bei dir zuhause?«, hake ich bei Lizzy nach, um meine Gedanken beiseitezuschieben. »Hast du nochmal mit deinen Eltern gesprochen?«

»Nein, sie gehen mir beide aus dem Weg«, berichtet Lizzy. »Die Stimmung ist angespannt und Layla ist übers Wochenende erstmal zu Freunden geflüchtet. Ich bin echt dankbar, dass ich bei dir schlafen kann!«

»Kein Problem, du würdest das Gleiche für mich tun.«

»Das stimmt.« Sie lächelt. »Ich würde allerdings vorschlagen, dass wir unsere Gedanken in eine Sendepause schicken und Ivys Geburtstagsfeier genießen«, meint Lizzy, als wir den Vorgarten der Grays durchqueren.

»Das klingt nach einem guten Plan«, stimme ich zu. Trotzdem bin ich mir nicht sicher, ob ich mich daran halten kann oder nicht.

Vom Hof aus dringt laute Musik zu uns. Da die Grays ein großes Grundstück haben und etwas abseits leben, haben sie kaum Nachbarn, die sie stören könnten. Früher war das von Vorteil, besonders wenn Ray die eine oder andere Party mit seinen Cousins und Freunden gefeiert hat.

Als Lizzy an der Tür klingelt, spüre ich, wie meine Hände feucht werden. Nicht etwa, weil ich gleich Ray gegenübertreten werde, sondern vielmehr, weil ich keine Ahnung habe, was mich heute erwartet.

Glücklicherweise öffnet Ivy die Tür. Sie strahlt uns an und fällt uns gleichzeitig um den Hals. »Es ist so schön, dass ihr da seid!«

Lizzy drückt ihr das kleine Geschenk in die Hand, welches wir ihr besorgt haben.

»Das musst du später unbedingt in unserem Beisein öffnen«, bitte ich sie. »Versprich das!«

»Okay, das mache ich.« Fröhlich nimmt sie die kleine Box aus der Tasche heraus und zieht uns hinter sich durchs Haus.

Im Garten erwartet uns ein perfektes Ambiente. Zwischen der Terrasse und Rays Tiny House haben sie Sitzplätze mit Hilfe von Baumstämmen, Stühlen und Hockern geschaffen. Überall befinden sich Lampions, Lichterketten und Fackeln, die den kompletten Bereich in ein warmes Licht tauchen und für eine angenehme Atmosphäre sorgen. Direkt in der Mitte flackert ein Lagerfeuer, um das sich bereits einige Gäste versammelt haben.

Sofort halte ich nach Ray Ausschau, kann ihn allerdings nirgends entdecken. Stattdessen sehe ich Isaac, der am Grill steht und sich um das Essen kümmert.

»Setzt euch!« Ivy deutet auf die Plätze am Lagerfeuer. »Ich lass das Geschenk bei euch und hole uns etwas zu trinken.« Sie drückt es mir in die Hand.

Gesagt, getan. Lizzy und ich suchen uns einen Platz am Lagerfeuer, in dessen Reichweite die Getränke sind. Während Ivy zu einer Kühltruhe geht und Bier herausholt, bleibe ich noch kurz stehen und schaue zu Rays Tiny House. Ich bin noch immer fasziniert, wie toll es aussieht und wie viel Mühe darin steckt. Tatsächlich kann ich mir nur zu gut vorstellen, wie verbissen Ray daran gearbeitet hat, um dieses große Projekt abzuschließen. Ob es ihm zu diesem Zeitpunkt auch schon schlecht ging? Was ist nur der Auslöser, dass so ein Sturm in ihm tobt?

»Darf ich mal vorbei?« Seine raue Stimme löst augenblicklich eine Gänsehaut aus. Als ich den Kopf drehe und direkt in Rays Gesicht sehe, beschleunigt sich mein Puls. In meiner Magengegend breitet sich ein Kribbeln aus. Er hält für eine Sekunde inne, und ich frage mich, ob für ihn die Umgebung genauso in die Ferne rückt wie für mich.

15

RAY

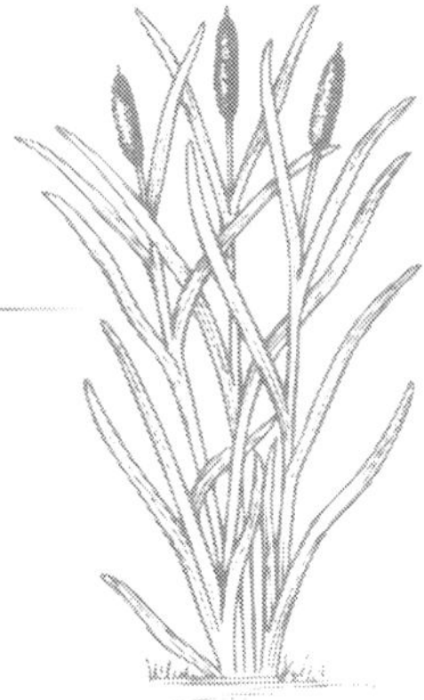

Den ganzen Tag über bin ich aufgeregt. Ich weiß genau, dass Ivy Bec und Lizzy zu ihrem achtzehnten Geburtstag eingeladen hat. Deshalb habe ich mir besonders viel Mühe gegeben, mich herausgeputzt und mein Haus komplett aufgeräumt. Vermutlich merkt es nicht mal jemand, aber für mich selbst war das wichtig. Ich kann längst nicht mehr leugnen, dass Bec der Grund dafür ist.

Hinzu kommt, dass ich Bec seit einigen Tagen aus dem Weg gehe. Es ist einfach: Sobald Ivy ankündigt, dass Bec zum Lernen kommt, vereinbare ich Termine in der Werkstatt oder erledige irgendwas in meinem Haus, das *auf keinen Fall* warten kann.

»Nächste Runde?«, frage ich Isaac, der hinter dem Grill steht. Wir sind bereits dabei, Ivys Gäste mit Würstchen, Steaks und Grillgemüse zu versorgen, was mich hervorragend von dem bevorstehenden Aufeinandertreffen mit Bec ablenkt.

»Ja.« Er verteilt das Essen mit einer großen Zange auf Tellern, die ich anschließend nehme und zum nächsten Tisch bringe.

Als ich auf dem Weg dorthin bin, stechen mir jene braunen Haare ins Auge. Ich erkenne sie nicht nur an ihren Haaren, sondern vor allem an ihrer Silhouette, die eine Mischung aus Eleganz und Selbstsicherheit ausstrahlt. Bec hat den Kopf in Richtung meines Hauses gewandt. Auf ihren Lippen ein zufriedenes Lächeln, in ihrem Ausdruck ist Anerkennung sichtbar.

Ich kann nicht verhindern, dass mein Blick über ihren sinnlichen Körper schweift. Im Gegensatz zu früher hat sie deutlich mehr Kurven, die sie mit ihrem Outfit an den richtigen Stellen betont. Mein Körper scheint sich zu verselbständigen und meinen Kopf komplett zu ignorieren. Bevor ich innehalten kann, tragen mich meine Füße zu Bec und Lizzy.

Beladen mit den Tellern, stehe ich schräg hinter ihnen.

»Darf ich mal vorbei?«

Beim Klang meiner Stimme dreht sich Bec ruckartig in meine Richtung. Ihre Augen suchen sofort nach meinen und für einen Moment scheint die Zeit stillzustehen. Augenblicklich verliere ich mich in der Wärme ihrer Iriden, die sich auf mein Inneres überträgt. Mit einem Mal fühlen sich meine Sorgen ein wenig erträglicher an. Es ist, als würde Bec mit ihrer bloßen Anwesenheit ausdrücken, dass sie mich niemals allein lässt. Egal, wie viel Scheiße ich gebaut habe.

»Hi«, sagt Lizzy und unterbricht damit den Moment.

»Hey.« Ich nicke ihnen zu und schiebe mich vorbei.

»Brauchst du Hilfe?« Becs Stimme klingt beinahe atemlos. Ihr scheint das selbst aufzufallen, weshalb sich ihre Wangen röten.

»Nein, alles gut«, wiegle ich ab und bahne mir einen Weg zu Isaac. Dabei lasse ich zum ersten Mal seit drei Jahren positive Empfindungen zu. Freude darüber, dass Bec hier ist. Vielleicht ist es auch ein bisschen Dankbarkeit darüber, dass sie trotz meines abweisenden Verhaltens der letzten Tage mit mir spricht. Es nagt an mir, dass ich mich noch immer nicht bereit für ein Gespräch fühle. Einerseits aus Angst davor, mich der Vergangenheit zu stellen. Andererseits habe ich Angst vor dem, was Bec zu allem sagen wird. Nicht nur, warum ich diese dumme Wette vor drei Jahren mitgemacht habe, sondern auch zu dem, was ich Dad angetan habe. Es fühlt sich an, als wäre tief in mir eine Blockade, die mich daran hindert, einen Schritt auf sie zuzugehen.

Nachdem ich das Essen am Tisch abgeliefert habe, gehe ich zurück zu Isaac. Dieses Mal wähle ich einen anderen Weg, um die Mädels nicht bei ihrer Unterhaltung zu stören. Dennoch haftet mein Blick auf Bec. Ich beobachte jede Einzelne ihrer Bewegungen, beinahe ein wenig wie ein Stalker. Aber ich kann nicht anders. Es ist, als müsste ich all die Zeit wieder reinholen, die ich sie nicht gesehen habe.

»Sie sieht richtig heiß aus«, sagt mein Cousin, als ich zu ihm an den Grill trete.

Ein Stechen in der Magengegend macht sich bemerkbar. Sofort schnellt mein Puls in die Höhe und ich starre Isaac böse an. »Lass die Finger von ihr!«, fahre ich ihn an.

Isaac mustert mich irritiert, bevor er lacht.

»Was ist so witzig?«

»Nicht Bec.« Er grinst mich an und fährt sich durch sein dichtes Haar. »Ich meinte Lizzy.«

Verblüfft sehe ich ihn an, während meine Wut verpufft. »Bitte?«

»Ja.« Seine Lippen verziehen sich zu einem Grinsen. »Aber gut zu wissen, dass du eifersüchtig bist.«

Ich verpasse Isaac einen Seitenhieb, woraufhin er laut lacht und die Aufmerksamkeit von den anderen Gästen auf sich zieht. Darunter auch Bec, die ich beobachte.

»Hast du schon mit ihr gesprochen?«, hakt Isaac nach, dem mein Blick wohl nicht entgangen ist. Unterdessen befüllt er weitere Teller mit Steaks und Würstchen, die von den Gästen geholt werden.

»Nein«, erwidere ich.

»Warum?«

Nachdem ich mir genau diese Frage selbst mehr als einmal am Tag stelle, kann ich Isaac keine Antwort geben und zucke nur mit den Achseln.

»Hör auf, so ein Feigling zu sein«, meint Isaac. »Du bist lange genug vor alldem weggelaufen. Krieg endlich deinen Arsch hoch und sprich mit ihr!«

»Ja, mal schauen.« Ich zucke mit den Achseln und gebe vor, komplett auf das Wenden der Steaks konzentriert zu sein. Dabei sehe ich immer wieder zu Bec, die sich nun auch mir zugewandt hat. Unsere Blicke kreuzen sich und mir steigt

Hitze in die Wangen. Ich schiebe diese Tatsache auf den Grill, wobei ich genau weiß, dass das nicht stimmt.

»Sie lädt dich regelrecht dazu ein«, bemerkt Isaac genervt. »Also geh endlich zu ihr.«

»Wenn das nur so einfach wäre«, murmle ich vor mich hin.

»Dein Selbstmitleid ist kaum auszuhalten.« Isaac legt Steak und Würstchen auf zwei Teller und drückt sie mir samt Besteck in die Hände. »Bring diese Teller einfach zu Lizzy und Bec. Die beiden haben bestimmt Hunger. Und dann bleib am besten eine Weile dort.« Isaac schiebt mir zwei Flaschen *Coke* in die hinteren Hosentaschen. »Hier, eine davon kannst du ihr auch gleich noch in die Hand drücken.«

Bevor die Stimmung zwischen Isaac und mir kippt, mache ich, was er sagt, und laufe direkt auf Lizzy und Bec zu. Genau in diesem Moment beugt sich Lizzy zu Bec und flüstert ihr etwas ins Ohr. Diese sieht zu mir, und ich erkenne im schwachen Licht des Lagerfeuers, wie sich ihre Wangen rot färben. Unwillkürlich muss ich lächeln.

»Hey«, sage ich, als ich bei ihnen ankomme. »Habt ihr Hunger?«

»Hi, natürlich«, antwortet Bec und schiebt sich verlegen eine Strähne aus dem Gesicht.

Lizzy murmelt ebenfalls eine Begrüßung, steht allerdings auf, schnappt sich einen der Teller und geht zu Isaac an den Grill. Bec sieht ihr hinterher, wobei sich Falten auf ihrer Stirn abzeichnen, ehe ihre Aufmerksamkeit ganz mir gilt.

»Darf ich?«, frage ich und deute mit einem Nicken auf den freien Platz neben ihr.

»Natürlich.« Bec rutscht ein Stück zur Seite und macht mir Platz. Anschließend nimmt sie mir den Teller in meiner Hand ab.

Erleichtert darüber, zumindest einen kleinen Schritt auf sie zugegangen zu sein, setze ich mich neben sie.

»Hier ist noch Besteck«, sage ich zu ihr und gebe ihr ein Messer und eine Gabel.

»Danke!« Sie strahlt mich an.

Anschließend isst sie schweigend und ich nippe an meiner

Coke. Um nicht ständig daran denken zu müssen, dass ich kaum eine Handbreit von Bec entfernt sitze, lausche ich dem Stimmengewirr um uns herum, welches das Knistern des Feuers übertönt.

»Es ist wirklich toll hier«, meint Bec nach einer Weile. »Die Atmosphäre ist fantastisch.«

»Ivy hat sich richtig Mühe gegeben«, pflichte ich ihr bei. »Sie hat schon vor Wochen angefangen, diesen Abend zu planen.«

»Ja, das kann sie gut«, stimmt mir Bec zu. »Ivy ist ein richtiges Organisationstalent.«

Nickend stimme ich ihr zu, während sie sich ein weiteres Stück Fleisch in den Mund schiebt. Gleichzeitig überlege ich, wie ich am besten ein Gespräch aufrechterhalten kann.

»Wie ist New York?«, frage ich und hoffe, dass ich damit ein gutes Thema für einen Small Talk finde.

»Laut, groß, reizüberflutend und vor allem teuer«, antwortet Bec wie aus der Pistole geschossen.

»Also nicht deins?«, hake ich nach.

»Na ja, fürs Studium ist es ganz okay, aber auf Dauer werde ich wohl nicht dortbleiben«, meint sie. »Vielleicht bin ich doch keine Großstadtpflanze, wie ich immer dachte.«

Ich erinnere mich an unsere unzähligen Unterhaltungen über Becs Traum, in New York zu studieren und das Großstadtleben auszukosten. Während des Senior Years hat sie mir immer davon vorgeschwärmt. Sie wollte endlich etwas mehr Action, aus dem Dorfleben ausbrechen und in die Anonymität der Großstadt eintauchen. Partys feiern, in den Malls shoppen gehen und jedes Café abklappern, um den besten Kaffee der Stadt zu finden.

»Bedeutet das, du möchtest wieder zurückkommen?«, frage ich sie. Noch während ich die Worte ausspreche, schnellt mein Puls in die Höhe. Wie es wohl wäre, wenn ich Bec wieder jeden Tag über den Weg laufe?

Bec seufzt. »Diese Frage kann ich dir nicht beantworten. Abgesehen davon habe ich noch ein Jahr Zeit.«

»Ray!« Ivy unterbricht unsere Unterhaltung. »Lizzy und Bec haben mich nach New York eingeladen, damit ich mir die

Stadt anschauen kann.« Sie wedelt mit einer Karte vor meiner Nase, auf der fett geschrieben *New York* steht.

»Das ist toll!« Ich lächle meine Schwester an, leide allerdings unter dem Stich, den ich bei ihrem Geschenk verspüre. Schließlich wollte auch ich mal in New York studieren.

»Keine große Sache«, erwidert Bec. »So eine Chance hätte ich auch gern vorher gehabt. Mach dich gefasst auf viele Autos, Menschen, die aneinanderzukleben scheinen und sich gegenseitig auf die Füße treten.«

»So schlimm wird es schon nicht!« Meiner Schwester steht die Vorfreude ins Gesicht geschrieben.

»Warte ab.« Bec zwinkert ihr zu.

»Ivy!«, ruft jemand, und meine kleine Schwester dreht sich um. Kurz darauf verabschiedet sie sich mit einem ›Ich muss‹ und geht.

Somit sind Bec und ich wieder allein.

»Wie geht es dir?«, fragt Bec nach einer Weile.

Unwissend, was ich darauf antworten soll, zucke ich mit den Achseln. »Ganz okay.« Es ist nur halb gelogen, denn in diesem Augenblick geht es mir besser als okay. Dank ihr.

Bec kaut auf ihrer Lippe, als würde sie noch etwas loswerden wollen. Sie runzelt die Stirn, ehe sie sich scheinbar dagegen entscheidet, mich auf etwas anzusprechen. Mir ist das ganz recht, weil so die Gefahr, das Gespräch in eine unangenehme Richtung schweifen zu lassen, sinkt. Viel zu sehr genieße ich die Nähe zu ihr. Abgesehen davon ist hier nicht der richtige Ort, um über die Vergangenheit zu sprechen.

Ich drehe mich zu ihr und betrachte sie. Den Kopf in den Nacken gelegt, schaut sie in den Sternenhimmel, mit einem Lächeln auf den Lippen. Als würde sie spüren, dass ich sie anschaue, wendet sie sich zu mir. Während wir einander ansehen, fühlt es sich an, als würde es nur noch uns geben, niemanden sonst.

Becs Zungenspitze fährt über ihre Lippen, woraufhin es in meiner Magengegend kribbelt. Unwillkürlich neige ich mich in ihre Richtung und lege einen Arm um ihre Schultern. Bec erzittert unter meiner Berührung, weicht aber nicht zurück.

»Es ist schön, dass du da bist«, flüstere ich ihr ins Ohr.

»Das finde ich auch«, antwortet sie. Ihre Wangen erröten und ein scheues Lächeln legt sich auf ihren Mund.

Ich bin versucht, mich zu ihr zu beugen und sie zu küssen. Becs Anwesenheit zieht mich an, als wäre sie das Licht und ich der Falter, der zu ihr möchte. Ja, der sie sucht. Ihre bloße Gegenwart sorgt dafür, die Vergangenheit auszublenden und mich allein in ihrem Blick zu verlieren.

»Ray!« Isaacs Stimme ertönt und holt mich in die Realität zurück. Bec und ich rutschen automatisch auseinander, während ich zu Isaac sehe. Dieser wedelt mit mehreren Spießen und weist mich darauf hin, dass wir noch Stockbrot verteilen wollten.

Ich räuspere mich und versuche damit, den Kloß in meinem Hals loszuwerden. »Isaac braucht meine Hilfe.«

»Kein Problem.« Bec legt ihre Hand auf meinen Unterarm. »Wir unterhalten uns später nochmal.«

Dabei hinterlässt ihre Berührung ein angenehmes Brennen auf meiner Haut und erinnert mich daran, wie sehr ich sie vermisse.

16

BEC

Der Moment zwischen Ray und mir hat sich fest in mein Gedächtnis gebrannt. Es war fast wie früher, als wir die Abende gemeinsam vor dem Lagerfeuer verbracht und uns stundenlang über alles Mögliche unterhalten haben. Seit er aufgestanden ist, um Isaac zu helfen, verspüre ich eine Kälte. So, als würde ein Stück fehlen.

Erst Lizzys Anwesenheit sorgt dafür, dass ich auf andere Gedanken komme. Sie kommt mit Stockbrot und Bier zu mir.

»Und? Wie war euer Gespräch?«, hakt sie sofort nach und gibt mir eine Bierflasche sowie einen Stock mit Teig.

»Ich glaube, ganz gut.« Sofort schießt mir Hitze ins Gesicht, als ich daran denke, wie sich seine raue Hand auf meiner Wange angefühlt hat. Ich wende mich von Lizzy ab, in der Hoffnung, dass sie meine Reaktion nicht bemerkt, und halte das Stockbrot über die Flamme.

»Habe ich etwas verpasst?« An ihrer Stimme höre ich, dass sie etwas ahnt.

»Nö«, antworte ich schneller als beabsichtigt und gebe vor, auf mein Brot konzentriert zu sein.

»Als ob.« Sie lacht. »Was ist passiert?«

»Nichts«, erwidere ich, in der Hoffnung, dass sie es dabei belässt.

»Natürlich.« Lizzy wackelt mit den Augenbrauen. Ich weiß genau, was sie mir damit sagen möchte. Nämlich, dass sie spürt, welche Anziehung zwischen Ray und mir noch immer besteht.

»Und? Was ist mit dir und Isaac?«, wechsle ich schnell das Thema und hoffe, dass meine Freundin damit von mir ablässt.

Tatsächlich erreiche ich den gewünschten Effekt und lausche ihr, wie sie mir berichtet, über was sie sich unterhalten haben. Folgen kann ich ihr dabei nicht so richtig, weil meine Gedanken immer wieder zu Ray wandern.

Insgeheim hoffe ich sogar, dass er endlich wiederkommt, sich neben mich setzt und ich seine Nähe spüren kann. Es hat sich einfach so richtig angefühlt, bei ihm zu sein und mich mit ihm zu unterhalten.

Gegen Mitternacht verabschieden sich die ersten Freunde von Ivy. Nach und nach schließen sich weitere an, während Lizzy und ich am Lagerfeuer sitzen bleiben und die laue Sommerluft genießen.

»Es ist echt schön«, flüstere ich mit einem Blick in den sternenklaren Himmel. Sie funkeln auf uns herunter, als wären sie tausend kleine Lichter, die in eine schwarze Decke montiert wurden.

»Das stimmt.«

Mit einem Seitenblick auf meine beste Freundin stelle ich fest, dass ihre Augen nicht in den Himmel, sondern auf Isaac gerichtet sind. Er steht am Grill und ist gerade dabei, das Gitter zu reinigen.

»Ihr seid die Letzten.« Ivy kommt strahlend zu uns. Ihre Wangen sind vom Alkohol leicht gerötet. »Das ist so toll!« Sie setzt sich direkt neben mich und schnappt sich ein Stück der Decke, in die ich mich gewickelt habe.

»Danke für deine Einladung«, sage ich zu ihr und stupse sie in die Schulter, »sonst wären wir ja gar nicht hier.«

Sie lächelt mich an und schmiegt sich an meine Schulter. Eine ganze Weile bleiben wir so sitzen.

Meinen Blick lasse ich durch den Hof schweifen und beobachte, wie Isaac und Ray nach und nach das dreckige Geschirr ins Haus bringen.

»Ich helfe den Jungs beim Aufräumen«, beschließe ich nach einer Weile und stehe auf.

»Warte, ich komme mit«, schließt sich Lizzy sofort an.

Ich laufe direkt zu Ray und Isaac, die gerade Teller und Gläser stapeln.

»Wo können wir anpacken?«, erkundige ich mich.

Ray sieht mich an und grinst, als wüsste er genau, dass ich meine Hilfe anbieten würde. Nicht, weil ich mich gezwungen fühle, sondern vielmehr, weil ich das gern mache.

»Wir können das Geschirr reinbringen«, meint Ray und deutet mit seinem Kopf auf die Gläser, Teller und das Besteck, welche hinter ihm stehen.

»Okay.«

»Dann helfe ich dir beim Grill«, meint Lizzy zu Isaac, der noch immer das Gitter grob vom Schmutz befreit.

»Musst du nicht«, lehnt er ab.

»Nichts da! Wenn ich da bin, mache ich mich nützlich.« Sie schnalzt mit der Zunge und stellt sich neben ihn.

»Ich sammle mal den Müll ein.« Ivy schnappt sich eine Mülltüte, die auf einem der Tische liegt und läuft zum Lagerfeuer zurück.

Ich nehme mir dreckiges Geschirr von dem Stapel und möchte Richtung Haus laufen, als Ray mich stoppt.

»Die Spülmaschine im Haus ist voll«, meint er. »Wir müssen meine nehmen.« Er deutet mit einem Kopfnicken auf sein Tiny House.

»In Ordnung.« Auf dem Weg zu seiner Veranda verspüre ich einen Anflug von Freude. Es ist vielleicht ein wenig übertrieben, allerdings freue ich mich darüber, dass Ray mir sein Zuhause zeigt.

Er öffnet die Tür und ein angenehmer Duft nach Holz schlägt mir entgegen. Direkt gegenüber der Eingangstür befindet sich unter einem großen Fenster eine kleine Küchenzeile mit schwarzer Front und einer Arbeitsfläche aus Holz, die mit einem Kühlschrank, einem Herd mit Backofen, einer Spülmaschine und einer Mikrowelle ausgestattet ist. Das Waschbecken befindet sich in der Ecke und bildet mit dem schwarzen Spülbecken einen Kontrast zu der hellen Arbeitsfläche. An den Seiten sind zahlreiche Regale befestigt, die ausreichend Stauraum für alle nötigen Utensilien bieten.

»Wow«, hauche ich.

Ray geht zur Spülmaschine und öffnet sie. Dort stapelt er das Geschirr aus seinen Händen hinein und nimmt mir meins ab.

»Hast du das echt selbst gebaut?«, frage ich ihn verblüfft.

»Nicht ganz allein. Isaac und Dad haben mir geholfen«, erzählt er stolz. »Wir haben fünf Monate gebraucht, bis alles fertig war. Aber ich bin unglaublich froh, dass ich jetzt ein eigenes, kleines Haus habe.«

Ich sehe mich in dem Raum um. Er ist klein und umfasst nicht nur die Küche, sondern auch einen einladenden Wohn- und Essbereich. Ersterer befindet sich in einer Nische und hat eine niedrigere Decke. Er ist mit Couch, Fernseher und einer Spielekonsole ausgestattet. Hinter dem Sofa findet man unzählige Regalbretter, die als Bücherregal benutzt werden. Direkt daneben ist eine Art Treppe, die zu einer zweiten Ebene führt. Ihre Stufen sind gleichzeitig Fächer, die als Ablageflächen dienen.

Zwischen der Küchenzeile und dem Wohnbereich steht ein schmaler Tisch mit zwei Stühlen. Ich drehe mich um meine eigene Achse und entdecke hinter mir einen kleinen Schreibtisch, der unter dem großen Fenster steht, durch das man in den Garten sieht, sowie eine Tür.

»Was ist dort?«, frage ich neugierig und zeige auf die Tür.

»Ein Bad.« Ray, der das Geschirr mittlerweile fertig eingeräumt und die Spülmaschine eingeschaltet hat, läuft voraus. Er öffnet die Tür und wir stehen in seinem Badezimmer. Es ist mit einer großen Dusche mit Regenfunktion, einer normalen Toilette und einem modernen Waschbecken ausgestattet. Die Wände sind in einem hellen Grau gestrichen, der Boden im Kontrast dazu mit dunklen Fliesen ausgelegt. Ray zeigt mir, dass sich hinter einer Tür eine Waschmaschine befindet und direkt darüber ein Regal, das er als Stauraum für Handtücher, Medikamente und alle möglichen Drogeriemittel nutzt.

»Wow«, staune ich erneut, »richtig schön.«

»Danke.« Er kratzt sich am Hinterkopf. »Komm, lass uns schauen, ob die anderen noch Hilfe brauchen.« Wie automatisch greift er nach meiner Hand. Dabei schnellt mein Puls in die Höhe und ich verschränke meine Finger mit seinen.

»Klar.« Mit einem wohligen Gefühl folge ich ihm hinaus in die laue Nachtluft. Noch immer händchenhaltend laufen wir zu unseren Freunden.

Isaac und Lizzy stehen am Grillplatz und lachen über Witze, die sie sich gegenseitig erzählen. Ivy bringt eine volle Tüte Müll zu den Tonnen und kommt anschließend zu uns.

»Ich mache drinnen alles fertig«, meint sie.

»Sollen wir dir helfen?«, erkundigt sich Ray, der dicht neben mir steht und meine Hand hält. Sein herber Duft hüllt mich ein.

»Nein, nein. Es ist nicht mehr viel.« Ivy hebt abwehrend die Hände. »Ich werde die Spülmaschine beladen und danach ins Bett gehen.« Wie aufs Stichwort gähnt sie.

»Okay.« Ray lächelt seine kleine Schwester an.

»Gute Nacht«, murmelt Ivy und drückt Lizzy, Isaac und mich kurz an sich. Anschließend gibt sie Ray einen Kuss auf die Wange.

»Gute Nacht«, erwidert er mit einem liebevollen Gesichtsausdruck.

Nachdem Isaac und Lizzy ebenfalls fertig sind, setzen wir uns wieder ans Lagerfeuer. Es glüht zwar, gibt aber wenig Wärme ab, weshalb ich meine Beine zudecke. Ray, dem auffällt, dass mir kalt ist, lehnt sich in meine Richtung. Seine Körperwärme umfängt mich und ich kann nicht anders, als seine Nähe zu genießen. Dass mir dabei Hitze in die Wange schießt, versuche ich zu ignorieren.

Lizzy und Isaac sitzen uns gegenüber und tuscheln miteinander. Zu gern würde ich verstehen, über was sie sprechen, allerdings sprechen sie so leise, dass ich sie kaum höre.

»Ich möchte dir gern etwas zeigen.« Rays Stimme ist nahe bei meinem Ohr. Sein Atem kitzelt mein Ohrläppchen und löst eine Gänsehaut auf meinem Körper aus.

»Was denn?«

Er greift nach meiner Hand, die in meinem Schoß liegt und zieht mich mit sich hoch. »Vertrau mir.«

»Okay«, wispere ich und lasse mich von ihm führen. Lizzy,

die viel zu sehr in ein Gespräch mit Isaac vertieft ist, scheint unser Verschwinden kaum mitzubekommen.

Ray führt mich in sein Haus. Wir bleiben vor der Treppe stehen, die zu der zweiten Ebene führt. Mithilfe von Holzstreben wird sie vom Rest des Hauses abgegrenzt und schafft Privatsphäre. Ich vermute, dass sich dort Rays Schlafbereich befindet.

Er spürt mein Zögern. »Komm.« Mit flinken Bewegungen steigt er die Treppe hinauf.

Ehe ich es mir anders überlegen kann, gehe ich ihm nach. Sein Schlafraum besteht aus einer Matratze, hinter der sich eine Europalette befindet, die als Lehne dient. An den Wänden befinden sich unzählige Fächer, die mit bunten Türen versehen sind. Als ich nach oben blicke, sehe ich direkt durch ein großes Fenster. Es gleicht einer riesigen Dachluke, die man nach oben hin öffnen kann. Durch sie sieht man den Himmel in seiner vollen Schönheit. Die Sterne funkeln herein und der Mond sorgt für natürliches Licht.

Mit offenem Mund starre ich nach oben. Ray, der direkt vor mir steht und das Fenster seitlich öffnet, grinst.

»Es wird noch besser!« Er strahlt über das ganze Gesicht, als er das Fenster mit einem Ruck öffnet und sich hinaushievt. Ich tue es ihm gleich und bin sprachlos, als ich dort ankomme.

Es handelt sich um eine Art Dachterrasse, auf der eine Matratze platziert wurde. Sie bietet Ausblick über das Grundstück der Grays und ich kann nicht anders, als mir vorzustellen, wie schön es wäre, hier den Sonnenaufgang und Sonnenuntergang zu beobachten.

»Unglaublich«, hauche ich und sehe mich um.

Ray, der sich auf die Matratze gesetzt hat, klopft neben sich. »Setz dich und genieß es.«

Ich folge seiner Bitte und lasse mich neben ihn fallen. Die weiche Matratze gibt unter meinem Gewicht nach, und Ray holt eine Decke aus einer Kiste neben der Luke. Liebevoll legt er sie mir um die Schultern, unwissend, was seine Berührungen in mir auslösen. Um nicht allzu sehr an das Kribbeln in meinem Bauch zu denken, sehe ich geradeaus über das

Gelände der Grays, bis hinüber in das Wohnhaus. Dort brennt im oberen Geschoss Licht.

»Und, wie findest du es?«, durchbricht seine raue Stimme die Nacht.

»Wunderschön«, erwidere ich und genieße die Aussicht, während ich mich in die Kissen sinken lasse.

Ray, der noch immer kerzengerade neben mir sitzt, zieht meine Aufmerksamkeit an. Seine Gesichtsmuskulatur ist deutlich angespannt, die Stirn gerunzelt und er reibt sich im Nacken. An seinem Gesichtsausdruck erkenne ich mehr als deutlich, dass ihn etwas beschäftigt.

Bevor ich ihn allerdings darauf ansprechen kann, räuspert er sich. »Hey Bec«, setzt er an und bringt damit mein Herz zum Rasen.

»Ja?«

»Ich … Es tut mir leid.«

»Was genau?« Meine Irritation ist nicht zu überhören.

»Alles. Mein Verhalten, die Wette und was ich dir damit angetan habe, die ganze Scheiße eben.« Ray seufzt. »Ich war wirklich ein Arschloch. Niemals hätte ich die Wette annehmen und die Tonaufnahme von uns abspielen dürfen. Mir ist viel zu spät bewusst geworden, wie sehr ich dich damit verletzt habe. Für mich war das ein dummer Spaß, dessen Konsequenzen ich einfach nicht abschätzen konnte. Ich hasse mich für das, was ich dir angetan habe. Nicht nur all die Jahre, die seitdem vergangen sind, sondern auch jetzt noch. Wenn ich könnte, würde ich es rückgängig machen.« Seine Stimme zittert. Ich höre seinen Schmerz nicht nur, sondern spüre ihn, als ich in seine Augen sehe.

»Ray.« Besänftigend lege ich meine Hand auf seine. Sobald ich ihn berühre, wird sein Blick weicher, der Strudel der Emotionen scheint abzuflachen. »Als ich hergekommen bin, dachte ich wirklich, ich könnte dir niemals wieder in die Augen schauen. Gerade in den ersten Wochen nach unserer Trennung ging es mir schlecht und ich wollte nie wieder irgendwas von dir wissen. In den drei Jahren, die ich in New York verbracht habe, habe ich viel über alles nachgedacht. Dabei ist mir vor allem eins bewusst geworden: Wir waren

Teenager, zum ersten Mal verliebt und wir wollten es allen recht machen. Ja, die Aktion mit der Tonaufnahme war scheiße, aber ich denke, sowohl du als auch Isaac haben daraus gelernt.« Ich betrachte Rays Gesicht, während ich ihm die Möglichkeit gebe, das Gesagte zu verarbeiten. »Ich habe euch beiden verziehen. Das ist mir klar geworden, als ich dich zum ersten Mal wiedergesehen habe.« Die Falten auf seiner Stirn glätten sich, seine Lippen sind nicht mehr so fest aufeinandergepresst. »Die Zeit in New York hat mir geholfen, die Dinge klarer zu sehen. Wir alle sind Menschen und machen unsere Fehler, aber wir müssen auch lernen, damit umzugehen.«

Rays Körper entspannt sich und er lehnt sich zurück, um sich auf seinem Ellenbogen abzustützen. Seine Augen sind noch immer auf mich gerichtet, während er sichtlich über seine nächsten Worte nachzudenken scheint.

»Das Wichtigste ist, dass du dir selbst verzeihst. Lass die Vergangenheit hinter dir«, füge ich leise hinzu.

Seine Gesichtsmuskulatur lockert sich. Es ist, als würde ich ihm damit eine große Last von den Schultern nehmen.

Ray lehnt sich ein Stück zu mir. »Danke«, flüstert er. Leicht über mich gebeugt, lasse ich meinen Blick über sein Gesicht gleiten.

Nur zu gern würde ich mit meiner Hand über seinen Dreitagebart streichen, der sich von seinen Wangen über sein Kinn erstreckt. Geborgenheit durchflutet mich, während ich hier liege, nahe bei ihm. Sein Parfüm hüllt mich ein und sorgt dafür, dass mein Puls schneller schlägt. Wie automatisch greife ich nach seiner Wange und spüre die Stoppeln an meiner Handfläche. Ray neigt seinen Kopf etwas mehr zu mir, so dass ich seinen Atem an meinen Lippen spüre.

Ob sich Rays Küsse noch immer so vorsichtig und sanft anfühlen wie damals?

Als er näher kommt, ballt sich Wärme in meinem Magen und durchströmt meinen Körper. Ich kann es kaum erwarten, dass seine Lippen auf meinen liegen, unsere Zungen miteinander spielen und ich ihn *spüren* kann.

In seinen Augen spiegelt sich Sehnsucht wider, und ich

hoffe, er sieht in meinen, wie sehr ich mich auf unsere Verbundenheit freue.

Rays Atem streift mein Kinn, und mein Puls schnellt in die Höhe. Aus einem Impuls heraus hebe ich meine Hand und lege sie in seinen Nacken, möchte die letzte Distanz zwischen uns überwinden.

Doch Ray verharrt in dieser Position und weicht kaum merklich zurück.

In diesem Moment ist es, als würde jemand eine Lampe anknipsen und mich aufwecken. Mit einem Mal drängt sich Ted in mein Gedächtnis.

»Ich … Es tut mir leid, aber ich kann das nicht«, sage ich und bringe Abstand zwischen uns.

Meine Gedanken wirbeln durch meinen Kopf. Mir macht es Angst, dass ich Ted vollkommen vergessen habe. Auch wenn wir keine feste Beziehung miteinander führen, überkommt mich ein schlechtes Gewissen. Schließlich hätte ich ihn beinahe sowas wie betrogen, oder?

»Das ist in Ordnung«, murmelt Ray. Dennoch ist seine Enttäuschung unverkennbar.

Ich schiebe es darauf, dass ich so aufgeputscht bin und meine Hormone verrücktspielen, weil ich mich so sehr zu ihm hingezogen fühle. Bestimmt sind es nur der intensive Moment und unsere gemeinsame Vergangenheit, die hier und jetzt wieder präsenter werden.

Doch insgeheim weiß ich, dass diese Gedanken gelogen sind.

Eine Stille breitet sich zwischen Ray und mir aus. Ehe sie unangenehm wird, stehe ich auf. »Wir sollten wieder zu den anderen gehen.«

Nickend folgt er mir die Treppe hinunter, durch sein Haus. Unten angekommen bin ich froh, dass die Hitze allmählich aus meinen Wangen weicht. Meine gemischten Gefühle hingegen begleiten mich und ich habe keine Ahnung, wie ich aus diesem Chaos wieder rauskommen soll.

17

RAY

Alles in mir schreit danach, wieder mit Bec auf das verfluchte Dach zu gehen und dort weiterzumachen, wo wir aufgehört haben. Zum ersten Mal seit langem hat das Feuer in meinem Inneren ein kleines bisschen weniger getobt und meine Seele hat sich angefühlt, als würde sie heilen. Ja, als könnte ich mir selbst verzeihen.

Doch jetzt lande ich mit voller Wucht in der Realität, als ich mit beiden Füßen wieder auf dem Boden meines Hauses stehe. Mein Kopf ist voller Gedanken, während ich noch immer an die Unterhaltung und Nähe zu Bec denken muss. Es war keinesfalls geplant, dass wir uns nahekommen, aber ich konnte nicht anders. Vor allem nicht, nachdem sie so offen mit mir gesprochen hat und ich mich einfach in ihrer Gegenwart wohl gefühlt habe.

Bec sieht hinauf zum Dach, anschließend wieder zu mir. Ich bin mir sicher, dass sie mich genauso gern geküsst hätte wie ich sie, und sie sich nichts sehnlicher wünscht, als wieder dort oben zu sein.

Es wäre gelogen, wenn ich sagen würde, dass mir ihre Zurückweisung egal ist. Trotzdem spüre ich, dass es nicht an mir lag. Die Art, wie sie sich ausgedrückt und mich dabei angesehen hat, hat mir gezeigt, dass sie etwas beschäftigt. Irgendwas geht in ihr vor, aber ich kann nicht sagen, was es ist.

Hastig schiebe ich meine Überlegungen beiseite, als wir

bei Isaac und Lizzy ankommen, die beide auf einer Bank am Lagerfeuer sitzen.

Mein Cousin hat sich Lizzy zugewandt, eine Hand liegt auf ihrem Unterarm. Ihre Lippen sind zu einem Lächeln verzogen und sie wirken vertraut miteinander.

Bec und ich treten zu ihnen, woraufhin Isaac innehält und uns mit einer hochgezogenen Augenbraue ansieht.

»Lizzy, können wir dann?« Becs Stimme klingt selbstsicherer, als ich erwartet hatte.

Ihre beste Freundin hebt den Kopf, sieht zuerst zu Bec und anschließend zu mir. »Ja.« Lizzy runzelt die Stirn, verkneift sich allerdings einen Kommentar.

»Ich werde auch abhauen. Soll ich euch heimbringen?«, bietet Isaac an.

»Nein, nein«, antwortet Lizzy.

»Sicher?«, bohrt Isaac nach.

»Ja, Bec und ich schaffen das schon. Schließlich sind wir auch in New York allein zurechtgekommen.« Sie zwinkert ihm zu.

Bec, die noch immer neben mir steht, scheint aus einer Trance aufzuwachen. »Genau«, stimmt sie ihrer Freundin zu. »Also, danke für den schönen Abend.« Beinahe demonstrativ läuft sie zu Isaac und umarmt ihn zum Abschied. »Es war echt cool, dich mal wiederzusehen.«

»Gleichfalls.« Isaac drückt Bec fest an sich. Sobald sie sich von ihm gelöst hat, kommt sie zu mir.

»Danke, dass du mir die Aussicht gezeigt hast.« In ihren Augen liegt etwas, das mir bisher noch nie aufgefallen ist. Ich könnte wetten, dass es ein Ausdruck von Sehnsucht ist, gemischt mit Zurückhaltung. Am liebsten würde ich sie darauf ansprechen, was los ist. Allerdings weiß ich nicht, wie.

»Kein Problem«, flüstere ich. Da ich nicht weiß, ob ich sie umarmen soll oder nicht, warte ich darauf, was sie macht. Sie scheint meine Unsicherheit zu bemerken und kommt einen Schritt auf mich zu. Sie legt mir die Arme um die Schultern und ich meine um ihre Hüften. Bec beugt sich zu meinem Ohr. »Ich würde mich freuen, wenn wir uns wiedersehen.«

Mein Herz macht einen Satz. »Auf jeden Fall«, verspreche

ich ihr und drücke sie an mich. Dabei atme ich den Duft ihres Haars ein.

Es fällt mir schwer, Bec wieder loszulassen. Doch bevor es komisch wird und sowohl mein Cousin als auch Lizzy etwas ahnen, löse ich mich von ihr.

»Kommt gut nach Hause!«, verabschiede ich mich von den Mädels, nachdem ich auch Lizzy kurz umarmt habe.

»Machen wir.« Lizzy zwinkert mir zu und hakt sich bei Bec unter. Seite an Seite verlassen sie den Hof und schlagen den Heimweg ein.

Nachdem Bec und Lizzy weg sind, hilft mir Isaac, die Decken wieder in mein Haus zu bringen.

»Alles okay?«, fragt er noch, als wir alles verstaut haben.

»Ja«, erwidere ich.

»Konntest du mit Bec sprechen?«

»Sie hat mir verziehen.« Die Worte auszusprechen, ist merkwürdig. Es ist so surreal, nachdem ich noch immer in der Zeit damals festhänge. Ich kann nicht glauben, dass sie mir vergeben hat, obwohl ich sie verletzt habe. »Bec hat mir verziehen und dann haben wir uns fast geküsst.«

Isaacs Gesichtsausdruck wandelt sich innerhalb von Millisekunden von wissend zu überrascht und hin zu sprachlos. »Echt jetzt?« Er zieht seine Augenbrauen zusammen. »Wieso nur fast?«

Verlegen fahre ich mir durchs Haar. »Sie hat sich zurückgezogen. Ich habe allerdings keine Ahnung, wieso. Mein Gefühl sagt mir, dass sie etwas beschäftigt.«

»Ray.« Isaac legt mir eine Hand auf die Schulter. »Bitte interpretier nicht zu viel in ihr Verhalten hinein. Es könnte auch einfach sein, dass es ihr zu schnell geht. Schließlich ist sie gerade mal ein paar Tage wieder da und ihr habt eine Menge durchgemacht.«

Und damit ist die Angst, sie erneut zu verletzen, wieder präsent. Können wir überhaupt eine Beziehung miteinander führen? Oder besser gefragt: Bin ich bereit, eine Beziehung mit ihr einzugehen? Und wenn ja, welche Zukunft hätten wir? Schließlich studiert sie noch mindestens ein Jahr in New York und ich muss in Brokenville bleiben. Haben wir so überhaupt eine Chance?

Stopp, ermahne ich mich in Gedanken. Das geht viel zu schnell, immerhin sprechen Bec und ich erst seit ein paar Tagen wieder miteinander.

»Wie hast du dich in ihrer Gegenwart gefühlt?«, hakt Isaac nach und lenkt mich damit von meinem eigenen Gedankenkarussell ab.

»Gut. Ich konnte endlich mal durchatmen.« Solche ehrlichen Gespräche führen wir selten. Trotzdem ist er die einzige Person in meinem Umfeld, die über alles Bescheid weiß.

»Behalte dir das. Alles andere wird sich mit der Zeit zeigen. Vertrau mir.« Er lächelt mich an.

Ich nicke. Ja, er hat recht. Ich möchte diese Empfindung, die ich in Becs Anwesenheit gespürt habe, auf jeden Fall für mich bewahren. Zumindest waren meine Ängste, Sorgen und inneren Kämpfe für einige Sekunden still.

»Was ist das mit dir und Lizzy?«, frage ich, nachdem ich mich gesammelt habe.

»Nichts, wir haben uns nur nett unterhalten.«

Ich kaufe Isaac seine Antwort nicht ab. Mein Instinkt sagt mir, dass er mir etwas verheimlicht. »Das sah aber komplett anders aus, als Bec und ich rauskamen.«

»Eigentlich würde ich mich echt gern noch auf ein Bier mit dir hinsetzen, allerdings ist es mittlerweile fast drei Uhr. Meine Schicht beginnt um zwölf und ich möchte noch ein wenig schlafen.« Isaac scheint gar nicht schnell genug gehen zu können, was mir zeigt, dass ich schon zu viel weiß. »Dir würde es übrigens auch nicht schaden. Deine Augenringe erreichen fast deinen Mund.«

»Haha, sehr witzig.« Ich rolle nur mit den Augen.

»Also, bis morgen!« Zum Abschied hebt er die Hand und lässt mich allein in meiner Bude zurück.

Tatsächlich hatte ich den ganzen Abend über Angst, dass mich meine Emotionen einholen, sobald ich allein bin. Doch bis jetzt fühle ich mich … erleichtert.

Deshalb beschließe ich, noch etwas zu trinken und mich anschließend fürs Bett fertig zu machen.

Als ich den Kühlschrank öffne, um eine Wasserflasche herauszuholen, fällt mein Blick auf die Flasche mit der bräunlichen Flüssigkeit. Es ist eine Schnapsflasche, die ich mir erst gestern gekauft habe. Ich war mir sicher, dass ich sie brauchen werde, nachdem ich Bec den ganzen Abend gesehen habe. Seltsamerweise verspüre ich dieses Mal kein Verlangen danach.

Stattdessen schließe ich den Kühlschrank und trinke aus der Wasserflasche. Anschließend gehe ich ins Bad, um mich fürs Bett fertig zu machen und mich schlafen zu legen. Mit dem Rücken auf der Matratze liegend, schaue ich in den Sternenhimmel und lasse den Abend Revue passieren. Das Zusammensein mit Bec hat mir gezeigt, was mir fehlt und wie sehr ich sie in den letzten Jahren vermisst habe. All den Mist, den ich gebaut habe, musste ich allein durchstehen und ich habe mich immer wieder selbst damit verletzt, dass ich mich aufgegeben habe. Warum sollte ich auch Träume verfolgen, wenn ich andere zerstöre?

Doch heute ist mir klar geworden, dass Bec weitergemacht hat. Nicht etwa, indem sie ihren Hass auf mich erweitert hat, sondern vielmehr hat sie mit der Vergangenheit abgeschlossen. Ich bin mir sicher, dass sie noch lange gelitten hat. Gleichzeitig bewundere ich sie dafür, dass sie mir vergeben hat.

Ich greife nach meinem Handy und entsperre das Display. Ohne groß nachzudenken, klicke ich auf ihren Kontakt und tippe eine Nachricht.

Bist du gut nach Hause gekommen?

Postwendend antwortet sie.

Ja.

Direkt unter ihrer Message erscheinen drei Punkte, die darauf hindeuten, dass sie noch etwas schreibt.

Danke für diesen schönen Abend.

Ein Lächeln legt sich auf meine Lippen.

Sehr gern. Ich wünsche dir eine schöne Nacht. 🙂

Nachdem ich Becs Antwort gelesen habe, sperre ich den Bildschirm wieder und schließe die Augen.

Die dunklen Gedanken kommen wieder. Mein Selbsthass, meine Zweifel. Die ständigen Anschuldigungen, die ich mir selbst immer wieder mache. Doch die Erinnerung an den Moment mit Bec vertreibt sie. Stattdessen sehe ich sie vor meinem inneren Auge und fühle all das, was sie in mir ausgelöst hat.

Geborgenheit, Zuneigung, Vergebung.

Ja, es ist, als wäre sie in genau diesem Augenblick da und würde mir helfen, in einen friedvollen und vor allem nüchternen Schlaf zu finden.

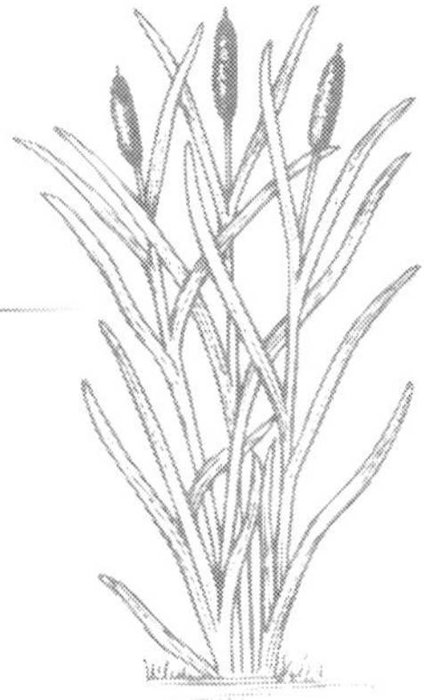

18

BEC

»Was für ein Abend, oder?« Lizzy kuschelt sich in mein Bett.

»Das stimmt.« Ich ziehe mir die dünne Decke über den Körper und lasse den Kopf in mein weiches Kissen sinken. »Es war wirklich schön.«

Wir sind erst seit kurzem zuhause und haben uns direkt zum Schlafen fertig gemacht. In der Zwischenzeit hat mich Rays Nachricht erreicht, in der er sich danach erkundigt, ob wir gut nach Hause gekommen sind. Damit hat er nicht nur für ein Kribbeln in meinem Bauch gesorgt, sondern mir auch gezeigt, wie wichtig ich ihm noch immer bin.

Die Uhr an meiner Zimmerwand zeigt halb vier Uhr nachts an. Trotzdem fühle ich mich noch immer aufgeputscht. Ob es an Rays Nähe lag? Oder unserem Fast-Kuss? Sofort meldet sich mein schlechtes Gewissen und erinnert mich daran, dass ich Ted beinahe verletzt hätte. Wobei wir ja eigentlich kein Paar sind, sondern nur etwas Zwangloses miteinander haben.

Lizzy seufzt. »Ich höre deine Gedanken bis hierher. Was ist los?«

Ich schlucke und drehe mich zu meiner besten Freundin. Ihre Augen funkeln mich besorgt an. »Ray und ich … wir hätten uns beinahe geküsst.« Die Worte kommen mir leichter über die Lippen, als ich erwartet hatte.

Meine beste Freundin schmunzelt.

»Was ist?«, frage ich sie.

»Na ja, es war abzuwarten. Ich hätte doch mit Isaac wetten sollen, wann es so weit ist.« Sie lacht. »Wir haben vorhin noch darüber gesprochen, wie lange es wohl dauern wird, bis ihr einander näherkommt.«

Ich verdrehe die Augen. »Erstens, Wetten sind nicht so … meins. Zweitens, wie kommt ihr bitte darauf?«

»Die Spannung zwischen euch ist kaum zu übersehen. Früher oder später wird sie euch zueinander führen, egal, was in der Vergangenheit vorgefallen ist. Niemand wird es verhindern können. Abgesehen davon haben wir gesehen, wie ihr händchenhaltend aus dem Haus gekommen seid.«

In diesem Moment bin ich froh, dass ich sämtliche Lichter in meinem Zimmer bereits gelöscht habe und Lizzy damit die aufsteigende Hitze in meinen Wangen nicht bemerkt. »Genau das ist aber mein Problem.« Mir wird schwer ums Herz. »In New York sitzt Ted und rechnet ganz bestimmt nicht damit, dass ich plötzlich Gefühle für jemanden entwickle. Ich meine, wir haben etwas Belangloses miteinander, ja. Trotzdem fühle ich mich, als würde ich ihn hintergehen. Und das möchte ich einfach nicht. Ich fühle mich schlecht, weil ich Ted vergessen habe. Für ihn habe ich nie etwas empfunden und jetzt –«

»Stopp!« Lizzy unterbricht mich. »Lass das Gedankenkarussell. Ted weiß, dass eure körperliche Beziehung nicht für die Ewigkeit sein wird. Ihr habt von Anfang an klare Regeln gesetzt.«

»Das schon, aber trotzdem fühlt es sich falsch an. Ich weiß nicht mal, was das mit Ray ist. Ich kann dir nicht mal sagen, ob ich wirklich Gefühle für ihn habe oder ob es die Erinnerungen sind, die im Moment wieder in mir aufleben. Was ist, wenn ich mich täusche?«

»Bec.« Lizzy sieht mich eindringlich an. »Ich kann dir diese Antwort leider nicht geben. Es ist an dir, herauszufinden, was du fühlst. Das Einzige, was ich dir sagen kann, ist, dass du ehrlich sein musst. Nicht nur zu Ted und Ray, sondern vor allem zu dir.«

Ihre Worte brennen sich in mein Gedächtnis. Denn sie bedeuten, dass ich unbedingt mit Ted sprechen muss. Aber ist das wirklich jetzt schon notwendig? Oder soll ich lieber noch ein wenig abwarten?

»Ich bin total verunsichert«, gestehe ich Lizzy. »Ich habe keine Ahnung, wie ich mit alldem umgehen soll. Wann soll ich mit Ted darüber sprechen? Jetzt? Oder soll ich noch warten? Steigere ich mich vielleicht zu sehr rein? Schließlich sind wir nur noch ein paar Wochen hier.«

»Was sagt dir denn dein Gefühl?«

Ich horche in mich. Wenn ich an Ted denke, spüre ich nichts als freundschaftliche Gefühle, die ich bisher für ihn hatte. Keine Frage, er ist noch immer attraktiv und sicherlich würde alles so weitergehen wie bisher. Dennoch schiebt sich Ray in meine Gedanken. Er ist meine erste große Liebe, hat meine Jugend und vor allem meine Zeit an der Highschool geprägt. Nicht nur er, sondern seine ganze Familie.

»Trotz allem, was zwischen uns passiert ist, bin ich gern bei Ray.« Die Worte fühlen sich an wie ein Geständnis.

»Na also«, erwidert Lizzy. »Das ist doch schon mal ein Ansatz.« Sie gähnt. »Nimm es mir bitte nicht übel, aber ich bin jetzt wirklich müde. Für mich ist es an der Zeit zu schlafen.«

»Gute Nacht«, wispere ich, während Lizzy lediglich nickt und sich anschließend umdreht. Innerhalb weniger Minuten erkenne ich anhand ihrer Atmung, dass sie eingeschlafen ist. Ich hingegen denke über den Abend nach.

Mein Puls erhöht sich, als ich daran denke, wie sich Ray am Lagerfeuer zu mir gelehnt hat. Sein Duft, der mich eingehüllt hat. Seine Worte, die sämtliche Synapsen in meinem Körper elektrisiert haben. *Es ist schön, dass du da bist.* Auch jetzt kriecht mir bei der Erinnerung daran Hitze in die Wangen. Doch zugleich schiebt sich unser gemeinsamer Moment auf dem Dach in mein Gedächtnis, als ich ihn letztlich abgewiesen habe. Wegen Ted.

Mist, fluche ich. *Was soll ich nur tun? Wie soll ich herausfinden, was richtig oder falsch ist? Und wie kann ich ehrlich zu mir selbst sein, wenn ich keine Ahnung habe, was ich eigentlich will?*

Mit diesen Fragen finde ich nach einer ganzen Weile in einen unruhigen Schlaf.

19

RAY

»Ray.« Jemand rüttelt an meinen Schultern, und ich schlage die Augen auf.

Vor mir steht Dad, mit tiefen Sorgenfalten auf der Stirn. »Komm, ich bringe dich hier weg.«

»Eins geht noch«, murmle ich und greife nach meiner Bierflasche, die allerdings leer ist. Ich blicke zu der Schnapsflasche, die direkt danebensteht. Auch sie ist leer. Mit der Hand schlage ich auf den Holztresen. »Ich will noch was.« Meine Kehle brennt, das Verlangen zerfrisst mich von innen heraus. Mein Körper verzehrt sich nach dem betäubenden Gefühl des Alkohols. Er ist die einzige Möglichkeit, um Becs Schmerz zu vergessen.

»Nein, wir gehen jetzt nach Hause.« Dad greift mich an der Schulter. »Komm jetzt.«

Ihn beschimpfend, zieht er mich hinter sich her. Mein Gleichgewichtssinn spielt mir immer wieder einen Streich, weil ich kaum geradeaus sehen kann. Dad hakt sich bei mir unter, damit er mich zum Auto führen kann. Sobald wir ins Freie treten, brennt mir die Sonne entgegen. Wie viel Uhr wir wohl haben?

Noch während ich darüber nachdenke, hievt mich Dad mit viel Mühe ins Auto und schnallt mich auf dem Beifahrersitz an.

»Das ist so scheiße von dir, Dad. Wieso zerrst du mich

nach Hause wie so ein Kleinkind?«, brülle ich, während er um das Auto herumläuft.

An seinem Gesichtsausdruck erkenne ich, dass er meine Worte ignoriert. Wieso sollte er schon was dazu sagen?

»So besoffen, wie du bist, hättest du niemals den Weg nach Hause gefunden. Und das bei Tageslicht.« Die Enttäuschung in seiner Stimme kratzt an meiner Seele. Es ist, als würde sie mich schlagen, dafür, dass ich ein schlechter Sohn bin. Ein Versager, den man verstecken muss. Ein Mann, der seine Gefühle ertränkt, weil er sich selbst nicht mehr ertragen kann.

»Ist doch scheißegal. Mein Leben ist sowieso zerstört«, fluche ich. Oder lalle ich?

»Das werden wir jetzt ändern«, erwidert Dad mit fester Stimme.

»Wie?« Ich lege den Kopf schief und sehe dabei zu, wie Dad das Auto von Brokenville weg lenkt, hin zu den Feldern, die den Weg zur nächsten Großstadt einläuten. »Wo fahren wir hin?«

»Das wirst du sehen, wenn wir dort ankommen.«

»Leck mich«, schreie ich. »Lass mich aussteigen, sofort!« Verzweiflung klammert sich um meine Brust, erschwert mir das Atmen und macht mir das Leben zur Hölle. Mit einem Mal spüre ich Übelkeit aufkeimen, als ich an das letzte Gespräch mit Dad denke. Ich war wie so oft betrunken und habe ihm vor die Haustür gekotzt, bei helllichtem Tag. Die Nachbarn haben mich angewidert betrachtet, als ich ihnen Beleidigungen hinterhergebrüllt habe. Dad hatte mich augenblicklich ins Haus befördert und mir eine Ohrfeige verpasst.

»Was soll der Scheiß?«, hatte er gefragt. »Wieso bist du jeden verdammten Tag sturzbetrunken?«

»Das kann dir scheißegal sein«, hatte ich geantwortet und wollte mich gerade zum Gehen wenden.

»Es ist mir verdammt nochmal nicht egal! Reiß dich endlich zusammen oder ich werde dich in eine Klinik einweisen lassen!«

Seine Worte hatten mich damals so getroffen, dass ich wütend die Treppe hinaufgestampft war und meine Zimmertür hinter mir zugeknallt hatte. Geholfen haben sie allerdings nicht und deswegen beschleicht mich die Befürchtung, dass mich Dad jetzt in eine Suchtklinik bringen wird.

Wir kommen an einem bewaldeten Gebiet vorbei. Die Straße wird links und rechts von Bäumen gesäumt.

»Dad, lass das. Ich krieg das auch so hin«, flehe ich.

»Bisher hast du es auch nicht geschafft, warum sollte ich dir jetzt glauben?« Den Blick starr nach vorne gerichtet, spüre ich seine Enttäuschung. Seine Enttäuschung darüber, dass ich es eben nicht selbst auf die Reihe bekomme. Dass ich zu schwach bin, um mich gegen meine Dämonen zu stellen.

»Weil ich … ich bin dein Sohn.«

»Und genau deswegen werde ich jetzt das einzig Richtige tun und dich in die Suchtklinik bringen.« Dads Worte verstärken meine Verzweiflung. Ich will dort nicht hin. Ich will es selbst aus meinem Loch schaffen.

»Nein!«

»Doch, du kannst mich nicht davon abbringen.«

»Bitte dreh um.« Wut ballt sich in mir zusammen.

Als er den Wagen immer noch geradeaus lenkt, tue ich etwas, das unser Leben für immer verändert. Ich greife über die Mittelkonsole nach dem Steuer und will es herumreisen. Dabei rutscht Dad ab, weil er meine Hand aufhalten möchte. Er lenkt den Wagen direkt in Richtung der umliegenden Bäume. Wir kommen von der Straße ab, der Wagen überschlägt sich und wir knallen mit der Fahrerseite gegen einen Baum. Das Letzte, was ich höre, ist Dads schmerzhaftes Ächzen.

Ich schreie. Das wird mir bewusst, als ich die Augen aufreiße und mich keuchend aufsetze.

Die Sonne scheint bereits durch das Dachfenster, ihre Strahlen erwärmen mein Gesicht. Mein Körper ist komplett verschwitzt. Mit einem Mal prasseln alle Erinnerungen an den Abend auf mich ein, als ich Dads und mein Leben komplett auf den Kopf gestellt habe. Seines, weil sein Körper nicht mehr so arbeiten kann, wie er es gewohnt ist. Meines, weil ich mich so sehr hasse, dass ich meine Träume aufgegeben habe.

Schnell atmend reibe ich mir über die nasse Stirn. Wut brennt in meinem Magen. Sie ist mit dem Traum zurückgekehrt. Alles ist wieder da. Das Verlangen brennt in meiner Kehle. Die Sehnsucht, meine Gedanken zu betäuben und nichts mehr zu fühlen.

Verzweifelt versuche ich, einen Ausweg zu finden, sehe aber nur einen.

Die Hand zur Faust geballt, gehe ich zu meinem Kühlschrank, hole die Schnapsflasche klirrend hervor. Hastig setze ich sie an meine Lippen, spüre die Kälte an meinem Mund. Den Kopf in den Nacken gelegt, nehme ich einen tiefen Schluck. Obwohl der Alkohol in meinem Rachen brennt, löscht er langsam das Feuer, das in mir lodert.

Je mehr ich trinke, umso mehr verschwimmt alles um mich herum. Mein Körper fühlt sich an wie Watte, die Gedanken und Gefühle sind in weiter Ferne. Nicht mehr präsent in meinem Kopf. Stattdessen finde ich langsam Ruhe und genieße den Schwindel, den die Droge verursacht. Torkelnd begebe ich mich zu meinem Schlafbereich, die Flasche in der Hand. Dort lasse ich mich auf das Bett fallen und nehme einen weiteren Schluck.

Irgendwann wird es besser, sage ich mir selbst. *Irgendwann.*

20

BEC

Nach dieser katastrophalen Nacht habe ich bereits den vierten Kaffee intus, um mich einigermaßen wach zu halten. Meine Träume waren eine irre Mischung aus Ted, Ray und irgendwelchen Fantasiewesen, die wohl dafür stehen, dass ich keinen Schimmer habe, was ich eigentlich will.

Umso dankbarer bin ich, dass der heutige Tag ruhig startet und ich mit meinem Buch auf der Veranda meiner Eltern sitze, um die Sonnenstrahlen zu genießen. Lizzy hat sich nach einem gemeinsamen Frühstück verabschiedet, um ihren Schönheitsschlaf zuhause nachzuholen. Ich hingegen habe mich entschieden, auf andere Gedanken zu kommen.

Also lese ich das Buch weiter, welches ich kürzlich begonnen habe. Darin sind die Hauptprotagonisten kurz davor, sich zu küssen, was mir die Erinnerungen an den gestrigen Abend wieder hervorruft. Bevor sie sich näherkommen, klappe ich das Buch frustriert zu. Vielleicht war die Schnulze, die ich als Ablenkung gewählt habe, nicht unbedingt ideal. Schließlich erinnert sie mich an Ray, der mich seit dem Aufstehen begleitet und von dem ich mich eigentlich ablenken wollte.

»Hallo mein Schatz.« Mom kommt zu mir und setzt sich an das Fußende der Liege, auf der ich es mir bequem gemacht habe.

»Hallo Mom.«

»Könntest du mir helfen?«, fragt sie mich. »Deine Granny kommt bald und ich muss noch einiges vorbereiten.«

Granny war für ein paar Tage auf einer Reha, bei der die Stabilität ihres Arms verbessert werden sollte. Aufgrund ihrer Verletzung hatte sie immer wieder Probleme bei der Beweglichkeit, weshalb meine Eltern entschieden, sie zumindest vorübergehend zu sich nach Hause zu holen. Granny ist zwar sehr fit, aber dennoch merkt man ihr das Alter allmählich an. Alltägliche Tätigkeiten fallen ihr – nicht zuletzt wegen dem vorangegangenen Bruch– zunehmend schwerer und sie braucht Unterstützung.

»Ist es schon so spät?« Hastig greife ich nach meinem Handy und blicke darauf. Die Uhr zeigt kurz vor drei. In eineinhalb Stunden bin ich mit Ivy zum Lernen verabredet.

»Ja, Granny dürfte jeden Moment mit deinem Dad ankommen.«

»Okay.« Bevor ich Mom in die Küche folge, lege ich mein Buch ins Wohnzimmer. Dabei überkommt mich immer wieder der Wunsch, mit ihr über Ray zu sprechen. Nur zu gern würde ich ihr von dem gestrigen Abend erzählen, von den Gefühlen, die Ray in mir auslöst, und wie anders er ist.

Mein schlechtes Gewissen meldet sich. Besonders in meiner Jugend habe ich viel mit Mom über Ray gesprochen. Sie hat mit mir das Outfit herausgesucht, als ich mein erstes Date mit ihm hatte. Sie hat mich begleitet, als ich zum ersten Mal einen Streit mit ihm hatte, und sie hat sich stundenlang meine Schwärmereien über ihn angehört.

Und jetzt?

Die Tatsache, dass Dad schlecht auf Ray zu sprechen ist, wegen dem, was vor drei Jahren vorgefallen ist, hindert mich daran. Auf keinen Fall möchte ich, dass Dad etwas Falsches hineininterpretiert. Also bleibt mir nichts anderes übrig, als zu schweigen. Und das Geheimnis für mich zu behalten.

Und obwohl jetzt erstmal Familienzeit angesagt ist, verspüre ich schon jetzt eine Vorfreude, wenn ich an das Wiedersehen mit Ray denke.

»Wie kann ich dir helfen?«, frage ich Mom, als wir in der Küche ankommen.

»Du könntest den Tisch decken, dann mache ich den Apple Pie fertig.« Sie wendet sich bereits dem Herd zu.

»Alles klar.«

Ich hole ein schwarzes Tablett hervor, auf dem ich Teller, Besteck und Servietten platziere. Zeitgleich schalte ich die Kaffeemaschine an und stelle Tassen davor. Anschließend trage ich das Tablett hinaus und bringe es zu der kleinen Sitzgruppe auf unserer Veranda. Ich stelle alles ordentlich auf den Tisch, ehe ich wieder hineingehe.

»Sie sind da!«, rufe ich mit einem Blick aus dem Fenster, als ich Dads grauen Wagen vorfahren sehe.

Fröhlich eile ich zur Haustür und reiße sie auf, während ich höre, wie Mom die Kaffeemaschine bedient.

Dad parkt den Wagen vor der Garage, und noch während er den Motor abschaltet, öffne ich die Beifahrertür, um Granny herauszuhelfen.

»Bec!« Grannys Augen glänzen. »Wie schön, dich zu sehen!« Sobald sie steht, zieht sie mich in eine innige Umarmung, wobei sie ihren Arm, der noch immer in einer Trage steckt, von mir wegdreht.

»Granny!«, wispere ich und atme den Duft ihres Apfelshampoos ein. Vielleicht nicht klassisch für eine ältere Dame, aber sie liebt Fruchtshampoos, die sie an ihre Kindheit erinnern. Es tut so gut, sie im Arm zu halten. Schließlich haben wir uns seit dem letzten Weihnachten nicht mehr gesehen.

»Wie geht es dir?«, fragt sie mich sofort, als sie mich loslässt. Dabei kneift sie mir in die Wange. »Bekommst du nicht genug zu essen? Du siehst aus, als hättest du abgenommen!«

»Oh, glaub mir«, erwidere ich, »Mrs Warren gibt sich alle Mühe, dass ich nicht verhungere.« Ich habe Granny direkt, nachdem ich den Job bei Mrs Warren angenommen habe, angerufen und ihr davon erzählt.

»Da bin ich ja beruhigt.« Zufrieden lächelt sie mich an. »Tony«, sagt sie an Dad gewandt, »könntest du meine Sachen reintragen?«

»Natürlich, geht schon mal vor.« Mit einem Zwinkern öffnet Dad den Kofferraum und holt einen Rollkoffer heraus.

Granny zieht mich bereits mit sich ins Haus. »Und? Was habe ich im letzten halben Jahr alles verpasst?«

»Gar nicht so viel«, antworte ich und erzähle ihr, wie es mir in den letzten Monaten im Studium ergangen ist. Obwohl wir mindestens einmal in der Woche miteinander telefonieren, möchte Granny alle Geschichten noch einmal hören. »Und seit kurzem helfe ich Ivy beim Lernen. Sie macht im nächsten Schuljahr ihren Abschluss«, beende ich meine Erzählungen, als wir am Tisch sitzen. Mom ist gerade dabei, Apple Pie auf unsere Teller zu verteilen, und Dad gibt vor, nicht zuzuhören.

»Hast du Ray auch schon getroffen?«, hakt Granny nach.

Mein Herz setzt für einen Schlag aus. Die Augen auf Dad gerichtet, versuche ich, die Hitze, die mir in den Kopf steigt, zu unterdrücken. »Ja«, erzähle ich Granny. »Zweimal.« *Immerhin die halbe Wahrheit.*

»Wo?« Dad hebt die Augenbrauen.

»Na ja, als ich mein Auto geholt habe und einmal in *Taylors Pub*.«

»Und was ist mit gestern?«

Mist! Woher weiß er das schon wieder?

»Stimmt, gestern auch«, schiebe ich schnell hinterher. Augenblicklich wird mir heiß und kalt zugleich. Schließlich habe ich meine Eltern angelogen.

»Wieso erzählst du uns das nicht?« Mom steht die Enttäuschung ins Gesicht geschrieben.

»Es war Ivys Geburtstag. Ich war wegen ihr dort und nicht wegen Ray«, verteidige ich mich sofort. »Woher weißt du überhaupt davon, Dad?«

»Simon, der Sohn der Walthers, war auch auf Ivys Geburtstag und hat gesehen, wie du dich mit Ray unterhalten hast.«

Nur dunkel erinnere ich mich an Simon und muss mir eingestehen, dass ich nicht die leiseste Ahnung habe, wer von den Gästen gestern er gewesen war.

»Ja, Dad, ich habe mich mit Ray unterhalten.« Ich verschränke die Arme vor der Brust und versuche, das beklemmende Gefühl in meinem Magen nicht zu sehr zuzulassen. Das Letzte, was ich jetzt will, ist ein Streit mit meinen Eltern. »Wo liegt das Problem? Darf ich jetzt noch nicht mal mit ihm sprechen?«

»Darum geht es doch gar nicht«, erwidert Mom, ehe Dad etwas sagen kann. »Wir dachten, du seist mit deinen Freunden auf einer Gartenparty.«

»Genau genommen war es auch eine Gartenparty«, antworte ich patzig und sehe Dad böse an, »das hätte Simon ruhig mal erwähnen können.«

Dad bemerkt meine spitze Bemerkung und legt die Gabel auf seinen Teller, obwohl er sich gerade ein Stück Kuchen in den Mund schieben wollte.

»Wieso belügst du uns?«, will Mom wissen. Sie spürt die angespannte Stimmung zwischen Dad und mir und hofft, die Situation retten zu können. »Wir hatten doch sonst keine Geheimnisse voreinander.«

Bevor ich auch nur etwas dazu sagen kann, poltert Dad mit finsterer Miene los. »Rays Lieblingsbeschäftigung ist das Saufen. Vielleicht ist das der Grund, weshalb wir nicht wollen, dass du zu viel Zeit mit ihm verbringst.«

»Was soll das denn jetzt?« Nun packt auch mich die Wut und ich balle die Hände zu Fäusten. »Das hat doch überhaupt nichts miteinander zu tun!«

»Glaubst du wirklich, dass ich das gutheiße, wenn du dich mit ihm triffst? Jemand, der so viel trinkt und kein Gespür mehr für seine Mitmenschen hat? Er sitzt abends stundenlang im Pub, säuft und macht dort Randale. So jemanden möchte ich bestimmt nicht in der Nähe meiner Tochter wissen.« Dads Worte verletzen mich. Er und Ray waren schließlich mal ein Herz und eine Seele.

»Ich kann mir das nicht vorstellen«, schaltet sich Granny ein.

»Es ist aber so, die Walthers haben es gesehen. Schließlich hat er bei ihnen in den Vorgarten gekotzt.« Er gestikuliert dabei mit seinen Händen.

Unwillkürlich muss ich daran denken, wie ich Ray im Gebüsch neben dem Pub gefunden habe.

»Nein, du verstehst mich falsch«, erwidert Granny und holt

mich aus meiner Grübelei. »Ich glaube nicht, dass Ray das aus Spaß macht.«

»Du kannst mir sagen, was du willst, aber für mich ist das nicht normal. Ray geht fast jeden Tag irgendwohin, um sich zu betrinken, und ich möchte nicht, dass Rebecca zu viel Kontakt mit ihm hat.« Dad bringt das Fass endgültig zum Überlaufen.

»Du kannst das nicht bestimmen!« Meine Nerven sind zum Zerreißen gespannt und ich habe das Gefühl, kurz vor einer Explosion zu stehen.

»Doch. Solange du hier bist, möchte ich, dass du ihm aus dem Weg gehst. Er hat dich verletzt und ich möchte nicht, dass er das wieder tut.«

»Du kannst mir den Umgang mit ihm nicht verbieten«, feuere ich ihm entgegen. »Ich bin alt genug, um eigene Entscheidungen zu treffen!«

»In dieser Sache möchte ich, dass du dich an das hältst, was ich dir sage.« In Dads Augen flackert mehr Sorge als Ärger über mein Verhalten, doch das ist mir in diesem Moment egal.

»Nein, werde ich nicht. Ich lasse mich nicht von dir bevormunden!« Mit diesen Worten stehe ich auf und verlasse die Terrasse.

Die Wut hat mich so überrollt, dass ich nicht länger sitzen bleiben kann und will. Das Adrenalin tobt in meinem Körper. Ich hole meine Tasche und mache mich auf den Weg zu Ivy. Ein bisschen Ablenkung schadet mir ganz bestimmt nicht.

21

RAY

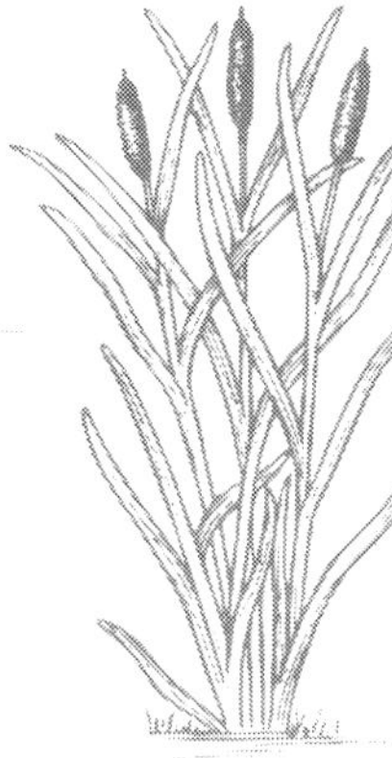

Die Uhr auf meinem Handy zeigt mittlerweile drei Uhr nachmittags. Ja, ich liege seit sage und schreibe zwölf Stunden in meinem Bett. Bisher bestand mein Tag aus … Trübsal blasen.

Pausenlos musste ich an meinen Traum von heute Nacht denken. Ständig ziehen die Erinnerungen daran vorbei, als würde die Szene in Dauerschleife auf einem Fernseher abgespielt werden.

Seit damals bin ich so gut wie jeden Abend betrunken ins Bett gegangen, vielleicht könnte man auch sagen, genau *das* ist der Grund, weshalb ich nicht ohne Alkohol sein will. Ich kann nicht damit umgehen, dass ich Dads Leben ruiniert habe. Ich bin schuld daran, dass er für immer Probleme mit der Wirbelsäule haben und mindestens eine weitere Operation benötigen wird, um einigermaßen schmerzfrei zu sein. Wobei nicht mal garantiert ist, dass er jemals wieder schmerzfrei sein wird.

Ich balle die Hand zur Faust, bis sich meine Fingernägel in meine Handinnenfläche bohren. Bec hatte dafür gesorgt, dass ich zum ersten Mal ohne Alkohol einschlafen konnte. Und ich will sie unbedingt wiedersehen, so schnell wie möglich. Ihre Anwesenheit sorgt dafür, dass ich weniger Schlechtes fühle und mich selbst besser aushalten kann.

Doch dafür muss ich erstmal aufstehen.

Mit Ach und Krach raffe ich mich auf, entsorge die

Schnapsflasche und schalte die Kaffeemaschine an. Während ein Kaffee durchläuft, begebe ich mich unter die Dusche, um den Albtraum von mir zu waschen. Den Duft nach Alkohol, meine Schande, loszuwerden. Das heiße Wasser prasselt auf meinen Körper und brennt, doch der Schmerz ist so süß und angenehm, dass ich ihn für ein paar Atemzüge einfach nur genieße.

»Ray?« Ivys Stimme erklingt. »Wo bist du?« Kurzes Schweigen. »Du hast ja Kaffee für mich gemacht.«

»In der Dusche«, rufe ich. »Lass die Finger davon, das ist meiner!«

»Oh, du hast es ja doch mal aus dem Bett geschafft.«

»Sehr witzig«, erwidere ich und stelle das Wasser ab. Dabei höre ich, wie sie geräuschvoll an dem Getränk schlürft, das eigentlich für mich bestimmt war.

»Okay, ich bin ja nicht so«, meint Ivy, die an meinen Tresen gelehnt steht und mir zusieht, wie ich in einem Handtuch bekleidet aus der Dusche komme, »ich mache dir zur Entschädigung einen.« Sie wendet sich von mir ab und bedient meine Maschine.

»Herzlichen Dank auch.« Ich rolle mit den Augen und begebe mich in das Obergeschoss, um mich anzuziehen. Wenige Minuten später sitzen Ivy und ich, beide mit einer Tasse in der Hand, auf meiner kleinen Veranda.

»Wie geht's dir?«, hakt sie nach.

»Gut, wieso?«

»Ich habe die Flasche in deinem Abfall gesehen.« Ihr Blick ist eiskalt, als sie mich darauf anspricht.

»Na und?« Zorn breitet sich in mir aus.

»Was ist los? Ich mache mir Sorgen.«

»Du bemutterst mich«, erwidere ich. *Dabei sollte es genau andersherum sein*, füge ich in Gedanken hinzu.

»Weißt du, nenn es, wie du willst. Ich habe einfach nur Angst um dich und möchte wissen, warum du so viel trinkst.« Eine Sorgenfalte zeichnet sich auf ihrer Stirn ab.

Ihre Worte prallen an meiner Schale ab. Es ist, als hätte sich mein Inneres seit gestern Abend um hundertachtzig Grad gewendet. So viel Geborgenheit mir Bec geschenkt und meine

Seele geöffnet hat, so sehr hat mich der Albtraum wieder zurückgeworfen. Meine kleine Schwester weiß bis heute nicht, wie es zu diesem Unfall kam, weshalb ich auf keinen Fall mit ihr darüber sprechen kann.

»Hör auf, so viel über mich nachzudenken«, sage ich zu Ivy. »Ich bin schon groß und kann auf mich allein aufpassen.«

Beleidigt zieht sie eine Schnute. »Dir ist auch egal, wie es mir damit geht, oder?«, faucht sie.

»Es kann dir doch egal sein.«

»Du bist so ein Arschloch, Ray. Du denkst nur noch an dich. Wie es mir oder Dad damit geht, dass du dich selbst zerstörst, interessiert dich sowieso nicht.« Sie knallt die Tasche auf den Tisch, wobei Kaffee überschwappt und sich auf dem Tisch verteilt. Ruckartig steht sie auf und geht.

Wie erstarrt bleibe ich sitzen. Etwas in mir rüttelt und zerrt, doch ich möchte es nicht zulassen. Soll sie doch zicken, wenn sie meint.

Trotzdem ist da diese leise Stimme in meinem Kopf, die mir sagt, dass sie nicht zickt. Es ist viel mehr als das.

Um nicht allzu nachdenklich zu werden, beseitige ich die Sauerei, räume die Tasse auf, nehme mir einen Müsliriegel aus meinem Regal und gehe zu Dad in die Werkstatt. Auf dem Weg dorthin verspeise ich den Riegel.

»Hi Dad«, begrüße ich ihn, als ich ihn im Büro entdecke.

»Hallo mein Junge.« Erschöpft lächelt er mich an.

»Kann ich dir helfen?«, frage ich ihn, als ich die vielen Ordner auf seinem Tisch entdecke.

»Ich bin gerade dabei, die letzten Rechnungen zu sortieren.«

»Okay, kein Thema.« Ich beuge mich zu ihm über den Tisch und nehme den Stapel mit den gesammelten Belegen. Nacheinander gebe ich sie ihm in der richtigen Reihenfolge, damit er sie nur noch abheften muss. Nach einer Weile öffnet er seine Schublade und nimmt einen Blister heraus. Er drückt eine Tablette aus der Verpackung und spült sie mit einem zügigen Schluck hinunter.

»Alles gut?«, hake ich nach, als er sein Gesicht verzieht.

»Ja, es ist nur … momentan geht nichts ohne.« Ein schiefes Grinsen ziert sein Gesicht.

Schuldgefühle keimen in mir auf. »Lässt du dich doch nicht operieren?«

»Ehrlich gesagt wollte ich die OP absagen. Wir können es uns nicht leisten. Die Werkstatt läuft zwar gut, aber die Kosten, die auf uns zukommen würden, sprengen unser Budget. Und wenn ich für ein paar Monate ausfalle, dann –«

»Übernehme ich die Firma«, beende ich Dads Satz.

»Nein.« Streng sieht er mich an.

»Wieso nicht?«

»Du bist nicht bereit dazu.«

»Doch, bin ich sehr wohl.« Verzweiflung breitet sich in mir aus. Es ist meine einzige Chance, die Vergangenheit wiedergutzumachen und Dad zu beweisen, dass ich gut genug bin.

»Ray.« Dad seufzt. »Sei mal ehrlich, du wolltest nie in der Werkstatt arbeiten. Wieso tust du es dann?«

»Weil ich die Liebe zu Autos entdeckt habe.« Die Worte verlassen meinen Mund schneller, als ich darüber nachgedacht habe.

»Nein«, erwidert Dad, »du machst das aus ganz anderen Gründen, und das wissen wir beide.« Er kratzt sich am Kopf.

Ertappt suche ich nach den richtigen Worten. »Dad, bitte gib mir die Chance, dir das Gegenteil zu beweisen«, flehe ich ihn an. »Ich will mich verändern, für dich, für die Firma und für Ivy. Ich will euch zeigen, dass ich es kann. Dass ich es schaffe und du dich auf mich verlassen kannst.« Verzweifelt falte ich die Hände vor meiner Brust.

»Dafür musst du erstmal weniger trinken.« Seine Worte hallen durch meinen Kopf.

»Das ist gar kein Problem«, sage ich sofort. *Lügner,* wispert eine Stimme in meinem Kopf.

Dad zieht die Augenbrauen zusammen. »Bist du dir da sicher?«

»Ja, ich werde es tun.« *Das will ich sehen*, sagt die Stimme.

Für eine Sekunde herrscht Schweigen. Ich sehe an Dads Gesichtsausdruck, dass ihm tausende Gedanken durch den

Kopf schießen, doch ich meine es ernst und es ist mir egal, was mir die Stimme einreden will. Ich weiß, dass ich es schaffen werde.

»Bitte«, flüstere ich, in der Hoffnung, Dad davon überzeugen zu können.

»Okay«, meint er schließlich. »Sollte ich aber merken, dass es schiefgeht, werde ich eine andere Lösung finden.«

Das würde bedeuten, dass er die Firma verkauft. Diese Tatsache steht ihm deutlich ins Gesicht geschrieben.

Dennoch schwöre ich mir in diesem Moment, dass ich es niemals so weit kommen lassen werde. Denn ich bin stärker als der Alkohol, und einmal in meinem Leben muss ich das Richtige tun.

22

BEC

Sobald ich beim Haus der Grays ankomme, wird mir ein bisschen leichter ums Herz. Um Dads Gesagtes zu verarbeiten, habe ich extra einen längeren Weg gewählt. Ich bin bald zweiundzwanzig Jahre alt und habe wirklich keine Lust, dass meine Eltern weiterhin über mein Leben bestimmen wollen. Dazu gehört auch, dass Dad akzeptieren muss, wenn ich noch mit Ray Kontakt haben möchte. Gleichzeitig liegt mir die Tatsache, dass Ray laut Dads Aussagen täglich über seinen Durst trinkt, schwer im Magen. Warum schlägt er so über die Stränge? Welchen Grund gibt es dafür?

Grübelnd laufe ich zur Eingangstür der Grays und klingle. Kurz darauf wird die Tür geöffnet und Ivy steht vor mir.

»Bec?« Überrascht sieht sie mich an.

»Hi, ich hoffe, es ist kein Problem, wenn ich schon da bin«, begrüße ich sie. Ein Blick auf die Uhr im Flur verrät mir, dass ich eine halbe Stunde zu früh bin.

»Nein, nein«, meint sie und geht beiseite, damit ich eintreten kann. Dennoch ist ihre Verwirrung nicht zu übersehen.

»Danke.« Wie immer schlüpfe ich aus meinen Schuhen, wenn ich das Haus der Grays betrete. Grayson legt sehr viel Wert auf Ordnung, weshalb ich meine Schuhe in einem freien Fach des Schuhregals verstaue. Anschließend folge ich Ivy in die Küche.

»Ich war gerade dabei, Kuchen zu essen. Möchtest du auch einen?«, fragt sie und schaltet die Kaffeemaschine ein.

»Ein Kaffee würde mir reichen«, antworte ich. »Granny ist heute von der Reha gekommen und wir hatten schon Apple Pie.«

»Oh, ja, ich habe davon gehört. Wie geht es ihr?«, hakt Ivy nach, während sie die Kaffeemaschine bedient.

»Ganz gut. Die Reha war wohl gut, aber ihr Arm möchte noch nicht so ganz, wie sie sich das vorstellt«, erzähle ich und lasse den Blick durch die Küche schweifen. Die ozeanblauen Wände erinnern mich nicht nur an unsere Umgestaltungsaktion, sondern auch daran, wie wir uns gegenseitig mit Farbe beworfen haben, um uns zu ärgern, und anschließend unter der Dusche gelandet sind.

Bei dem Gedanken daran schlägt mein Herz schneller. Hitze schießt durch meinen Körper, als ich Ray nackt vor meinem geistigen Auge sehe. Die definierten Muskeln an seinem Oberkörper, die leichte Behaarung an seinem Bauch, die hinab zu seinem Schritt führte …

»Ich denke, deine Granny muss ihrem Arm mehr Zeit geben.« Ivys Stimme holt mich ins Hier und Jetzt zurück. Dennoch kriecht Wärme in meine Wangen und ich hoffe, dass sie es nicht bemerkt.

»Sie ist die Ungeduld in Person«, pflichte ich ihr bei. »Aber erzähl mal, wie geht es dir?«

»Ganz gut.« Ivy presst die Lippen aufeinander und eine Falte wird auf ihrer Stirn erkennbar.

»Bist du dir sicher?« Mein Gefühl sagt mir, dass ihr etwas auf der Seele brennt.

»Nein«, antwortet sie prompt und ihre Arme fallen schlaff an ihr herab.

»Möchtest du darüber reden?«

Dankbar sieht sie mich an, als sie mir die Tasse Kaffee gibt. »Wenn du mich so fragst, dann eigentlich schon.« Sie seufzt. »Ich mache mir wahnsinnige Sorgen um Ray. Mir ist bewusst, dass ihr nicht mehr zusammen seid, und wenn du das nicht hören möchtest, ist es auch okay.«

Es ist eine Frage an mich, auch wenn der Satz wie eine

Aussage formuliert ist. »Du darfst es mir gern erzählen«, erwidere ich deshalb.

Sie sieht mich prüfend an, ehe sie die Hände vors Gesicht schlägt und geräuschvoll ausatmet. »Seit du weg bist, ist Ray wie ausgewechselt. Er hat eine Party nach der anderen besucht, ist ständig unterwegs gewesen, kam betrunken nach Hause und hat Krawall in *Taylors Pub* gemacht.« Ivy schaut mich an. »Zwischenzeitlich hatte ich das Gefühl, dass alles besser wird, vor allem nach Dads Unfall, aber mittlerweile … Es wird wieder schlimmer! Erst heute habe ich wieder eine Schnapsflasche in seinem Mülleimer gefunden.«

Verwundert ziehe ich die Augenbrauen nach oben und überlege. »Gestern haben wir definitiv keinen Schnaps getrunken«, meine ich. Gedanklich spiele ich nochmal die Szene in seinem Haus durch. Nicht mal dort stand ein alkoholisches Getränk und ich bin mir sicher, dass er nichts davon angerührt hat. Schließlich waren Lizzy und ich bis weit nach Mitternacht zu Besuch.

»Also … habt ihr nicht zusammen getrunken?«

»Nein.«

Ivy schließt die Augen und lässt den Kopf auf die Tischplatte neben ihrer Tasse Kaffee sinken.

Es tut mir im Herzen weh, sie so leiden zu sehen. Ich weiß genau, wie wichtig Ray für sie ist. »Hör mal.« Über den Tisch hinweg berühre ich ihren Scheitel. »Mach dir nicht so viele Gedanken, ich werde mit Ray sprechen, okay? Du konzentrierst dich ganz auf die Schule.«

Spätestens jetzt bin ich mir sicher, dass Ray etwas belastet. Früher hat Ray Alkohol nur selten und in Maßen getrunken, weil er uns immer sicher nach Hause bringen wollte. Das stand für ihn an erster Stelle.

Ganz langsam hebt Ivy den Kopf. Die Ringe unter ihren Augen zeigen mir, dass es sie wirklich beschäftigt. »Würdest du das tun?«

»Natürlich«, verspreche ich ihr. Doch gleichzeitig frage ich mich, ob ich auch helfen kann.

23

RAY

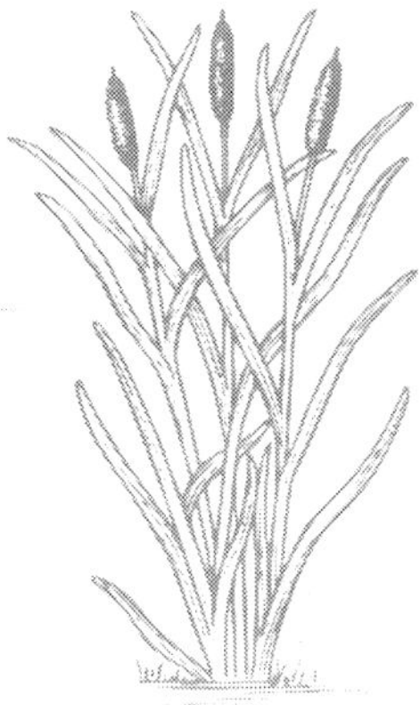

»Geschafft«, sage ich zu Dad, als ich die letzte Rechnung loche, damit Dad sie nur noch in den Ordner abheften muss.

»Super!« Grinsend schlägt er mit mir ein. Anschließend nimmt er einen Teil der Ordner und bringt sie zurück zu den Regalen. Ich helfe ihm, indem ich ihm die restlichen hinterhertrage.

»Was hältst du davon, wenn wir zur Feier des Tages Essen bestellen?«, frage ich ihn.

»Das klingt gut. Ich hätte mal wieder Lust auf Chinesisch.«

»Da wird sich Ivy freuen, wenn ich ihr das gleich sage.« Ich lache.

»Und ich mache in der Zwischenzeit das Licht aus.« Dad zwinkert mir zu, als ich gerade hinausgehen möchte. »Und Ray?«

»Ja?« Irritiert drehe ich mich zu ihm.

»Danke für deine Hilfe. Das bedeutet mir viel.« Er legt seine Hand auf meine Schulter und drückt sie sanft. »Ohne dich würde ich das wahrscheinlich gar nicht schaffen.«

Es wäre gelogen, wenn ich sage, dass mir seine Worte egal sind. Denn das sind sie nicht. Ganz im Gegenteil. Sie sind wie Balsam für meine geschundene Seele und lassen die abwertende Stimme in meinem Kopf leiser werden.

»Das ist doch klar, Dad«, gebe ich zurück und spüre einen Anflug von Stolz in mir aufkeimen, den ich allerdings vor ihm verberge.

»Ganz so zwar nicht, aber ich wollte, dass du es weißt.« Ein zufriedener Ausdruck legt sich auf sein Gesicht.

Für einen Atemzug verharre ich in meiner Position, ehe ich mich umdrehe. »Ich überbringe Ivy dann mal die frohe Kunde, dass es heute ihr Lieblingsessen gibt«, sage ich, da ich nicht weiß, was ich auf Dads Gesagtes erwidern soll. Dad brummt zustimmend, und ich verlasse die Werkstatt durch die Tür, durch die sie mit dem Haus verbunden ist.

»Hey Ivy«, rufe ich, als ich gerade meine Schuhe im Flur ausziehe und in die Essküche laufe. »Dad will Chinesisch …« Ich halte inne, als ich an karamellbraunen Augen hängen bleibe. »Bestellen«, beende ich meinen Satz wispernd.

»Hi Ray.« Bec lächelt mich an und streicht über ihre Shorts, die sie zu einer blumigen Bluse trägt. Mit einem Mal ist es, als würde ich wieder auf meiner Dachterrasse sitzen und gemeinsam mit Bec in den Himmel schauen. Ihre Nähe hüllt mich ein, obwohl sie mindestens fünf Schritte von mir entfernt sitzt, und ich kann nicht anders, als sie anzustarren.

»Bec.« Meine Stimme ist hauchdünn, als könnte sie jeden Moment brechen. Was macht sie nur mit mir? Warum hat Bec nach all der Zeit noch immer diese Wirkung auf mich?

»Wenn ihr Chinesisch bestellt, muss Bec unbedingt bleiben.« Ivy holt mich in die Gegenwart zurück und lenkt meine Aufmerksamkeit auf sich. »So wie früher, wenn wir mindestens einmal im Monat zusammen einen Filmabend gemacht haben.« Meine kleine Schwester dreht sich zu ihr. »Du bleibst doch, oder? Immerhin habe ich dir bisher noch nichts für die Nachhilfestunden bezahlt.«

»Ivy, ich möchte nicht, dass du mir Geld gibst.« Bec zieht die Nase kraus. Das hat sie schon immer gemacht, wenn ihr etwas gegen den Strich ging.

»Doch!«, erwidert Ivy und verschränkt die Arme vor der Brust.

»Also ist es beschlossene Sache«, schreite ich ein, bevor

sich Bec und Ivy ein Duell liefern. »Wir laden dich sehr gern ein und ich bin mir sicher, dass sich Dad auch darüber freuen würde.« Hoffnungsvoll sehe ich sie an. Ich weiß nämlich, dass ich sie damit überreden kann. Bec und Dad haben sich schon immer gut verstanden und für ihn ist sie wie eine zweite Tochter.

Als sie merkt, dass sie nicht weiterkommt, schlägt sie die Lider nieder und zuckt mit den Achseln. »Na gut.« Zeitgleich breitet sich ein glückliches Lächeln auf ihrem Gesicht aus.

»Super, dann könnt ihr euch schon mal aussuchen, was ihr möchtet«, meine ich und gehe hinüber zum Kühlschrank, um mir ein Glas mit Wasser zu füllen. Ein Brennen in meinem Nacken verrät mir, dass mir Becs Augen folgen.

»Ich bringe nur schnell meine Sachen nach oben.« Ivy sammelt ihre Lernunterlagen ein. »Ihr könnt also schon mal anfangen.«

»Hast du noch die Lieferapp auf dem Handy? Ich habe sie längst gelöscht«, fragt mich Bec, nachdem meine kleine Schwester hinausgegangen ist.

»Klar.« Kurzerhand hole ich mein Smartphone aus der Hosentasche, öffne die App und gebe es ihr. Dabei berühren sich unsere Finger und ein Kribbeln breitet sich an meinen Fingerspitzen aus.

Unsere Augen treffen sich, und Becs Wangen färben sich rosa. Ihre Mundwinkel zucken nach oben, während sie mich erwartungsvoll ansieht.

Eine Welle der Sehnsucht erfasst mich und treibt mich zu ihr, bis ich dicht vor ihr stehe.

Bec neigt den Kopf nach oben, um mich ansehen zu können. Sie hebt ihre Hand und fährt mit dem Finger über die Stoppel meines Dreitagebarts bis hin zu meinem Nacken.

Ich kann nicht anders, als ihre Berührung zu genießen. Unwillkürlich hebe ich meine Hand und streichle über ihre Wange.

Bec legt mein Handy auf den Tisch und stellt sich auf Zehenspitzen, um mir näher zu sein. »Ich habe dich vermisst«, murmelt sie.

Ihr Gesagtes hüllt mich ein und lässt die Stimmen in

meinem Kopf vollständig verstummen. »Ich dich auch«, wispere ich.

Ich lege meine Arme um Bec und ziehe sie an mich, bis nichts mehr zwischen uns passt. Dabei erinnere ich mich einmal mehr, wie perfekt unsere Körper noch immer zueinander passen.

Becs Hand wandert über meinen Nacken hin zu meinen Haaren, womit sie eine Gänsehaut auf meinem Körper hinterlässt. Das Drücken in meiner Lendengegend wird stärker und der Platz in meiner Hose enger.

Sie neigt ihren Kopf zu mir, bis ich ihren Atem an meinem Kinn spüre. Ihre Lippen sind nur noch wenige Millimeter von meinen entfernt und ich setze dazu an, die letzte Distanz zwischen uns zu überwinden.

»Habt ihr schon bestellt?« Dads Stimme ertönt im Flur, und wir lösen uns augenblicklich voneinander.

Ich entferne mich mit einem großen Schritt von ihr, während sie sich automatisch wieder hinsetzt und so tut, als würde sie an meinem Handy die App des Lieferdienstes durchforsten. Dabei entsperrt sie das Display mit ihrem Geburtsdatum, das noch immer mein Passwort ist. Obwohl sie mich verblüfft ansieht, lässt sie diese Tatsache unkommentiert, da sie viel zu sehr damit beschäftigt zu sein scheint, Abstand zwischen uns zu bringen.

Ich drehe mich zur Küchentheke und atme aus. »Nein, haben wir noch nicht«, antworte ich Dad und hoffe, dass mich meine brüchige Stimme nicht verrät.

»Okay.« Dad kommt herein. »Oh, hallo Rebecca.« Überraschung und Freude schwingen in seinem Gesprochenen mit. »Wie schön, dass du da bist.«

Bec schiebt ihren Stuhl zurück. »Hallo Grayson.«

»Bleibst du zum Abendessen?«, fragt er sofort.

»Ja«, antwortet sie.

Als ich mich zu ihnen wende, sehe ich nicht nur, wie sich Bec und Dad umarmen, sondern auch das Strahlen in Dads Gesicht.

Mit einem Mal fühle ich mich in die Vergangenheit zurückversetzt und erinnere mich daran, wie wir früher die Abende hier verbracht haben. Zum ersten Mal bin ich einfach glücklich. Glücklich darüber, dass Bec hier ist und mit mir spricht.

Zum ersten Mal ist da etwas Positives.

Ja, ich glaube tatsächlich, dass alles wieder gut werden kann.

24

RAY

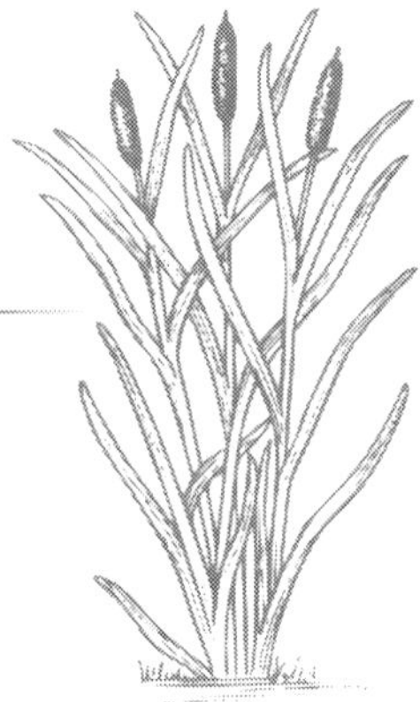

Gemeinsam sitzen wir auf der Veranda und schauen auf mein Haus. Die Sonne geht bereits unter und die Wolken verfärben sich in Grau-, Blau- und Lilatönen. Ganz in der Nähe befindet sich ein kleiner Weiher, von dem man Frösche quaken hören kann.

»Ich bin so satt.« Ivy schiebt ihren Teller über den Glastisch, woraufhin ein leises Kratzen ertönt. »Das war mal wieder richtig lecker.«

»Auf jeden Fall«, pflichtet ihr Bec bei. Ihre Augen sind auf ihren Teller gerichtet, auf dem sich noch Sushi befindet.

Dad blickt zufrieden drein. »Wie lange bleibst du in Brokenville?«, erkundigt er sich bei Bec.

»Ungefähr bis Anfang August«, erzählt sie. »Lizzy und ich werden eine Woche vor Semesterstart wieder zurückfahren.«

Gedanklich rechne ich aus, wie viele Wochen ich Bec noch sehen werde. Sechs Wochen sind es, bis das Semester wieder startet, also wird Bec in ungefähr fünf Wochen wieder nach New York fahren.

Mein Herz zieht sich schmerzhaft zusammen, wenn ich daran denke, dass sie bald wieder abreisen wird.

»Das ist ja schön, dann können wir noch viel Zeit zusammen verbringen.« Meine kleine Schwester grinst.

»Wir sehen uns sowieso öfter und lernen zusammen.« Bec zwinkert ihr zu.

»Ja, genau.« Ivy verdreht die Augen. »Du nimmst mich ganz schön in die Mangel.«

»Ich möchte nur, dass du die Prüfungen bestehst.«

»Danke.« Ivy lächelt. »Ich bin mir sicher, dass ich das mit deiner Hilfe auch schaffen werde.«

»Das ist gut.« Zufrieden schaut Bec zu ihr.

Genau in diesem Moment vibriert Ivys Handy. »Mist«, flucht sie, als sie es hervorholt. »Ich gehe schon mal rein.« Sie winkt uns zum Abschied.

Dad quittiert das mit einem Brummen und macht sich daran, das Geschirr einzusammeln. Bec erhebt sich ebenfalls und hilft ihm dabei. Ich tue es ihr gleich, und gemeinsam bringen wir alles in die Küche.

»Lass das, ich mache das später«, sage ich zu ihr, als ich dicht neben ihr stehe.

»Okay.« Bec dreht sich zu mir. Ihr Blick fällt sofort auf meine Lippen, und in ihren Augen spiegelt sich eine Emotion wider, ich glaube, es ist Sehnsucht.

»Ich sollte bald gehen«, murmelt sie schließlich. »Meine Eltern warten bestimmt schon auf mich.«

»Lass mich dich begleiten.«

Für eine Sekunde zeichnen sich Falten auf ihrer Stirn ab und sie denkt nach. »Ich würde mich sehr darüber freuen«, sagt sie schließlich, und mein Herz macht einen Satz.

»Dann hole ich meine Schlüssel aus dem Haus.«

Sie nickt. »In der Zwischenzeit verabschiede ich mich von deinem Dad.«

Gemeinsam treten wir hinaus, wobei ich direkt über die Pflastersteine gehe, die zu meinem Haus führen. Dort hole ich schnell das, was ich brauche, und kehre wieder um. Bec ist gerade dabei, Dad zu umarmen, als ich wieder zu ihnen stoße.

»Es war so schön, dich hier zu sehen.« Dad drückt sie fest an sich. »Vielleicht können wir vor deiner Abreise nochmal zusammen essen.«

»Das lässt sich bestimmt einrichten.« Als sie sich von ihm löst, sehe ich das Lächeln in ihrem Gesicht.

Dad nickt und wendet sich zu mir. »Bring sie bitte gut nach Hause.«

»Auf jeden Fall, Dad.« Ich grinse. Schon früher, wenn Bec und ich unterwegs waren, hat er mir das immer gesagt. Für ihn war Bec mehr als nur meine Freundin.

»Gut, ich werde mich dem Abwasch widmen«, meint er und geht hinein, ehe ich protestieren kann. Als er die Tür schließt und mich noch einmal anschaut, wirft er mir einen Lasst-euch-Zeit-Blick zu.

»Lass uns gehen«, sage ich zu Bec und deute mit einem Kopfnicken auf das Zauntor.

Sie folgt mir über den gepflasterten Weg, der an der Werkstatt vorbeiführt. Wir verlassen den Garten über das kleine Tor, welches sich direkt neben der Garage befindet.

Die Sterne stehen hoch über uns und der Mond wirft ein sanftes Licht auf die Straße. Wir laufen nebeneinander, wobei sich unsere Arme immer wieder berühren. Becs Hand ist so nahe bei mir und ich spiele mit dem Gedanken, meine Finger mit ihren zu verschlingen.

»Das war ein schöner Abend«, durchbricht sie die Stille. »Ich habe mich sehr gefreut, bei euch zu sein.« Ihre Augen strahlen, und ich genieße die Wärme in meinem Brustkorb, die sie auslöst.

»Es war toll«, stimme ich ihr zu. »Dad hat sich auch richtig gefreut, dass du geblieben bist. In den letzten Jahren hat er oft von dir gesprochen.«

Bec lächelt, doch dann runzelt sie die Stirn.

»Ist alles in Ordnung?«, frage ich.

Sie kaut auf der Innenseite der Wange und wirkt, als müsse sie genau überlegen, was sie nun sagt. »Na ja, ich …« Sie hält inne und seufzt. »Ivy hat mich darauf angesprochen, ob wir gestern Abend Schnaps getrunken haben. Sie hat eine Flasche in deinem Mülleimer gefunden und macht sich Sorgen um dich.«

Innerhalb weniger Sekunden breitet sich Wut in mir aus. Wieso zum Teufel rennt meine kleine Schwester zu Bec, um ihr davon zu erzählen?

Bec, die meinen Stimmungswechsel bemerkt, greift nach meiner Hand und bewegt mich zum Stehenbleiben. »Bitte, sei nicht sauer auf Ivy. Sie ist deine kleine Schwester und macht sich nun mal Sorgen um dich. In meinen Augen ist das vollkommen berechtigt.«

»Trotzdem könnte sie auch zuerst mit mir darüber sprechen«, bemerke ich trocken. Dabei ignoriere ich den Stich in meiner Magengrube. Schließlich hat Ivy das versucht und ich habe sie abgewiesen.

»Du würdest aber nicht auf sie eingehen, das wissen wir beide.« Vorwurfsvoll sieht mich Bec an. »Es geht auch gar nicht darum, dass sie dir was Schlechtes möchte. Ivy möchte einfach nur, dass es dir gut geht.« Sie kaut auf ihrer Lippe. »Außerdem mache ich mir genauso Sorgen um dich. Was war das im Gebüsch der Walthers? Du warst betrunken und hast dich als Versager bezeichnet. Du konntest nicht mal mehr gerade laufen. Ray, wir wollen dir helfen. Egal, was dich bedrückt, weder deine Familie noch ich lassen dich allein.«

Wie erstarrt stehe ich da. Becs Worte sind wie Balsam für meine Seele und gleichzeitig erinnern sie mich daran, wie sehr ich meiner Familie geschadet habe. Ich bin wirklich kurz davor, ihr zu erzählen, warum ich nicht mit Ivy über all das sprechen kann.

»Hat es etwas mit unserer gestrigen Aussprache zu tun?«, hakt Bec nach. »Oder mit der Vergangenheit? Hattest du einen Flashback?«

»Ja«, hauche ich, in dem Wissen, ihr dadurch etwas zu verschweigen. »Ich war nach unserem Gespräch einfach überfordert.« Zugleich hoffe ich, dass sie mir das Gesagte abkauft.

Mitfühlend streichelt sie mir mit dem Daumen über den Handrücken. »Es ist an der Zeit, dass du dir selbst verzeihst«, flüstert sie und legt ihre andere Hand an meine Wange.

»Ich kann das nicht«, wispere ich und erschrecke selbst darüber, wie ehrlich ich bin. »Es ist einfach zu viel passiert und ich schaffe es nicht.«

»Ray, ich bin für dich da, hörst du? Du bist nicht allein.«

Becs karamellbraune Augen funkeln mich an. Sie spiegeln Wärme und Leidenschaft wider, worin ich mich verliere. Ein Schauer läuft mir über den Rücken, als Bec mit ihrem Zeigefinger sanft über meine Bartstoppeln fährt. Sie stellt sich auf die Zehenspitzen und beugt sich zu mir. Ihr Atem streift mein

Kinn und plötzlich ist da wieder diese Sehnsucht, dieser Wunsch, ihr nahe zu sein. Sie zu spüren und bei mir zu haben.

Während ich die letzten Millimeter zwischen uns überwinde, verschlinge ich meine Hand mit ihrer. Ihre Finger, die eben noch meine Wange berührt hatten, wandern ungeduldig in meinen Nacken, und sie zieht mich zu sich.

Sobald unsere Münder aufeinandertreffen, durchflutet mich Hitze. Ihre Küsse fühlen sich noch immer so sanft und federleicht an, wie ich sie in Erinnerung habe. Gleichzeitig geben sie mir einen Seelenfrieden, den ich schon lange nicht mehr gespürt habe.

Ich löse meine Hand von ihrer und lege sie um ihr Becken, um sie an mich zu ziehen, bis ihr Körper auf meinen trifft. Unterdessen stupst sie meine Lippen mit ihrer Zunge an und bittet mich um Einlass, den ich ihr gewähre. Unsere Zungen tanzen miteinander, und in meiner Hose wird es allmählich enger. Jeder Kuss schickt einen weiteren kleinen Stromschlag durch meinen Körper und lässt meine Lendengegend mehr pochen.

Langsam fahre ich mit dem Zeigefinger an Becs Arm hinab, entlang zum Rand ihrer Shorts, und hake mich in die Schlaufe, so dass mein Daumen den Saum ihrer Bluse streift. Mit einer flinken Bewegung schiebe ich den Stoff beiseite und berühre ihre nackte Taille.

Daraufhin entfährt ihr ein Stöhnen und sie erschauert.

Ermutigt davon lasse ich meine Hand unter ihr Oberteil wandern und spüre ihre zarte Haut. Meine Finger erkunden jeden Zentimeter ihres Bauchs, und ich kann fühlen, wie sich eine Gänsehaut auf ihrem Körper ausbreitet. Wärme durchströmt mich und ich genieße Becs Küsse. Meinen Körper dicht an ihren gedrängt, macht sich meine anschwellende Erektion allmählich bemerkbar.

»Bec? Bist du das?« Eine Stimme durchbricht die Dunkelheit und lässt sie zurückweichen, während mein Puls in die Höhe schießt.

»Granny?« Sie zieht eine Augenbraue nach oben und schaut in Richtung ihres Elternhauses.

»Ja, ich bin es.« Eine gebeugte Person mit einem bandagierten Arm erscheint. »Oh, Raymond! Wie schön, dich zu sehen!« Becs Großmutter Rose kneift mich liebevoll in den Arm. Dabei hoffe ich, dass die Hitze auf meinen Wangen nicht erkennbar ist. »Lass dich ansehen! Wie geht es dir?« Sie rückt ein Stück von mir ab und mustert mich von oben bis unten. Peinlich berührt hoffe ich, dass ihr meine Beule in der Dunkelheit nicht auffällt.

»Rose.« Ich räuspere mich, als ich merke, dass meine Stimme von unseren Küssen hauchdünn ist. »Mir geht es gut. Wie geht es dir? Macht dein Arm immer noch Probleme?« Als ich ihr in die Augen sehe, erinnere ich mich sofort an die unzähligen Tage, die ich mit Bec, Ivy und ihr am See verbracht habe. Rose ist eine der wichtigsten Personen in Becs Leben und hat mich sofort in die Familie aufgenommen.

»Leider ja. Ich war auf einer Reha und habe alles gegeben, um ihn wieder hinzubekommen. Leider lief es nicht ganz so, wie ich mir das vorgestellt habe«, erwidert sie und seufzt.

»Oh nein, das klingt nicht gut«, gebe ich zurück.

»Na ja, ich mache das Beste daraus.« Sie grinst mich an. »Und ihr beiden? Es ist schön, euch zusammen zu sehen.« Ihr Blick wandert zu meinem Arm, der noch immer locker an Becs Taille ruht.

»Ähm, also –«, stottert diese.

»Ich wollte sie eben nach Hause bringen. Ivy hat Bec zum Abendessen eingeladen, weil sie ihr beim Lernen hilft.« Als wäre es das Selbstverständlichste der Welt, löse ich meinen Arm von Bec. Sie wendet sich zu mir und errötet.

»Das ist ja wunderbar.« Rose grinst zufrieden. »Ich wollte euch auch gar nicht stören, allerdings habe ich blöderweise meinen Schlüssel im Haus liegen lassen und ich befürchte, Tony und Grace schlafen schon.«

Bec nickt. »Also Ray, dann sehen wir uns bald wieder.« Ihre Verabschiedung ist wie eine offensichtliche Aufforderung formuliert, woraufhin das Grinsen in Rose' Gesicht noch breiter wird.

»Klar.« Ich zwinkere Bec zu und umarme sie. Dabei entgeht mir nicht, wie Bec tief einatmet und sich an meine Halsbeuge lehnt.

»Schreib mir bitte, wenn du zuhause bist«, wispert sie.

»Mache ich, versprochen.« So unauffällig wie möglich drücke ich sie ein letztes Mal an mich, bevor ich mich von ihr löse.

Ich sehe Rose und Bec hinterher, wie sie zum Gartentor und anschließend zur Eingangstür der Whites laufen. Erst als Bec die Tür hinter sich schließt, drehe ich mich um und gehe selbst nach Hause.

Dabei füllt mich eine Zufriedenheit aus, die ich schon lange nicht mehr gespürt habe. Und das trotz der Tatsache, dass Ivy mit Bec über meine Probleme gesprochen hat.

25

BEC

»Du und Ray also, mh?«, stellt Granny flüsternd fest, um meine Eltern, die bereits schlafen, nicht aufzuwecken. Sie geht voraus in die Küche und schaltet das Licht an.

Ich folge ihr, nachdem ich aus meinen Schuhen geschlüpft bin. »Habt ihr euch ausgesprochen?«

Mein Puls schnellt in die Höhe und Wärme kriecht mir in die Wangen. Ich bin mir sicher, dass sich bereits die ersten roten Flecken in meinem Gesicht abzeichnen. »Ich denke schon«, antworte ich ehrlich, »aber bitte sag Dad nichts. Ich möchte selbst mit ihm sprechen.« Meine Bitte füge ich wispernd und mit einem eindringlichen Blick hinzu, während ich mich an die Theke setze und Granny dabei beobachte, wie sie sich ein Glas Wasser befüllt.

»Das werde ich auf keinen Fall. Dein Dad muss über das hinwegkommen, was geschehen ist. Sowohl du als auch Ray seid älter geworden.« Granny legt mir besänftigend eine Hand auf die Schulter, nachdem sie sich neben mich gesetzt hat. »Ihr habt gelernt, mit dem Vergangenen abzuschließen.«

Mir liegt es schwer im Magen, dass Dad Rays Fehler nicht hinter sich lassen kann. Schließlich ist das jetzt drei Jahre her, und am wichtigsten ist doch, dass ich damit klarkomme, oder nicht? Abgesehen davon bin ich mittlerweile volljährig und somit alt genug, meine eigenen Entscheidungen zu treffen. Es mag sein, dass Dad besorgt um mich ist, aber letztlich ist es mein Leben. Wenn ich Ray verzeihen kann, möchte ich das auch tun.

»Wie geht es dir damit?« Granny reißt mich aus meinen Gedanken.

»Womit?« Verwirrt von ihrer Frage runzle ich die Stirn.

»Mit der Aussprache.« Sie lächelt mich an.

»Oh, ach so. Gut.« Ich überlege für einen Augenblick. »Doch, mir geht es wirklich gut damit. Vor allem bin ich erleichtert.« Trotzdem geistert mir die Frage durch den Kopf, warum Ray sich selbst nicht verzeihen kann. Ihm stand der seelische Schmerz ins Gesicht geschrieben, und auch Ivy hat mir Ähnliches berichtet. Scheinbar kämpft er noch immer mit der Vergangenheit. Aber womit? Ist es wirklich nur die Tatsache mit der Tonaufnahme?

»Das ist sehr schön.« Genügsam nippt Granny an ihrem Wasserglas.

»Granny, kann ich dich was fragen?«, durchbreche ich die Stille nach einer Weile.

»Natürlich. Was gibt's?«

»Stimmt es, dass Ray jeden Tag zum Trinken in *Taylors Pub* geht?« Mein Herz schlägt fest gegen den Brustkorb, nachdem ich die Worte ausgesprochen habe.

»Es ist das, was man sich in Brokenville erzählt. Ich selbst habe ihn bisher noch nicht betrunken erlebt oder in der Stadt gesehen, seit ich hier wohne. Dein Dad und die Walthers haben ihn wohl schon mal getroffen, als er über den Durst getrunken hatte.«

»Was denkst du …« Ich räuspere mich. »Was denkst du, warum er das tut?«

Granny zieht eine Augenbraue nach oben. »Ich glaube, er macht das, weil er nicht weiterweiß.« Sie hält inne. »Weißt du, Ray hat viel durchgemacht. Erst der Tod seiner Mom, dann die Wette, mit der er dir das Herz gebrochen hat, und anschließend der Unfall seines Dads. Ray hat in den letzten Jahren viel aufgegeben und eine Menge Verantwortung übernommen.«

Mein schlechtes Gewissen macht sich erneut bemerkbar.

»Was ist los?« Grannys Stimme ist beruhigend, sie scheint zu spüren, dass etwas in mir vorgeht.

»Ich …«, beginne ich, unterbreche mich allerdings, um mich zu sammeln. »Ich habe das Gefühl, etwas falsch gemacht zu haben. Als ich nach New York gegangen bin, dachte ich, dass er sowieso viel besser mit allem klarkommt, und ich diejenige bin, die unter den Ereignissen leidet. Damals habe ich mir nie Gedanken darüber gemacht, wie es ihm mit alldem ergehen könnte. Ray hat mich verletzt, indem er die Tonaufnahmen vor meinen Mitschülern abgespielt hat. Immerhin habe ich ihm blind vertraut. Trotzdem bin ich nie auf die Idee gekommen, warum er das getan haben könnte. Ich habe nie überlegt, ob er ebenfalls unter der Trennung gelitten haben könnte. Schließlich dachte ich, er hat mich ausgenutzt. Ihn jetzt wiederzutreffen, in der Werkstatt seines Vaters, und den Selbstzweifeln, die man ihm mehr als deutlich ansieht, das bringt mich zum Nachdenken.«

Granny wartet geduldig, was ich noch sagen möchte.

»Ich will wissen, was los ist. Er liegt mir nach all der Zeit am Herzen und ich will, dass es ihm gut geht. Allein die Tatsache, dass Grayson verletzt ist, scheint Ray zu belasten. Und wer weiß, warum er so häufig in *Taylors Pub* abhängt.«

»Und was möchtest du jetzt machen?«, hakt sie nach.

»Mich mit ihm treffen, auch wenn Dad ein großes Problem damit haben wird.« Ja, das Versteckspiel muss ein Ende haben. Wie ich Dad schon gesagt habe, ich bin alt genug, auf mich selbst aufzupassen.

»Das ist eine gute Idee.« Granny lächelt zufrieden. »Ich bin mir sicher, du triffst die richtige Entscheidung.« Sie zieht mich in eine liebevolle Umarmung.

»Ich hoffe es«, wispere ich an ihrer Halsbeuge.

Granny und ich wünschen uns eine gute Nacht und ziehen uns anschließend in unsere Zimmer zurück. Während ich im Bad vor dem Spiegel stehe, mich abschminke und anschließend die Zähne putze, wandern meine Gedanken zu Ray. Er hat den Abend sichtlich genossen, und ich spürte allein an unseren Küssen, dass er sich noch immer zu mir hingezogen fühlt. Gleichzeitig wurde mir einmal mehr bewusst, wie stark meine Gefühle für ihn noch immer sind. Ich kann sie nicht einfach wegzaubern – und ich will es auch nicht. Selbst wenn Dad sich etwas anderes wünscht, aber meine Verbundenheit zu Ray wird nicht so einfach verschwinden. Schließlich war und ist er meine große Liebe.

Nachdem ich im Bad fertig bin, schlüpfe ich in meine Schlafkleidung und kuschle mich anschließend in mein Bett. Mein Smartphone, das auf dem Nachtkästchen liegt, vibriert und meldet den Eingang einer Nachricht.

Rays Name leuchtet auf, darunter sein Geschriebenes.

Ich bin zuhause. Danke für den schönen Abend. 😀

Mein Herz hüpft. Gerade möchte ich eine Antwort eintippen, als unter seinem Namen drei Punkte erscheinen, die darauf hinweisen, dass er erneut eine Nachricht schreibt.

Ich möchte dich gern zum Essen einladen. Morgen Abend um sieben Uhr?

Die Schmetterlinge in meinem Bauch flattern wild umher. Sofort antworte ich.

Sehr gern. Ich freue mich darauf. Soll ich zu dir kommen?

Und wie ich mich darauf freue! Vor drei Jahren hätte ich das nie für möglich gehalten.

Nein, ich hole dich ab. Ich freue mich auch! Bis morgen und schlaf gut. 😉

Mein Puls rast bei dem Gedanken an den morgigen Tag. Vor Aufregung und Freude. Zugleich wird mir bewusst, dass ich dieses Treffen nutzen muss, um mit ihm über einiges zu sprechen. Allem voran seine Besuche in *Taylors Pub* und die Dinge, die mir Ivy anvertraut hat.

Das, was auch immer zwischen uns ist, kann nur funktionieren, wenn wir absolut ehrlich zueinander sind.

26

BEC

Die halbe Nacht lag ich wach. Tausend Gedanken sind mir durch den Kopf geschwirrt, haben noch mehr Fragen aufgeworfen, als sowieso schon offen sind. Ob er verstanden hat, dass sowohl seine Familie als auch ich für ihn da sein wollen?

Ich seufze und schaue auf mein Smartphone, das auf meinem Nachtkästchen liegt. Es ist gerade mal acht Uhr morgens. Aus der Küche dringen erste Geräusche nach oben und lassen mich vermuten, dass Mom Frühstück macht. Da sie und Dad noch ein paar Tage frei haben, gibt es eine stillschweigende Vereinbarung, dass wir uns jeden Morgen zusammensetzen, um gemeinsam in den Tag zu starten.

Sofort schnellt mein Puls in die Höhe. Die gestrige Diskussion mit Dad liegt mir noch immer im Magen, schließlich haben wir auch nicht mehr darüber gesprochen. Ob ich mich entschuldigen soll? Einerseits habe ich das Bedürfnis dazu, andererseits wollte er mir Dinge vorschreiben, die ihn nichts angehen. Oder sollte ich lieber auf ihn hören?

Argh!

Bevor ich endgültig im Gedankenstrudel versinke, schlage ich die geblümte Bettdecke beiseite und stehe auf. Müde schleppe ich mich zu meinem Kleiderschrank, den ich provisorisch mit Kleidung befüllt habe. Dort ziehe ich das Erstbeste heraus und gehe ins Bad, um mich für den Tag fertig zu machen. Je näher das Aufeinandertreffen mit Dad rückt, umso schwerer wird mir ums Herz. Ich konnte noch nie gut damit umgehen, wenn die Stimmung zwischen mir und meinen Eltern angespannt war.

Trotzdem überwinde ich mich dazu, die Treppe hinunter und in unseren Essbereich zu gehen. Dort sitzt Granny mit einer Zeitung in der Hand am Esstisch, die mich mit einem überschwänglichen ›Guten Morgen‹ begrüßt. Der Tisch ist bereits gedeckt und Kaffee dampft aus den Tassen.

»Morgen«, rufe ich in die Küche. »Kann ich etwas helfen?«

»Guten Morgen, mein Schatz.« Mom kommt mit einer Schüssel Obst aus der Küche und gibt mir einen Kuss auf die Wange. »Dein Dad macht Rührei mit Speck. Du kannst dich schon mal zu Granny setzen.«

Ich nicke und nehme am Tisch gegenüber von Granny Platz, während Mom nochmal hinausgeht.

»Hast du gut geschlafen?« Sie beäugt mich. »Du siehst müde aus.«

»Geht so«, murmle ich und greife nach der Tasse Kaffee, um Milch hineinzugeben.

»Was brennt dir auf der Seele? Ist es wegen unseres Gesprächs?« Granny legt die Zeitung beiseite.

Ich nicke nur. Es bringt sowieso nichts, sie anzulügen. Schließlich kennt sie mich in- und auswendig.

Ehe Granny weiter darauf eingehen kann, kommt Dad in die Küche und stellt Rührei sowie Speck auf den Tisch. Mom folgt ihm und bringt frischen Orangensaft mit. Beide setzen sich zu uns.

»Guten Appetit«, wünscht uns Dad, woraufhin ich nur ein ›ebenfalls‹ brumme. Ich habe keine Lust, viele Worte zu sprechen. Noch immer liegt mir die gestrige Auseinandersetzung schwer im Magen. Trotzdem möchte ich keine neue Diskussion

mit Dad anfangen, schließlich würden wir uns nur wieder im Kreis drehen und ich zu hören bekommen, dass ich noch nicht alt genug bin, um eigene Entscheidungen zu treffen.

Mom, der meine schlechte Stimmung auffällt, sieht mich

mitfühlend an. Ihre Stirn ist gerunzelt, und ich wette, dass sie darüber nachdenkt, mich auf meine miese Laune anzusprechen.

»Es ist so schön, dass wir alle zusammen frühstücken«, sagt Dad und schaufelt sich Rührei auf seinen Teller.

»Das stimmt«, pflichtet Mom ihm bei. »Es ist lange her, dass wir gemeinsam an einem Tisch saßen.«

Während sich meine Eltern über die letzten Tage ihres Urlaubs unterhalten, wandern meine Gedanken zurück zu Ray, und ich nippe gedankenverloren an meinem Kaffee. Sofort kehrt das Kribbeln in meinen Bauch zurück, als ich daran denke, dass wir heute Abend essen gehen werden. Ein Date haben. Passend dazu sind auch meine Eltern außer Haus, so dass sie nicht zuhause sind, wenn Ray mich abholt.

»Wann kommt eigentlich Ted?«, holt mich Mom aus meinen Gedanken.

»Ist das nicht schon nächstes Wochenende?«, fragt Dad.

Mit einem Mal wird das Prickeln in meinem Magen von einem dumpfen Gefühl überrollt.

»Übernächstes Wochenende«, antworte ich. »Er wollte am Freitag gegen Mittag in New York losfahren und sollte dann abends da sein.«

Verdammt, wie soll ich ihm nur gegenübertreten? Das Gefühlschaos tobt endgültig in mir und ich versuche, mich davon abzulenken, indem ich mir Rührei und Bacon auf den Teller gebe.

»Das wird sicherlich schön. Ich freue mich schon sehr, ihn kennenzulernen.« Moms Gesicht strahlt, als wäre sie die Sonne höchstpersönlich. Ich vermute, sie hofft noch immer, dass er mein Freund wird.

»Er scheint ja ein Guter zu sein«, meint Dad und hebt hoffnungsvoll eine Augenbraue.

Es wirkt beinahe so, als würde er mit seiner Aussage nochmal an unsere gestrige Diskussion erinnern wollen. Augenblicklich wandelt sich das dumpfe Gefühl in rasende Wut und ich balle die Hand unter dem Tisch zur Faust.

»Kann sein«, erwidere ich patzig und stochere in meinem Rührei, das wohl am wenigsten dafür kann.

Granny mustert mich. Dabei zeichnet sich eine deutliche Falte auf ihrer Stirn ab, und ich habe das Gefühl, sie ist die Einzige, die wahrnimmt, dass mir das Gespräch gegen den Strich geht. Ein mitfühlender Ausdruck legt sich auf ihre Gesichtszüge. Nur leider hilft mir das kein bisschen weiter.

»Wieso hast du ihn nicht schon früher mitgebracht?«, hakt Mom nach.

»Er hatte noch einiges zu erledigen.« Das ist zumindest die halbe Wahrheit. Der viel größere Teil ist eigentlich, dass ich mich meiner Vergangenheit erst allein stellen wollte. Schließlich weiß Ted nichts von Ray.

»Was studiert er noch gleich?«, erkundigt sich Dad.

»Immobilienmanagement. Seinen Eltern gehört eine Firma, die bei der Vermittlung und Verwaltung von Immobilien hilft.«

»Wow! Da wird er bestimmt eine große Verantwortung tragen.« Dad nickt anerkennend.

»Das klingt doch spannend!«, meint Mom.

»Ja, ganz sicher.« Innerlich verdrehe ich die Augen. Wieso springt sie auf den Zug auf? Es ist doch vollkommen egal, was Ted studiert! Oder?

»Wir freuen uns jedenfalls, dass er bald zu Besuch kommen wird. Und falls er doch früher kommen möchte, ist er jederzeit eingeladen«, bietet Mom an.

»Das wird ihn bestimmt freuen.« Es gelingt mir nicht, den spöttischen Unterton in meiner Stimme zu verbergen.

Dad, dem das nicht entgangen ist, runzelt die Stirn. »Möchtest du uns noch etwas sagen?«

»Wieso? Haben dir die Walthers wieder den neuesten Tratsch erzählt?« Mein Herz schlägt fest gegen den Brustkorb, und mein Körper kribbelt. Diesmal ist der Grund dafür nicht die Aufregung über den bevorstehenden Abend, sondern die sich anbahnende Diskussion mit Dad. Dabei konnte es unmöglich sein, dass Dad irgendwas von meinem heutigen Treffen mit Ray wissen kann. Schließlich waren wir gestern Abend allein.

»Sag du's mir.« Herausfordernd funkeln seine Augen.

»Nein, Dad, da gibt es nichts.« Bewusst halte ich seinem

Augenkontakt stand. Die Luft zwischen uns ist zum Zerreißen gespannt.

»Was war das dann –« Dad hält inne, als mein Smartphone in meiner Hosentasche klingelt. Hastig greife ich danach.

Ted.

»Das ist Ted«, sage ich zu meinen Eltern, als würde es mich entschuldigen. »Da sollte ich rangehen.«

»Kein Problem.« Mom lächelt mich an. »Wir sind sowieso bald mit dem Frühstück fertig.«

Ich nicke, erhebe mich und nehme das Telefongespräch an, während ich zur Treppe laufe.

»Hi!«, begrüße ich Ted. »Du hast mich gerade echt gerettet.«

»Hallo Becca.« Das Lächeln in seiner Stimme ist nicht zu überhören und versetzt mir einen Stich. »Vor was denn?«

»Ach, meine Eltern haben mich ins Kreuzverhör genommen«, erzähle ich ihm und verdrehe dabei die Augen.

»Wie gut, dass ich dich im richtigen Moment angerufen habe.« Er lacht laut und herzlich. Es ist beinahe ansteckend. »Wie geht es dir?«

»Gut, und dir?«

»Ebenfalls.« Während mich Ted auf den neuesten Stand bringt und mir davon berichtet, was er in den letzten Tagen alles erlebt hat, öffne ich die Tür zu meinem Zimmer. Dort lasse ich mich auf mein Bett fallen und lausche seiner Stimme.

»Ich freue mich, wenn ich dich wiedersehe.« Seine Worte schmerzen, weil ich seine Gefühle nicht erwidere, und das macht mir zu schaffen. Ratlos, was ich tun soll, wirbeln unzählige Gedanken durch meinen Kopf und nehmen überhand. Ehe ich ein klärendes Gespräch noch länger hinauszögern kann, beschließe ich spontan, *jetzt* mit ihm zu sprechen.

»Hör mal«, beginne ich, stoppe allerdings wieder.

»Ja?«

»Ich –« *Verdammt, mir fehlen die richtigen Worte!*

»Du musst nichts dazu sagen, Becca.« Etwas Liebevolles schwingt in seiner Stimme mit.

»Doch. Es gibt da etwas, das du wissen solltest.« In meinen Ohren rauscht es und ich bin nervös, weil ich Angst vor seiner

Reaktion habe. »Sosehr ich es auch will, aber ich erwidere deine Gefühle nicht. Hier in Brokenville gibt es einiges, das ich erst noch verarbeiten muss.« Ich schlucke hart. »Es … es tut mir wirklich leid und ich verstehe es, wenn du mich deshalb nicht besuchen kommen möchtest und Abstand brauchst.«

»Ach Becca!« Er seufzt. »Das ist doch nicht so schlimm. Ich wusste von vornherein, worauf ich mich einlasse, und ich kann warten. Manchmal braucht es Zeit, bis man sich auf etwas Neues einlassen kann.«

»Danke«, wispere ich und bin erleichtert über seine Reaktion. Dennoch bleibt ein Druck in meinem Inneren übrig.

»Das ist doch klar«, meint Ted und lenkt das Gespräch in eine andere Richtung. Während ich auf meinem Bett liege und mich mit ihm unterhalte, drängt sich das unangenehme Gefühl immer mehr an die Oberfläche.

Du hast mit ihm gesprochen und er weiß, woran er ist, beruhige ich mich. Diese Worte wiederhole ich wie ein Mantra und schaffe es schließlich, meine negativen Empfindungen beiseitezuschieben.

27

RAY

Ich schlüpfe in meine Sneakers und schnüre sie gerade zu, als Ivy an meine Haustür klopft, ehe sie hereinkommt. In der Hand hält sie eine Packung *Lucky Charms*.

»Hallo Bruderherz«, flötet sie, und mein Blick gleitet zu der Uhr, die auf meinem Küchenregal steht. In fünfzehn Minuten muss ich bei Bec sein. Nervös wische ich die Handflächen an meiner Jeans ab und versuche, die aufkeimende Nervosität zu ignorieren.

»Was gibt's?«, frage ich meine kleine Schwester, die mein Lieblingsmüsli auf der Küchentheke abstellt und sich dort anlehnt.

»Die haben wir vom Einkauf mitgebracht.« Mit dem Kopf deutet sie darauf.

»Danke«, sage ich und stehe vom Sofa auf. An der Garderobe greife ich nach meiner Lederjacke.

»Wo gehst du hin?« Ivy zieht die Augenbrauen zusammen. »Habe ich irgendwas verpasst?«

»Ich treffe mich mit Bec.«

»Du triffst dich mit Bec?« Augenblicklich wandern Ivys Mundwinkel in die Höhe. »Habt ihr ein *Date*?«

»Wir …« Ich räuspere mich. »Ja, wir haben ein Date. Nachdem ich sie gestern nach Hause gebracht habe, habe ich sie gefragt, ob wir essen gehen.«

Ivys Augen weiten sich. »O mein Gott.« Ihr Grinsen ist so groß, dass sie die Sonne höchstpersönlich zu sein scheint. »Ich freue mich so sehr für euch!«

»Äh, danke«, antworte ich, überfordert von ihrer Reaktion.

»Das ist doch total toll, oder nicht? Wohin geht ihr? Hast du einen Plan?«

»Na ja, ich wollte eigentlich in unser Lieblingsrestaurant gehen, allerdings habe ich keinen Platz mehr bekommen. Deshalb habe ich das hier vorbereitet.« Mit einem Nicken mache ich auf den Korb aufmerksam, der bereits an meiner Wohnungstür steht. Darauf stapeln sich mehrere Decken.

»Du hast ihr ein Picknick vorbereitet?« Ivy fällt das Kinn herunter.

»Klar. Bec und ich haben das doch früher öfter gemacht.« Ich kann nicht verhindern, dass sich bei den Erinnerungen ein Lächeln auf meine Lippen stiehlt.

»Wow.« Ivy runzelt die Stirn und öffnet den Mund, als möchte sie noch etwas sagen. Stattdessen wandelt er sich in ein verschmitztes Grinsen, ehe sie ihn wieder schließt.

Ich werfe einen weiteren prüfenden Blick zur Uhr und stelle fest, dass drei Minuten vergangen sind. Wenn ich pünktlich sein möchte, sollte ich mich allmählich auf den Weg machen.

»Wann musst du los?«, erkundigt sich meine Schwester, deren Grinsen noch immer von einem Ohr zum anderen zu reichen scheint.

»Jetzt.« Ich greife nach meiner Jacke und schlüpfe hinein. Anschließend nehme ich die Decken unter meinen Arm und den Korb in meine freie Hand.

»Warte, ich sperre ab«, meint Ivy, schaltet das Licht aus und holt meinen Haustürschlüssel hervor. Sie begleitet mich noch zu meinem Pick-up und öffnet mir die Tür, damit ich alles wegpacken kann.

»Genieß den Abend.« Eine Mischung aus Ermahnung und Freude liegt in Ivys Gesicht. So, als würde sie mich daran erinnern, nicht wieder einen Rückzieher oder – noch schlimmer – einen Fehler zu machen.

»Das werde ich.« Ich zwinkere ihr zu und steige anschließend in das Auto. Meine Handflächen fühlen sich schwitzig an, und ich weiß nicht, wann ich zuletzt so nervös war. Auf der einen Seite ist da die Vorfreude, Bec wiederzusehen und ihre Nähe zu spüren. Auf der anderen begleitet mich ein unwohles Gefühl. Was ist, wenn ich es wieder vermassle?

Ehe mich der Strudel erfassen und ich in negativen Gedanken versinken kann, schiebe ich sie beiseite und konzentriere mich darauf, mein Auto auszuparken. Sobald ich den Weg in Richtung Becs Haus einschlage, beschleunigt sich mein Puls. Ich sehe bereits ihre Silhouette an der Einfahrt stehen, als ich vorfahre.

Mit einem Lächeln auf den Lippen kommt sie zu meinem Auto und ich nutze den Moment, um sie zu betrachten. Bec hat ihr braunes Haar zu einem Pferdeschwanz gebunden, der beim Laufen hin- und herschwingt. Die blaue Shirt-Bluse, die sie trägt, schmeichelt ihrer Figur und lässt sie elegant wirken. Die Lederleggins wirkt an Bec alles andere als billig und befeuert meine Fantasie.

Fuck, das kann ja was werden, denke ich und beiße mir auf die Innenseite meiner Wange.

Bec umrundet das Fahrzeug und öffnet die Beifahrertür. »Hey.« Ihre Augen leuchten, als sie mich ansieht. Unsere Blicke verhaken sich miteinander und die Zeit scheint für eine Sekunde stillzustehen.

»Hi«, flüstere ich, ganz versunken in ihre braunen Augen. Jede einzelne Facette scheint eine Erinnerung an unsere gemeinsame vergangene Zeit zu zeigen, die sich vor meinem inneren Auge abspielt.

Bec räuspert sich und klettert auf den Beifahrersitz. »Sollen wir los?«, fragt sie, während sie sich anschnallt.

Damit holt sie mich aus meiner Starre. »Ja.« Ich nicke und wende mich wieder meinem Fahrzeug zu. Da die Sonne bereits untergeht und der Feierabendverkehr in Brokenville nahezu vorüber ist, kommen wir schnell voran.

Aus dem Augenwinkel beobachte ich Bec dabei, wie sie aus dem Fenster sieht. Sie knabbert an ihrer Lippe, als würde sie etwas sagen wollen, aber nicht wissen, wie sie anfangen soll.

»Wo fahren wir eigentlich hin?«, fragt sie, als wir den Ort verlassen.

»Eigentlich wollte ich mit dir in unser Lieblingsrestaurant. Allerdings habe ich keinen Tisch mehr bekommen, und ich dachte mir, wir könnten stattdessen an unserem Platz picknicken.«

»Oh, das ist toll!« Bec dreht sich strahlend zu mir. »Ich war schon so lange nicht mehr richtig am See.«

»Das habe ich mir fast gedacht. Und heute ist das Wetter perfekt dazu.« Ich bin einfach erleichtert, dass sie meine Entscheidung befürwortet und sich darüber freut.

Lächelnd schaut sie wieder aus dem Fenster, und wir verfallen in ein kurzzeitiges Schweigen, bis wir den Parkplatz am See erreichen. Dabei ist die Stille zwischen uns angenehm. Es ist, als würden wir uns gegenseitig Raum und Zeit geben, um die Momente miteinander einzufangen – auch wenn wir *nur* nebeneinander im Auto sitzen.

»Wir sind da«, sage ich überflüssigerweise, als ich meinen Pick-up in einer Lücke geparkt habe und mich zu ihr drehe.

Bec nickt und schnallt sich ab, ohne dabei unseren Blickkontakt zu unterbrechen. Unwillkürlich muss ich an unseren Kuss denken. In der Stille, umgeben von Sternen, die vom Himmel auf uns herab geleuchtet haben. Und ja, ich sehne mir diesen Moment erneut herbei.

Ehe ich meine Hand heben und in ihrem Haar vergraben kann, schnalle ich mich ebenfalls ab.

»Lass uns gehen, damit wir noch etwas von der Sonne haben.«

»Auf jeden Fall!« Bec öffnet die Autotür, um auszusteigen. Ich tue es ihr gleich und hole die Sachen fürs Picknick.

»Soll ich dir etwas abnehmen?«, fragt sie sofort.

»Gern.« Ich reiche ihr die Decken, die sie sich sofort unter den Arm klemmt. Anschließend nehme ich den Korb und schließe das Fahrzeug ab.

Nebeneinander laufen wir zum Eingang des kleinen Waldstücks. Da das Wetter noch schön ist, sind wir nicht die Einzigen hier. Auf einer Decke sitzt ein Pärchen, zueinander gebeugt, und flüstert aufgeregt miteinander. Ein Stück entfernt laufen zwei ältere Frauen, halten einander an der Hand und genießen den Anblick des Sees. Auf dem Weg zur Lichtung begegnen wir einem Familienvater, der mit seinen Kindern herumtollt.

Becs Augen schweifen durch unsere Umgebung, so als scheint sie jeden noch so winzigen Grashalm aufzusaugen. Ihre Mundwinkel wandern nach oben, als sie nach meiner Hand greift und die Augen schließt. Sie wendet sich der Sonne zu und lässt sich von mir weiterführen. Mein Herz macht einen Satz, als mir bewusst wird, wie sehr sie mir vertraut.

In meiner Magengrube kribbelt es, während ich sie mit einem Grinsen im Gesicht zu unserer Stelle am See führe. Um genau zu sein ist es eine kleine Lichtung, umgeben von Gestrüpp und Bäumen, mit Zugang zum See. Es ist eine Nische, die nur selten von anderen besucht wird.

Ich bleibe stehen und Bec öffnet die Lider.

»Wir sind da.« Den Korb stelle ich ab und nehme Bec die Decken aus der Hand, um eine davon auf dem Boden auszubreiten.

»Warte, ich helfe dir«, sagt sie und nimmt die gegenüberliegenden Enden. Sobald die Picknickdecke auf dem Boden liegt, schlüpft Bec aus ihren Schuhen und setzt sich im Schneidersitz darauf. Ihre Wangen sind rosa, ihre Mimik entspannt.

»Bereit für das Essen?« Herausfordernd sehe ich sie an.

»Und wie! Ich habe einen Bärenhunger.« Theatralisch reibt sie sich über den Bauch.

»Das trifft sich gut, weil ich eine Menge vorbereitet habe.«

»Dann zeig mal her.«

Nickend öffne ich den Picknickkorb und hole verschiedene Dosen hervor. »Hier habe ich Gemüsesticks mit Dip, Wraps, Humus, Obst und Brownies.«

»Wow.« Staunend betrachtet Bec die Auswahl. »Ich weiß gar nicht, wo ich anfangen soll.«

»Hier«, sage ich und gebe ihr die Dose mit den Wraps. »Die sind nach Ivys Rezept.«

»Damit hat sich die Frage erübrigt.« Beherzt greift sie in die Schachtel und holt einen heraus. Sie beißt hinein und schließt genüsslich die Augen. »Die sind so lecker«, meint sie zwischen zwei Bissen.

In meiner Magengegend kribbelt es erneut und es fühlt sich an wie früher. Zum ersten Mal, seit Bec da ist, genieße ich es vollkommen, Zeit mit ihr zu verbringen. Sie neben mir sitzend zu sehen, füllt mich mit tiefer Zufriedenheit.

Während sie den Wrap isst, hole ich ebenfalls einen heraus und packe ihn aus. Den Blick auf den See gerichtet, verspeise ich ihn. Schweigend essen wir und sehen der Sonne dabei zu, wie sie langsam untergeht. Das Orange spiegelt sich auf der Wasseroberfläche und hüllt unsere Umgebung in ein warmes Licht. Langsam schieben sich der Mond und die Sterne an den Himmel. Im Hintergrund erklingt hin und wieder ein Kinderlachen, wenn Familien vorbeilaufen, weil sie den Heimweg antreten.

»Es ist so schön hier.« Bec streckt sich auf der Decke und greift nach der Schale mit dem Obst und den Brownies. »Ich habe das wirklich vermisst.« Sie dreht sich zu mir und schiebt sich eine Traube in den Mund. Dabei kann ich nicht verhindern, dass ich ihre Lippen länger anstarre, als wohl okay ist. Natürlich bemerkt Bec meinen Blick und runzelt die Stirn. Ehe sie etwas sagt, wandern ihre Augen ebenfalls zu meinem Mund. »Alles in Ordnung?« Ihre Stimme klingt heiser.

»Ja«, sage ich. »Ich denke nur nach.«

»Worüber?«

Dass ich mir vorstelle, wie ich sie küsse und auf der Picknickdecke unter mir begrabe, sollte ich ihr wohl eher nicht sagen. Vielmehr habe ich das Gefühl, mit ihr über die Vergangenheit reden zu wollen. »Daran, wie wir früher stundenlang hier gesessen haben.« *Und unseren ersten Kuss hier erlebt haben*, füge ich in Gedanken hinzu.

»Das stimmt.« Sie legt den Kopf in den Nacken und grinst. »Es war wirklich toll.« Ihr Gesichtsausdruck wandelt sich und ich bin mir sicher, dass sie ebenfalls daran denkt. An den ersten Kuss, die erste Nacht, die wir hier verbracht haben.

»Warum hast du deinen Traum aufgegeben?«, fragt sie aus dem Nichts heraus und überrumpelt mich damit.

Sofort ist mein Mund staubtrocken. Hastig greife ich nach

einer Flasche Wasser. »Möchtest du auch?« Ich halte die Glasflasche in Becs Richtung, die daraufhin nickt.

»Sehr gern.« Obwohl sie mir meine Frage beantwortet und ich ihr ein Glas fülle, hebt sie die Augenbraue. Ich weiß genau, dass ich ihr nicht entkomme.

Also sammle ich mich für einen Moment und überlege, wo ich am besten anfange. Soll ich ihr die Wahrheit sagen? Soll ich ihr erzählen, wie Dad mich in eine Entzugsklinik bringen wollte und ich dabei einen Autounfall verursacht habe? Soll ich ihr anvertrauen, dass ich an Dads Verletzung schuld bin?

Ich nehme einen Schluck Wasser und reibe mir über meine Nasenwurzel, sobald ich das Getränk wieder abgestellt habe. »Nachdem ich dir das Herz gebrochen habe, bin ich … gefallen.«

Bec langt augenblicklich nach meiner Hand. Sie verschlingt ihre Finger mit meinen und drückt sie fest. Diese Geste gibt mir ein Gefühl der Zuneigung, des Halts, den ich gerade brauche.

»Ich habe keine einzige Party ausgelassen, war jedes Wochenende unterwegs. Die meiste Zeit habe ich im Pub verbracht, mit Isaac und«, ich schlucke, »Alkohol.«

Anstatt eines erwarteten Kopfschüttelns reagiert Bec mit einem mitfühlenden Gesichtsausdruck und nickt. »Ich habe die Gerüchte gehört.«

»Oh, davon gibt es viele.« Ich lache freudlos auf. »Es ist beinahe so, als hätten die Bewohner Brokenvilles nichts anderes zu tun, als mich auf Schritt und Tritt zu beobachten.« *Zurecht,* wispert die Stimme in meinem Kopf, doch ich ignoriere sie. »Jedenfalls hatte ich damals nicht die Energie, meine eigenen Träume zu verfolgen. Ich habe mich dafür fertiggemacht, dass du mich verlassen hast. Ich habe mir die Schuld gegeben, dass ich dein Leben und dein Vertrauen in mich zerstört habe. Schließlich habe ich alles dafür gegeben, unsere Beziehung in den Sand zu setzen. Den einzigen Ausweg habe ich im Alkohol gesehen, um all das zu betäuben. Was anderes gab es für mich nicht.«

Bei den Erinnerungen daran legt sich eine Klaue um meine Brust und lässt mich schwerer atmen. »In dieser dunklen Zeit gab es nur Dad, Ivy und Isaac für mich. Während sich Ivy und Isaac mehr oder weniger damit abgefunden haben, dass ich mein Leben gegen die Wand fahre, hatte Dad Mut und Hoffnung. Er wollte mich retten, mich aus meiner Lage befreien und mir helfen.« Mir schnürt es die Kehle zu. »Dad hatte den Glauben an mich nicht verloren und mich eines Abends in *Taylors Pub* abgeholt, als ich zu viel getrunken hatte. Ich war der festen Überzeugung, er würde mich nach Hause bringen – bis er einen anderen Weg eingeschlagen hat.«

Ich balle meine freie Hand zur Faust. Panik macht sich in mir breit und ich bin kurz davor, nicht weiterzusprechen, aus Angst vor Becs Reaktion.

»Hey.« Bec spürt meine Unsicherheit und rutscht näher. »Was auch immer es ist, ich bleibe hier, okay? Es ist vergangen und ich verurteile dich nicht.« Unsere Finger sind noch immer miteinander verschlungen, und sie lehnt ihren Kopf an meine Schulter. »Versprochen.«

Meine Angst vor der Wahrheit rutscht in den Hintergrund. Bec stärkt mich, gibt mir Mut. »Dad wollte mich in eine Klinik bringen, damit ich einen Entzug machen kann. Er hat an mich geglaubt und ich … ich habe dafür gesorgt, dass er jetzt Probleme mit dem Rücken hat. Wegen mir hatten wir einen Unfall, bei dem der Wagen von der Straße abgekommen ist und wir haarscharf dem Tod entgangen sind. Wir hatten beide unzählige Schutzengel, trotzdem leidet Dad am meisten. Meinetwegen leidet Dad unter Schmerzen und ich habe mir geschworen, für ihn und die Werkstatt da zu sein. Schließlich bin ich schuld an allem.«

Ich habe damit gerechnet, dass Bec von mir wegrutscht, aufsteht und die Flucht ergreift, auch wenn sie mir zuvor etwas anderes versprochen hatte. Ich war mir sicher, dass sie mich ansehen würde, als wäre ich Abschaum. Doch nichts dergleichen passiert.

Stattdessen beugt sie sich zu mir, sieht mir direkt in die Augen und hebt ihren Daumen an meine Wangen. Erst da wird mir bewusst, dass diese feucht sind. Von meinen Tränen.

Und der Damm bricht.

Laut schluchzend ziehe ich die Knie heran, umschlinge

meine Beine mit meinen Armen. Wut ballt sich in mir zusammen. Wut darüber, dass ich so ein Weichei bin. Und vor ihr heule. Ihr die Wahrheit erzählt habe und ihr jetzt nie wieder unter die Augen treten kann.

Bec zieht mich sofort in ihre Arme, fängt meine Gefühle auf. Hält mich, während die Tränen über mein Gesicht fließen.

Meine Kehle ist wie zugeschnürt, mein Brustkorb schwer. Alles, was ich spüre, ist Scham, Trauer, Verrat, Verlust und Hass. Ja, allen voran Hass auf mich selbst.

Gleichzeitig ist da etwas anderes. Es ist eine Wärme, die von Bec ausgeht. Beginnend bei ihrer Hand, die mir Trost spendet, hin zu ihrer Umarmung, die mir Geborgenheit vermittelt. Als würde sie damit sagen, dass es vollkommen okay ist, seinen Emotionen freien Lauf zu lassen.

28

BEC

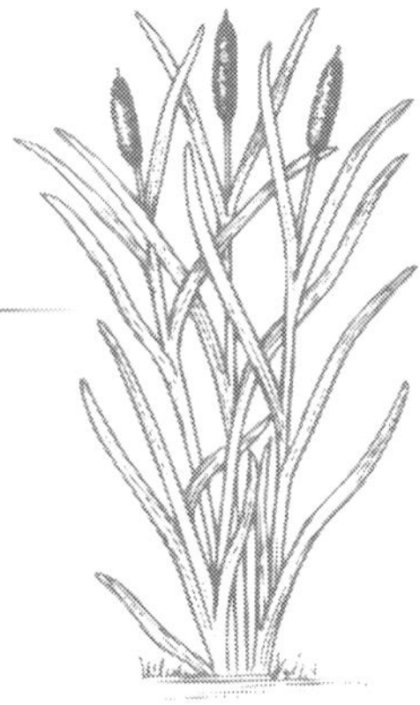

Ray schluchzt noch immer in meinen Armen, und mir wird mit jeder seiner Tränen ein wenig schwerer ums Herz. Dabei bedeutet es mir die Welt, dass er mich an seinen Dämonen teilhaben lässt. Mir zeigt, wie es ihm wirklich geht. Dennoch hätte ich nie damit gerechnet, dass der Sturm in seinem Inneren *so* groß ist.

Noch immer denke ich daran, wie sehr ihn die Tatsache, dass er seinem Dad solches Leid verursacht hat, schmerzt. Wenn ich könnte, würde ich ihm einen Teil der Last abnehmen. Doch alles, was ich tun kann, ist, ihm zu zeigen, dass ich für ihn da bin.

Behutsam streiche ich über Rays Kopf. Mit einem Mal ergibt auch alles einen Sinn für mich. Seine Trinkerei, das Verhalten gegenüber seiner Schwester, die anfängliche Verschlossenheit. Mir ist vollkommen klar, warum er in vielen Situationen so reagiert hat, wie er es eben tat.

Da ich nicht weiß, wie ich Ray trösten kann, halte ich ihn einfach weiterhin in meinen Armen. Schmiege mich eng an ihn, damit er meine Anwesenheit deutlich spürt. Hin und wieder murmle ich ein ›Scht‹ und wiege ihn hin und her. Doch alles, was ich will, ist, dass er die angestauten Emotionen loslässt.

Nach einer ganzen Weile, als die Sterne hoch oben stehen, der Mond auf uns herabscheint, beruhigt sich Ray allmählich.

Er löst sich aus meiner Umklammerung, holt Servietten aus dem Korb und befreit seine Nase. Als er mich ansieht, sind seine Augen rot unterlaufen, dennoch steht ihm die Erleichterung buchstäblich ins Gesicht geschrieben. Ich meine sogar zu erkennen, dass der Wirbelsturm in seinen Iriden deutlich abgeflacht ist.

»Ivy weiß nichts von alldem, oder?« Die Frage kommt mir schneller über die Lippen, als mir lieb ist.

»Nein.« Er seufzt. »Dad und ich haben entschieden, dass wir ihr nichts davon erzählen.«

Ich runzle die Stirn und stelle mir die Frage, wie sein Dad die Sache wohl sieht. So wie ich Grayson kenne, wird er Ray kaum Vorwürfe machen. Oder?

»Es sollte auch so bleiben«, meint Ray. »Ivy hat im Moment anderes um die Ohren, als damit konfrontiert zu werden. Immerhin ist es ihr letztes Jahr an der Highschool und sie braucht ihre ganze Konzentration, um einen guten Abschluss zu schaffen.«

»Das schon, aber ihr solltet trotzdem ehrlich zu ihr sein. Ivy macht sich Sorgen um dich. Sie kann sich in den Nachhilfestunden kaum konzentrieren, wenn sie weiß, dass es dir nicht gut geht.«

»Ich möchte sie nicht unnötig belasten, okay?« Er formuliert seine Worte wie eine Frage, aber sein Gesichtsausdruck gibt mir zu verstehen, dass es keine ist. Es ist eine Aufforderung, zu schweigen und ihr nichts zu sagen.

»Dann versprich mir bitte, alles dafür zu tun, damit es dir besser geht«, flehe ich ihn an und greife nach seinen Händen. »Es geht nicht nur um Ivy oder ihren Abschluss. Das hier ist viel größer und betrifft auch deinen Dad und …« Ich halte kurz inne und sehe ihm tief in die Augen. »Mich.« Hitze kriecht mir in die Wangen. »Wir wollen nur das Beste für dich. In erster Linie musst *du* auf *dich* Acht geben. So, wie es jetzt ist, kann es nicht weitergehen.«

Er zuckt zusammen, als hätte ich ihn ertappt. »Ich weiß.« Seine Lider sind geschlossen und er reibt sich über die Stirn. Als er mich wieder ansieht, rückt mit einem Mal alles in den Hintergrund. Der Mond, die Sterne, das glitzernde Wasser des

Sees. Die beginnende Kälte, die Sorgen, die uns beide belasten. Plötzlich sind da nur noch Ray und ich. Hier, auf dieser Decke, verbunden durch unsere Blicke.

Er hebt seine Hand, legt sie an meine Wange. Die raue Haut seiner Handfläche auf meiner zu spüren, beschert mir eine Gänsehaut, die sich in jeden Winkel meines Körpers ausbreitet. Wie ferngesteuert beuge ich mich ihm entgegen, bis ich seinen Atem an meiner Nasenspitze fühlen kann.

»Danke«, flüstere ich das, was längst überfällig ist.

»Wofür?« Irritiert hebt er eine Augenbraue.

»Für dieses Treffen. Für deine Offenheit, deine Ehrlichkeit.« Ich schmiege mich in seine Handfläche, die noch immer an meinem Gesicht ruht.

»Danke, dass du zugesagt hast«, flüstert er, »dass du zugehört und dir die Zeit genommen hast. Es bedeutet mir unglaublich viel, dich hier zu haben.«

Ich möchte ihm sagen, dass es selbstverständlich ist. Allerdings würde er es mir nicht glauben. Zu viel ist in der Vergangenheit geschehen, was seinen Glauben in sich selbst erschüttert hat.

Also tue ich das, was ich mir lange nicht vorstellen konnte. Als wäre es die Antwort auf all seine Fragen. In meinen Ohren rauscht es und mein Herz klopft wild, als ich die letzten Zentimeter zwischen uns überwinde. Meine Lippen treffen auf seine, und die Welt steht still. Da sind nur noch Ray und ich, verbunden durch unsere Münder.

Unser Kuss ist unschuldig, beinahe unscheinbar und doch beladen von Emotionen. In ihm liegen all die Schmerzen der letzten Jahre, Hoffnungen und unausgesprochenen Entschuldigungen.

Ray hält abrupt inne, und ich öffne meine Augen. Fragend sieht er mich an, mit geröteten Wangen und Sehnsucht in seinen Iriden. Es ist, als würde er sich versichern, dass ich das auch wirklich will.

Als Antwort ziehe ich ihn erneut zu mir und küsse ihn. Sanft, aber bestimmt. So als würde ich ihm sagen: *Ja, genau dich will ich.*

Ray versteht und stupst mit seiner Zungenspitze an meine

Lippen. Ich öffne sie automatisch und gewähre ihm Einlass, damit unsere Zungen miteinander tanzen können. Zeitgleich nehmen die Schmetterlinge in meinem Bauch überhand und flattern wild umher. Es fühlt sich an, als wären sie all die Zeit in einer Schachtel versteckt gewesen und hätten auf genau diesen Augenblick gewartet.

Ohne darüber nachzudenken, schiebe ich Ray zwischen zwei Küssen zurück, um auf seinen Schoß zu klettern. Rittlings setze ich mich auf seine Schenkel und fahre mit meinen Händen in seinen Nacken. Seine Hände bahnen sich ihren Weg von meinen Oberarmen, hin zu meinem Rücken. Jede noch so kleine Berührung jagt einen Schauer durch meinen Körper. Es ist, als würde er tausende kleine angenehme Stromschläge durch meine Synapsen schicken, die mir zeigen, was ich will. Wen ich will.

Rays Hände wandern an meinem Rückgrat hinab, hin zum Saum meiner Bluse. Dort verharrt er, als würde er erneut um Erlaubnis bitten. Aus Angst, meine Grenze zu überschreiten.

Ich will ihm näher sein. Ihm *zeigen*, dass alles, was wir hier tun, okay ist. Also rutsche ich dichter an ihn, so dass ich seine Beule direkt an meiner Mitte spüre. Meine Finger vergrabe ich in seinen Haaren. Ray versteht, schiebt seine Hand unter mein Blusenshirt. Mit seinem Daumen malt er Kreise auf meinen Rücken und befeuert damit das Prickeln in meinem Unterleib.

Unsere Küsse werden intensiver, wilder. Er hält mich in seinem freien Arm, scheint sich an mich zu klammern, als könnte er mich jede Sekunde verlieren. Als wäre ich die Luft, die er zum Atmen braucht. Ich fahre mit dem Zeigefinger an seinem Wangenknochen hinunter über seinen Hals. Ray erschaudert sichtlich und ich spüre unter meiner Handfläche, wie sich seine Härchen aufrichten. Berauscht von der Spannung zwischen uns, lasse ich meine Finger weitergleiten, bis ich am Saum von Rays Shirt ankomme. Als wäre es selbstverständlich, schiebe ich meine Hand unter sein Oberteil. Behutsam streiche ich über die kleinen Hügel an seinem trainierten Bauch, womit ich ihm ein Stöhnen entlocke.

»Bec.« Seine Stimme ist kaum mehr als ein Seufzen und

doch reicht es aus, um mich mit einem Schlag in die Realität zurückzuholen.

Verdammt! Hastig rutsche ich von ihm weg. *Was zur Hölle machen wir hier?* Es dauert eine ganze Weile, bis mir klar wird, was das zu bedeuten hat. Klar, wir haben uns zu einem Date getroffen, aber es war nie meine Absicht, dass es *so* endet.

»Ist alles okay?« Er runzelt die Stirn. Seine Wangen sind gerötet, die Lippen von unseren Küssen geschwollen. Augenblicklich schlägt sein erregter Gesichtsausdruck in Sorge um.

Scheiße!

»Ich …« Ich räuspere mich. »Wir sollten das nicht tun.« Noch während ich die Worte ausspreche, wird mir bewusst, wie falsch sie klingen. Dass Ray sie anders verstehen könnte, als ich sie meine.

Mein Herz schlägt mir bis zum Hals, als ich die Enttäuschung auf seinem Gesicht erhasche. »Habe ich etwas falsch gemacht?«, hakt er nach.

»Nein, nein.« Ich schüttle den Kopf, mehr, um meine Gedanken zu sortieren. »Ich weiß gerade nicht recht, wie ich es in Worte fassen soll«, gestehe ich ihm.

»Versuch es einfach. Bitte.« Er klingt gequält und ich bin mir sicher, dass er sich selbst die Schuld gibt.

»Du bist nicht schuld!«, versichere ich ihm sofort und greife nach seiner Hand, die er mir glücklicherweise nicht entzieht. »Es ist nur … Ich möchte nicht, dass du denkst, ich würde dich ausnutzen oder verletzen wollen. Du hast mir so viel anvertraut und ich bin dir dankbar für deine Offenheit. Gleichzeitig habe ich Angst davor, dass wir etwas überstürzen. Es zu schnell geht und –«

»Es schiefgeht«, beendet Ray meinen Satz.

Mir wird einmal mehr klar, wie wichtig mir Ray ist. Wie viel mir an ihm liegt. Auf keinen Fall möchte ich ihn ein zweites Mal allein lassen. Am liebsten würde ich ihm das ebenfalls sagen, aber tue es nicht, aus Sorge davor, er könnte überfordert damit sein.

»Ja«, gebe ich zu. Zugleich fürchte ich mich davor, dass es zwischen uns komisch wird.

Rays Schultern entspannen sich. Er lehnt sich zurück und atmet aus. »Okay.« Seine Mundwinkel heben sich. »Das ist okay. Ich möchte das auch nicht.«

»Okay.« Ich lächle ihn ebenfalls an.

»Was hältst du davon, wenn wir noch etwas essen?«, schlägt er vor.

»Das ist eine gute Idee! Ich habe noch keinen Brownie probiert.«

»Das ist ebenfalls Ivys Rezept«, meint er sofort und gibt mir einen.

»Danke«, sage ich. Der Duft von Schokolade dringt in meine Nase. »Mh«, mache ich, nachdem ich hineingebissen habe und meine Geschmacksnerven eine kleine Explosion erleben. »Das ist so gut!«

»So soll es sein.« Ray schnappt sich ebenfalls ein Stück und isst es. Dabei entgeht mir nicht, wie er mich beobachtet.

Wir lenken unsere Unterhaltung auf alltägliche Themen. Er fragt mich, wie mein Start am College war, wie die anderen Studierenden sind und was ich bisher so erlebt habe. Ich hingegen erkundige mich, wie ihm die Arbeit in der Werkstatt gefällt und wie lange er gebraucht hat, um sein Tiny House fertigzustellen.

Während unseren Gesprächen wickle ich mich in eine Decke und lehne mich an Ray. Als wäre es das Normalste auf der Welt, legt er mir seinen Arm um und zieht mich näher an sich. Dabei bemerke ich nicht nur, wie wohl er sich an meiner Seite fühlt, sondern auch, wie die Schmetterlinge in meinem Bauch erneut Purzelbäume schlagen.

Und gleichzeitig stelle ich für mich selbst fest, dass es irgendwie normal ist. Nach allem, was wir hinter uns haben, wie sehr er mich verletzt hat und wie sehr er noch immer unter seinen Taten leidet, ist das hier ein Fortschritt. Niemals habe ich damit gerechnet, noch einmal hier zu sitzen und mit ihm den Sternenhimmel von Brokenville zu betrachten. So wie früher.

Mein Kopf ist an Rays Schulter gebettet, und er streichelt meinen Oberarm. Ein beruhigendes Gefühl geht von seinen Berührungen aus, und ich koste den Moment vollkommen aus.

Tatsächlich werde ich davon ein wenig schläfrig, so dass ich gähnen muss.

Ray, den ich damit anstecke, sieht auf sein Handy. »Es ist schon fast Mitternacht«, meint er, nachdem er fertig gegähnt hat. »Vielleicht sollten wir langsam aufbrechen.«

Mit einem Nicken stimme ich ihm zu. »Außer wir schlafen hier, so wie früher.«

»Das waren noch Zeiten. Mittlerweile würde mein Rücken das wahrscheinlich nicht mehr mitmachen«, meint er und lacht.

»Meiner auch nicht«, pflichte ich ihm bei und stimme in sein Lachen ein.

»Sollen wir los?«, fragt er nach einer Weile.

»Ja.« Ich entledige mich der Decken, während Ray bereits aufsteht und den Korb wieder einräumt. Anschließend legen wir die Kuscheldecken gemeinsam zusammen. Ray nimmt den Picknickkorb in die eine Hand und greift mit der anderen nach meiner Hand. Er verschlingt seine Finger mit meinen, was das Prickeln in meiner Magengrube erneut verstärkt. Die Decken unter den Arm geklemmt, laufe ich Hand in Hand mit Ray durch den dunklen Waldabschnitt. Es hat ein bisschen was von einem Horrorfilm, und ein grusliger Schauer überkommt mich, als etwas an meinen Füßen knackt.

»Das war bloß ein Stock«, beruhigt mich Ray, der die Panik in mir sofort erkannt hat. »Komm, da vorne ist das Auto.« Er deutet mit dem Kopf in dessen Richtung.

»Okay.« Am liebsten würde ich losrennen, reiße mich allerdings zusammen. Schließlich bin ich nicht allein und habe ihn an meiner Seite.

Am Fahrzeug angekommen, verstauen wir alles und nehmen auf den Sitzen Platz. Sobald wir uns angeschnallt haben, startet Ray den Motor und lenkt den Pick-up in Richtung meines Elternhauses. Ich lasse den Abend Revue passieren und schaue dabei aus dem Fenster. Die Straßen sind dunkel, vereinzelt wird der Weg von Laternen beleuchtet. Je näher wir meinem derzeitigen Zuhause kommen, umso unwohler ist mir. Nicht etwa, weil ich nicht nach Hause möchte, sondern vielmehr, weil ich noch bei ihm bleiben will.

Über die Mittelkonsole hinweg greife ich nach Rays Hand,

die an der Schaltung ruht. Ich verschränke meine Finger mit seinen und genieße die Wärme, die diese Berührung ausstrahlt.

»Nimm mich mit zu dir, bitte«, flüstere ich in die Stille zwischen uns. »Ich möchte noch nicht, dass der Abend endet.« Mein Puls schnellt in die Höhe, nachdem ich die Worte ausgesprochen habe. Nervös reibe ich mit meiner freien Hand über meine Lederleggins.

Ray antwortet nicht. Sein Blick ist starr auf die Straße gerichtet, und für einen Atemzug habe ich Panik, ihn komplett überrumpelt zu haben. »Okay«, meint er schließlich. »Wenn du möchtest, kannst du bei mir übernachten.«

Mir entgeht nicht, wie sich seine Wangen rosa färben, und ich muss ein Kichern unterdrücken. Ausgerechnet Ray, den alle für einen Säufer halten, errötet, weil ich noch länger Zeit mit ihm verbringen möchte.

Trotzdem kann ich die Freude darüber, bei ihm bleiben zu können, nicht ignorieren. Es fühlt sich an wie früher, als wir stundenlang Zeit zusammen verbracht haben und unzertrennlich waren.

29

RAY

Das Erste, was ich wahrnehme, ist eine Berührung an meiner Backe.

Das Zweite, was ich spüre, ist Hitze, die neben mir ausstrahlt. Im ersten Moment denke ich an ein Kissen, das ich mir im Schlaf auf meinen Kopf gelegt habe. Die Wärme kommt ganz sicher von der Sonne, die mich jeden Tag durch das Dachfenster über meinem Bett weckt.

Vielleicht sollte ich noch ein paar Minuten schlummern. Zumindest so fünf Minuten.

Als sich das *Etwas* allerdings bewegt, ist es vorbei mit dem Gedanken an Schlaf. Stattdessen reiße ich die Augen auf.

Bec.

Sie liegt direkt neben mir, die Lider geschlossen, den Mund zu einem zufriedenen Lächeln verzogen. Ihre Hand, die an meiner Schulter ruht, hatte wohl zuvor mein Gesicht berührt und mich geweckt. Augenblicklich füllt mich eine wohltuende Wärme aus, als

ich realisiere, dass wir zusammen geschlafen haben. Nicht miteinander, sondern nebeneinander.

Gedanklich lasse ich den gestrigen Abend Revue passieren. Die Zeit am See, unser Gespräch über meine Gefühle. Auch jetzt fühlt sich das für mich vollkommen richtig an. Ich fühle mich leichter, weil ich mit meinen Gedanken nicht mehr allein bin. Bec gibt mir den Halt und die Sicherheit, wonach ich mich so lange gesehnt habe.

Becs Gesicht wird von Sonnenstrahlen geküsst. Ihre braunen Haare umschmeicheln ihre Wangen, als wären sie ein Kranz, dessen Mitte sie ist. Ihre zarten Lippen sind leicht geöffnet, und ich höre ihre gleichmäßigen Atemzüge.

Mein Herz zieht sich zusammen, als ich mich daran erinnere, wie sehr ich sie verletzt habe. Warum habe ich es je so weit kommen lassen?

Bec hat dir verziehen, sage ich zu mir selbst, *du solltest dir selbst auch vergeben.* Ich nehme die Emotion an, gebe mir die Chance, die Aussage wirken zu lassen, und weiß, dass es stimmt. Ja, ich muss mir verzeihen. Ich will Bec an meiner Seite. Egal, in welcher Form. Als Freundin oder als beste Freundin. Hauptsache ich muss nie wieder die Stille zwischen uns ertragen.

Ihr Seufzen holt mich in die Realität zurück. Sie hebt ihre Hand, zieht sie an sich und dreht sich mit dem Rücken zu mir. Damit gibt sie mich frei und ich bekomme die Möglichkeit, mich zu erheben.

Genau das tue ich auch, um ihr einen liebevollen Kuss auf die Wange zu drücken.

»Mhhh«, macht sie, ihre Augen bleiben allerdings geschlossen.

Um ihr noch ein paar Minuten Schlaf zu gönnen, stehe ich vorsichtig auf und schlüpfe in ein Shirt, das sich in einem der Regale neben meinem Bett befindet. So lautlos wie nur möglich gehe ich die Treppe hinunter in den Küchenbereich. Dort hole ich mir eine Flasche Wasser und nehme einen tiefen Schluck.

Wow. Ich kann es immer noch nicht fassen, dass Bec wirklich hier ist. Hier, bei mir. In meinem Bett. Grinsend stehe ich an meiner Küchentheke, mit der Flasche an meinen Lippen. Ob ich Bec einen Kaffee ans Bett bringen sollte? Oder mag sie das nicht mehr direkt nach dem Aufstehen? Früher jedenfalls hat sie es geliebt.

Wer nichts wagt, der nicht gewinnt, sage ich mir selbst, drehe mich zu meiner Kaffeemaschine und schalte sie ein. Fest entschlossen, dass sie das noch immer so liebt wie vor drei Jahren.

Während ihr Kaffee durchläuft, überlege ich, ob ich zusätzlich ein Frühstück auftischen soll. In meinem Kühlschrank befinden sich noch ein paar Reste von gestern, vor allem das Obst und Gemüse. Außerdem finde ich Eier und Bacon. Ich hole alles heraus, schalte den Herd ein, stelle eine Pfanne darauf und mache ein Rührei.

»Ray?«, höre ich Bec. Als ich zu meinem Schlafbereich schaue, sehe ich, wie sie über die Brüstung lugt. »Was tust du da?« Sie reibt sich die Augen.

»Ein Frühstück vorbereiten«, antworte ich und schalte den Herd runter. Anschließend nehme ich die Tasse aus der Kaffeemaschine, gebe etwas Milch hinein und erklimme die Treppe zu Bec. »Guten Morgen.«

Sie streckt sich, ehe sie die Kaffeetasse entgegennimmt. »Guten Morgen.« Zufrieden nimmt sie mir den dampfenden Becher ab und nippt vorsichtig daran. »So gut wie früher.«

»Schon, oder?« Ich setze mich neben sie.

»Auf jeden Fall.« Genussvoll trinkt sie einen weiteren Schluck und seufzt.

»Hast du gut geschlafen?«, frage ich Bec, stütze mich auf meinen Ellenbogen und sehe sie an.

»Oh ja! Und du?«

»So gut wie lange nicht«, vertraue ich ihr an. »Zum ersten Mal hatte ich keinen Albtraum.« *Und mich nicht sinnlos mitten in der Nacht betrunken, um überhaupt einschlafen zu können*, füge ich in Gedanken hinzu.

Erwartungsvoll hebt Bec eine Augenbraue.

»Ich träume oft vom Unfall«, gestehe ich.

Mitgefühl zeigt sich auf ihrer Miene und sie legt mir ihre freie Hand auf den Unterarm. »Das tut mir leid.«

»Du kannst nichts dafür«, flüstere ich. »Es ist schön, dass du hier bist.« Ich kann es ihr einfach nicht oft genug sagen.

»Das sehe ich genauso.« Sie lächelt mich über den Rand der Tasse hinweg an. Dabei verkeilen sich unsere Blicke ineinander und mit einem Mal fühlt es sich an, als würden wir uns in eine andere Sphäre bewegen. Als würde alles, was um uns herum ist, unwichtig werden. Da sind nur noch Bec und ich.

Während ich näher zu ihr rutsche und meine Hand an ihre Wange lege, stellt sie die Kaffeetasse auf das Regal neben meinem Bett. In meinen Gedanken spielt sich bereits ab, wie wir uns küssen. Sanft, zurückhaltend und vorsichtig, als könnten wir einander zerbrechen.

Die Realität ist allerdings ganz anders.

Bec überwindet die Distanz zwischen uns, und ihre Lippen treffen auf meine. Nein, sie *prallen* auf meine. So, als könnte sie es kaum erwarten, mich endlich zu küssen. Als wäre sie süchtig nach mir und hätte nur auf diesen Moment gewartet.

Zeitgleich legt sie ihre Hand in meinen Nacken und zieht mich noch näher an sich. Dabei schiebt sie sich auf meinen Schoß, direkt auf meine Erregung, die sich mit jedem Kuss, mit jeder Sekunde, die sie auf mir sitzt, mehr unter meiner Shorts abzeichnet.

Mein Puls jagt in die Höhe, als Bec mit ihrem Zeigefinger an meinem Nacken hinabwandert, über meinen Rücken, hin zum Saum meines Shirts. Jeder Zentimeter meiner Haut, den sie berührt, prickelt.

Ich lasse meine Finger ebenfalls über ihren Rücken wandern, über das T-Shirt, das sie sich zum Schlafen von mir geliehen hat. Sobald ich ihre Pobacken erreiche, umklammere ich diese mit meinen Händen und knete sie liebevoll. Eine Gänsehaut zieht sich über meinen Körper, als Bec an meinem Mund stöhnt.

Sie zerrt an meinem Oberteil, als wolle sie es loswerden. Kurz lösen wir uns voneinander, damit ich ihr diesen Wunsch erfüllen kann. Hastig ziehe ich das T-Shirt über meinen Kopf, wobei mich Bec beobachtet. Ihre Wangen sind gerötet, die Lippen geschwollen und leicht geöffnet. Ihre Augen funkeln, während sie jeden Millimeter meines nackten Oberkörpers aufzusaugen scheint. Sie legt eine Hand auf meine Brust, lässt ihren Finger über meinen Brustkorb zu meinem Bauchnabel wandern.

Ihre Berührung löst ein einziges Feuerwerk in mir aus und lässt mich aufseufzen. Ein Schauer läuft mir über den Rücken, sorgt dafür, dass sich jedes Härchen an meinem Körper aufrichtet.

In meiner Lendengegend ballt sich Hitze, und ich kann nicht länger darauf warten, dass Bec und ich wieder durch unsere Münder miteinander verbunden sind. Deshalb beuge ich mich zu ihr, drücke meine Lippen auf ihre und schiebe meine Finger erneut unter ihr Shirt.

»Bitte zieh es mir aus«, wispert sie zwischen zwei Küssen. »Ich will dich spüren.«

Gesagt, getan. Mit einem Ruck ziehe ich ihr das Schlafshirt über den Kopf und lasse es achtlos aufs Bett fallen. Lediglich in BH und Slip bekleidet, sitzt sie vor mir, mit einem erwartungsvollen Ausdruck auf dem Gesicht. Verführerisch kaut sie an ihrer Unterlippe, als könne sie es kaum erwarten, was als Nächstes passiert.

Keck lege ich eine Hand um ihre Taille und ziehe sie an mich, um sie anschließend auf die Matratze zu legen. Ehe sie etwas sagen kann, küsse ich sie wieder. Meine Finger verselbständigen sich und erkunden ihren Körper. Beginnend beim Ansatz ihrer Brüste streiche ich mit dem Zeigefinger bis hin zum Saum ihrer Unterhose. Je weiter meine Hand hinabwandert, umso fester krallt sie sich in meinen Rücken. Angespornt davon, ziehe ich eine Spur aus Küssen über ihre Wange, hin zu ihrem Hals. Dort verteile ich leichte Bisse, die Bec lauter stöhnen lassen. Mein Körper kribbelt, als ich hinuntergleite.

Bei ihren Brüsten angekommen, schiebe ich meine Hand unter ihren Rücken und öffne ihren BH mit einer flinken Bewegung. Sie hilft mir dabei, ihn auszuziehen. Ihre Brustwarzen recken sich mir entgegen, als würden sie nur darauf warten, von mir berührt zu werden.

Bec ist noch immer so schön, wie ich sie in Erinnerung habe. Makellos und das perfekte Gegenstück zu mir. Neckend zwirble ich ihre Brustwarze zwischen meinen Fingern, während ich Küsse auf ihren Bauch hauche.

»Ray!«, stöhnt sie, als meine Lippen die sensible Stelle oberhalb des Bunds ihrer Unterhose berühren. Sie hebt die Hüften und kommt mir entgegen, als könnte ich jeden Moment damit aufhören.

»Ja?«

»Ich will dich spüren«, keucht sie und sieht mich eindringlich, fast schon herausfordernd, an.

Verstehend schiebe ich meine Hand in ihren Slip, gleite über ihre feuchte Mitte und streiche mit dem Finger darüber. Es dauert nicht lange, bis ich einen Rhythmus finde, der Bec gefällt. Sie streckt den Rücken durch, reckt ihr Becken in meine Richtung und krallt sich mit der einen Hand in das Kissen unter sich, mit der anderen in meinen Oberarm.

Bec so berauscht von meinen Liebkosungen zu sehen, sorgt für ein Feuer in meinem Inneren. Noch immer kann ich kaum glauben, dass wir hier sind. Das hier tun. Uns so nahe sind, wie wir es schon lange nicht mehr waren. Es verschafft mir ein Selbstbewusstsein, das ich vor langer Zeit verloren geglaubt habe. Keine Intimität mit einer Frau, die ich in den letzten Jahren seit Becs Wegzug hatte, war ansatzweise so intensiv wie diese hier. Es ist beinahe so, als würde sie unter meinen Fingern zerfließen.

»Guten Morgen!« Ivys Stimme dringt in mein Bewusstsein und lässt mich ruckartig auffahren. Meine Haustür knallt ins Schloss. »Ray? Bist du schon wach?«

»Fuck«, wispert Bec, deren Gesicht vor Erregung glüht. Ihr Haar ist verstrubbelt und sie bedeckt mit ihrem Arm ihre Oberweite.

Ich schlucke hart, in der Hoffnung, meine Stimme wiederzufinden. »Komme gleich!«, rufe ich und muss dabei an die Zweideutigkeit in diesen Worten denken. Hastig schlüpfe ich in mein Shirt und laufe die Treppe hinunter. Ivy stellt sich pfeifend eine Tasse unter meine Kaffeemaschine.

»Was gibt's?«, frage ich sie, nachdem ich mich geräuspert habe.

»Ich wollte nach dir sehen«, meint meine kleine Schwester und dreht sich zu mir, »wie jeden Morgen.« Ihre Augen wandern zur Eingangstür, wo sie direkt an Becs Schuhen hängen bleiben. »Ist Bec da?«

»Hi Ivy«, ertönt es von meinem Bett.

»Bec!« Ivy ist es deutlich anzusehen, dass sie sich zusammenreißen muss, um nicht vor lauter Freude zu quietschen. Sie eilt durch den Wohnbereich und umarmt Bec, deren Füße gerade den Boden berühren.

»Wie schön, dich hier zu sehen!«, sagt sie, als sie Bec umarmt. »Hattet ihr einen schönen Abend?«

Während sich die beiden unterhalten und an meinen Esstisch setzen, mache ich Ivys Kaffee fertig und reiche ihn ihr. Anschließend lasse ich mir selbst einen durchlaufen und kümmere mich weiter um das Frühstück. Dabei springen meine Gedanken zu dem Erlebten der letzten vierundzwanzig Stunden.

Und obwohl Ivy Becs und meine Zweisamkeit unterbrochen hat, könnte ich nicht glücklicher sein. Bec gibt mir nicht nur Halt, sondern zeigt mir auch das Licht am Ende des Tunnels. Es ist fast, als würde sie mir einen Weg aus der Schwärze weisen.

Doch was ist das zwischen uns? Wie kann es sein, dass wir uns trotz allem noch immer so nahe sind?

30

BEC

Zwischen meinen Beinen pulsiert es noch immer, als ich mich an den Tisch setze und dem Gespräch mit Ivy folge.

Leider bin ich überhaupt nicht bei der Sache und weiß nicht mal, worum es geht. Viel zu sehr bin ich damit beschäftigt, Ray zu beobachten, der in Boxershorts und T-Shirt am Herd steht und uns Frühstück zubereitet. Seine Haare sind zerzaust, am Rand seines Shirt-Ärmels lugt eine rote Stelle hervor. Genau dort, wo ich mich festgekrallt hatte.

Was wäre wohl passiert, wenn Ivy nicht gekommen wäre? Ob wir miteinander geschlafen hätten?

Allein die Vorstellung treibt mir Hitze in die Wangen und jagt mir einen angenehmen Schauer über das Rückgrat.

Tatsächlich hätte ich nichts dagegen gehabt. In Rays Gegenwart habe ich mich so gut wie noch nie gefühlt. Es war, als würden wir zueinander gehören, als sollten wir eins werden. Als gäbe es da nicht nur Bec und Ray, sondern vor allem ein *Wir*.

»Bec?« Ivy holt mich aus meinen Gedanken, und ich wende meinen Blick von ihrem Bruder ab.

»Ja?« Ich schüttle den Kopf kaum merklich. »Tut mir leid, ich war gerade abgelenkt. Kannst du nochmal wiederholen, was du gesagt hast?«

»Das habe ich gemerkt.« Sie kichert. »Ich habe noch eine

Frage zu Mathe, aber das können wir auch bei unserer nächsten Nachhilfestunde klären.«

Hitze schießt mir in die Wangen und mein schlechtes Gewissen nagt an mir. »Sicher?«, hake ich vorsichtig nach.

»Klar, wirklich. Genau genommen bin ich einfach hier hereingeplatzt und … na ja, ich wollte euch gar nicht stören.« Ivy hebt ihre Tasse an die Lippen und leert sie. »Deshalb werde ich euch jetzt wieder allein lassen.«

»Du kannst gern noch bleiben«, schaltet sich Ray ein. »Ich habe dich schon eingeplant.« Mit der Hand deutet er auf die Pfanne, in der er das Rührei zubereitet.

»Nein, nein.« Ivy grinst verschmitzt. »Ich möchte eure Pläne nicht länger durchkreuzen.« Sie steht auf und stellt die Kaffeetasse in die Spülmaschine. Danach öffnet sie die Haustür. »Wir sehen uns.« Winkend geht sie hinaus und schließt die Tür hinter sich.

»Glaubst du, sie ist sauer?«, frage ich Ray.

»Nein, auf keinen Fall.« Er kommt auf mich zu und stellt sich dicht vor mich. »Du kennst Ivy, sie wollte nur die Lage checken.« Ray beugt sich hinunter und verharrt direkt vor meinem Gesicht. Sein Atem streift meinen Mund.

Kribbelnde Vorfreude bahnt sich ihren Weg durch meinen Körper, bis hin zu meinem Unterleib. Dort staut sich die Hitze und ich muss unwillkürlich daran denken, welche Unanständigkeiten wir anstellen könnten.

»Sollen wir wieder nach oben gehen?«, fragt Ray mit einem sehnsüchtigen Ausdruck in seinen Iriden. »Wir könnten dort weitermachen, wo wir aufgehört haben.«

»Sehr gern«, flüstere ich, überwinde die letzten Millimeter zwischen uns und küsse ihn. Doch dann knurrt mein Magen.

»Vielleicht sollten wir das verschieben.« Ray lacht, lehnt seinen Kopf in meine Halsbeuge und gräbt seine Hand in mein Haar. Er zieht mich zu sich hoch, in eine feste Umarmung, und haucht einen Kuss auf meine Haut.

Diese Geste fühlt sich intimer an als alles, was wir bisher miteinander geteilt haben.

Ich lege meine Hände um seine Hüften und schmiege mich fest an ihn.

Und während sich das Gefühl der Geborgenheit, der Zuneigung, in meinem Körper ausbreitet, wünsche ich mir, der Moment würde für immer andauern.

Zwei Stunden später laufe ich die Einfahrt meines Elternhauses hinauf. Dads Auto steht nicht in der Einfahrt, was darauf hindeutet, dass er und Mom noch immer unterwegs sind und mein Fehlen nicht bemerkt haben. Zum Glück. Eine neue Aufzählung von Dad, warum er meinen Kontakt mit Ray nicht gutheißt, würde ich im Moment nicht verkraften. Schließlich waren die letzten Stunden mehr als schön.

Meine Wangen werden warm bei der Erinnerung daran, was wir beinahe getan hätten, bevor Ivy uns unterbrochen hat.

Es war intimer als früher.

Neben den Berührungen und Küssen, die wir miteinander ausgetauscht haben, gab es vor allem stumme Worte. Seine Entschuldigungen, die er mir mit jeder Berührung mitgeteilt hat. Sein Leiden der letzten Jahre, welches mit jeder Liebkosung ein Stück mehr abgefallen ist. Die Geborgenheit und Wärme, die seine Hände ausgestrahlt haben.

»Bec!« Grannys Stimme holt mich aus meinen Träumereien. Sie kommt gerade zur Tür heraus, als ich die Treppe der Veranda erklinge. »Wie war dein Abend?«, fragt sie, noch ehe ich sie begrüßen kann.

»Schön«, erwidere ich und kann nicht verhindern, dass aus der Wärme eine Hitze wird und mein Gesicht bestimmt knallrot anläuft. So wie früher. »Ray und ich haben einen sehr schönen Abend miteinander verbracht und ich habe bei ihm übernachtet.«

»Oh, das freut mich sehr!« Sie kommt zu mir und drückt mich an sich, wobei mir ihr vertrauter Geruch, eine Mischung aus Lavendel und Mandel, in die Nase steigt. »Das bedeutet, ihr konntet euch aussprechen?«

»Ja.« In meiner Brust wird es warm, und nichts an dieser Tatsache fühlt sich falsch an. Im Gegenteil: Es ist wohltuend, Rays Geheimnisse und Lasten zu kennen. Sein Vertrauen zu spüren und zu wissen, dass alles anders ist. Ein bisschen wie früher, aber anders.

Granny löst sich aus unserer Umarmung. »Läufst du ein Stück mit mir?« Ihre Frage klingt mehr nach einer Bitte.

»Gern«, willige ich ein, obwohl ich mich lieber frisch machen möchte.

Sie hakt sich zufrieden bei mir ein. »Wie fühlt es sich für dich an?«, erkundigt sie sich.

»Sehr gut«, antworte ich, und meine Mundwinkel heben sich instinktiv. »Auch wenn es Dad wohl nicht gefallen würde.« Die letzten Worte kann ich nicht verhindern. Es belastet mich einfach, dass er meine Entscheidungen nicht akzeptiert.

»Ach.« Granny seufzt. »Weißt du, dein Dad macht sich Sorgen um dich. Ray hat dich sehr verletzt, schließlich war er deine erste große Liebe. Die Tonaufnahme, die er während eurem ersten Mal aufgenommen hat, war – mild ausgedrückt – nicht die beste Idee. Kein Vater der Welt möchte, dass seiner Tochter so etwas widerfährt.«

»Aber wieso sieht Dad nicht, dass Ray unter seinen Fehlern leidet? Er hat mir immer beigebracht, dass Menschen eine zweite Chance verdienen.«

»Du bist sein Kind, sein Mädchen. Dein Dad begleitet dich von Geburt an und tut alles dafür, dass du glücklich bist. Ich denke, es gibt manche Dinge, an denen dein Vater länger zu knabbern hat, als er zugeben möchte.« Sie tätschelt meine Hand, die ich ihr auf den Unterarm lege. »Er meint das ganz bestimmt nicht böse, er möchte dich nur beschützen.«

Mein Herz zieht sich bei ihrem Gesagten zusammen. Es tut mir weh, weil ich genau weiß, wie sehr mich Mom und Dad lieben. »Trotzdem bin ich alt genug, meine eigenen Entscheidungen zu treffen. Immerhin bin ich einundzwanzig Jahre alt, wohne seit drei Jahren in New York und habe mir dort ein Leben aufgebaut«, meine ich. »Abgesehen davon wünschte ich einfach, er könnte Ray ebenso vergeben. Immerhin waren sie früher ein Herz und eine Seele.«

»Ich schätze, dein Dad braucht einfach noch etwas Zeit. Und die solltest du ihm auch geben. Vielleicht braucht er auch eine Erinnerung daran, dass du schon alt genug bist, deinen eigenen Weg zu gehen.« Granny zuckt mit den Schultern.

Ich seufze. »Vielleicht hast du recht.«

»Aber jetzt erzähl mal. Was haben Ray und du gestern alles unternommen, dass du erst morgens wieder nach Hause gekommen bist?« Neugierig stupst sie mich in die Seite. Wenn Granny eines ist, dann die Neugierde in Person. Nichts bleibt ihr verborgen, weil sie immer die richtigen Fragen stellt und ein unglaubliches Feingefühl gegenüber anderen Menschen hat.

Leider bin ich jemand, der gegen ihre Neugier kaum immun ist. Und so kommt es, dass wir eine Runde spazieren gehen, während ich ihr vom gestrigen Abend erzähle. Dabei lasse ich die pikanteren Details aus.

»Und, wie geht es weiter?«, fragt sie, als wir den Weg nach Hause einschlagen.

»Das ist eine gute Frage. Bisher haben wir noch nicht darüber gesprochen«, gestehe ich ihr. »Aber ich habe wirklich ein gutes Bauchgefühl.«

Als ich zu Granny sehe, lächelt sie mich an. »Das habe ich allerdings auch.«

»Kannst du mir bitte einen Gefallen tun?«, bitte ich sie, als ich Dads Auto in der Einfahrt stehen sehe.

Sie folgt meinem Blick und scheint sofort zu verstehen. »Auf keinen Fall werde ich deinem Dad oder deiner Mom irgendwas erzählen«, versichert sie mir. »Das ist etwas, das du selbst übernehmen musst.«

Ich nicke. »Danke.«

»Das ist doch klar.« Sie bleibt vor der Haustür stehen, um mich kurz in den Arm zu nehmen. In diesem Augenblick bin ich mehr als dankbar, Granny an meiner Seite zu haben.

Drinnen angekommen, sehe ich kurz nach meinen Eltern und ziehe mich anschließend ins Bad zurück.

Dort sehe ich zum ersten Mal seit gestern Abend auf mein Handy und finde unzählige Nachrichten von Lizzy vor, die scheinbar kaum abwarten kann, von mir zu hören.

Und, wie war es?

Hattet ihr einen schönen Tag?

Es folgen unzählige Messages, bis hin zu ihrer letzten Nachricht:

Bitte lass mich nicht vor Neugier platzen!

Lachend antworte ich ihr.

Melde mich nach dem Duschen.

Postwendend, als würde sie nichts anderes tun, als den Chat die ganze Zeit im Auge zu behalten, schreibt sie zurück.

Allein oder mit Ray? 😉

Ich verdrehe die Augen, muss aber über beide Ohren grinsen.

Nicht im Haus meiner Eltern. Wir hören uns gleich.

Also entledige ich mich hastig meiner Kleidung und stelle mich unter die Dusche. Anschließend föhne ich meine Haare, flechte sie zu einem Zopf und creme mein Gesicht ein. Sobald ich fertig bin, gehe ich hinüber in mein Zimmer, lasse mich aufs Bett fallen und wähle die Nummer meiner besten Freundin.

»Schieß los« sind die ersten Worte, die sie mir entgegenschleudert. »Ich will alles wissen, jedes noch so kleine Detail. Selbst wenn ihr Sex hattet.«

Ich kann nicht anders, als den Kopf über sie zu schütteln und zu schmunzeln. Dennoch bin ich nur allzu froh darüber, die gemeinsame Zeit mit Ray erneut Revue passieren lassen zu können und vor allem mit Lizzy teilen zu können.

Während die Schmetterlinge in meinem Bauch ihre Flügel ausbreiten, um zu tanzen, berichte ich meiner Freundin von dem Date mit Ray.

31

RAY

»Ivy hat erzählt, Bec war zu Besuch«, meint Isaac, der mir gerade dabei hilft, den Reifen eines Autos zu reparieren. Ich bin gerade dabei, die Schrauben zu lockern, während er den neuen Gummireifen durch die Werkstatt rollt.

»Die kleine Plaudertasche«, nuschle ich vor mich hin und wische mir meine dreckige Hand am Blaumann ab.

»Also stimmt es.« Isaac lacht. »Wie war es? Hattet ihr einen schönen Abend?«

»Jap, den hatten wir.« *Und er ist schon wieder zwei Tage her*, füge ich gedanklich hinzu. Bisher konnte ich mich nicht dazu überwinden, sie zu einem neuen Date einzuladen. Beruhigend ist für mich, dass wir täglich in Kontakt sind. Unsere erste Nachricht ist immer ein *Guten Morgen*, die letzte ein *Gute Nacht*. Obwohl es für viele belanglos erscheinen mag, bedeutet mir das die Welt. Schließlich habe ich ihr alles anvertraut, ihr Einblick in mein Seelenleben gegeben und vor ihr geheult. Niemals hätte ich damit gerechnet, dass sie mich trotz allem *normal* behandelt.

»Und, wie geht es weiter?«, stellt er mir die Frage, die mich selbst beschäftigt. Und das nicht nur in Bezug auf Bec.

»Mit Bec? Keine Ahnung. Ich denke, unsere Devise ist, es langsam angehen zu lassen.« Ich zucke mit den Achseln. »Achtung, ich hebe den Reifen jetzt raus«, warne ich Isaac, nachdem ich die letzte Schraube vollständig gelockert habe und den Gummireifen herausnehmen kann. Er nickt und lehnt den neuen an das Regal neben uns, bereit, mir den kaputten abzunehmen. Anschließend nehme ich den neuen Autoreifen und platziere ihn so, dass ich ihn wieder festschrauben kann.

»Okay, was geistert dir noch durch den Kopf?«, bohrt mein Cousin nach. »Irgendwas beschäftigt dich, das sehe ich dir an.«

Ich seufze. »Alles.«

»Mir ist bewusst, dass ich dir alles aus der Nase ziehen muss. Trotzdem würde ich mich wirklich freuen, wenn du ein bisschen konkreter werden würdest.« Isaac rollt mit den Augen.

»Die Arbeit hier, das Leben hier. Mich.« Als ich seinen skeptischen Gesichtsausdruck bemerke, fahre ich fort. »Nicht so, wie du jetzt denkst! Ich frage mich einfach, ob das, was ich hier tue, noch das Richtige für mich ist. Früher war mir immer klar, dass ich irgendwann gemeinsam mit Bec in New York studieren würde. Doch dann war das mit der Tonaufnahme und Dad. So gern ich Dad auch unterstützen möchte, aber ich weiß nicht, ob ich der Richtige für diese Werkstatt bin. Natürlich macht es mir Spaß, aber … durch die Zeit mit Bec habe ich gemerkt, wie viel ich eigentlich aufgegeben habe.« Es tut mir weh, diese Erkenntnisse auszusprechen. Was vor allem daran liegt, dass ich ja eigentlich selbst schuld an meiner Lage bin. Immerhin habe ich den Unfall verursacht.

»Weißt du«, beginnt Isaac, als ich die Schrauben festgezogen und mir die Hände erneut an meinem Blaumann abgewischt habe, »du musst endlich loslassen. Die Dinge hinter dir lassen, die dir das Leben so schwer erscheinen lassen. Du musst nach vorne sehen und schauen, was *du* willst und nicht, wie du es für andere leichter machen kannst. Ich verstehe dich vollkommen, dass du noch immer an Graysons Unfall denkst und dich schuldig fühlst, aber es wird Zeit, dich auf dich zu fokussieren. Wichtig ist, dass es dir gut geht und du das tust, was *du* möchtest. Dein Dad wird der Letzte sein, der dir das ausredet. Das verspreche ich dir!«

»Aber wie soll das bitte funktionieren?« Verzweifelt schlage ich die Hände über den Kopf. »Wie soll ich loslassen können, wenn ich Tag und Nacht daran erinnert werde, woran ich Schuld trage? Ich kann doch nicht einfach ignorieren, dass ich Dad damals ins Lenkrad fassen wollte und wir deswegen einen Unfall hatten.« Die Emotionen kochen in mir hoch.

»Ray.« Isaac legt mir die Hände auf die Schultern. »Du bist nicht allein. Du kannst dir Hilfe suchen, mit einem Therapeuten darüber sprechen. Ich bin mir sicher, dass du lernen kannst, *besser* damit umzugehen.«

Vor meinem geistigen Auge blitzen Erinnerungen an vergangene Gespräche mit Isaac auf. Meistens war ich betrunken und konnte kaum gerade laufen, als ich ihm mein Herz ausgeschüttet habe. Er hat mir schon mal dazu geraten, eine Therapie zu machen, mir helfen zu lassen, aber ich … habe ihm damals ein Veilchen verpasst.

Scham überkommt mich, als mir bewusst wird, wie scheiße die letzten drei Jahre eigentlich liefen.

»Scheiße Mann«, flüstere ich nur und balle die Hände zu Fäusten. »Es tut mir echt leid, dass ich so ein Idiot bin.« Mein Selbsthass zerrt an mir und die Stimme in meinem Kopf wird lauter. Plötzlich drängt sich dieses Verlangen in den Vordergrund. Der Drang nach dem Gefühl der Betäubung. *Alkohol, hol dir Alkohol,* sagt die Stimme in meinem Schädel.

Auf keinen Fall!, schreie ich ihr entgegen.

»Das ist vollkommen egal.« Isaacs Aussage erdet mich. »Du könntest noch ein viel größerer Idiot sein. Fakt ist allerdings, dass wir zusammen aufgewachsen und wie Brüder sind. Du bist mir wichtig und ich werde einen Teufel tun, dich allein zu lassen. Was auch kommen mag.«

Seine Worte schnüren mir die Kehle zu. Und doch widerstehe ich dem Wunsch, in Tränen auszubrechen. Normalerweise würde ich mich gern als Weichei bezeichnen, doch das fühlt sich nicht richtig an.

»Was würdest du denn studieren wollen?« Isaac stützt sich mit dem Ellenbogen auf das Regal neben ihm.

»Irgendwas Richtung Architektur.«

Er pfeift. »Wie kommst du denn darauf?«

»Mir hat es verdammt viel Spaß gemacht, mein Tiny House zu entwerfen. Die Planung, die Anfertigung der Skizzen und so weiter. Sowas könnte ich mir wirklich gut vorstellen.«

»Dann wirst du ja ein Anzugträger«, neckt er mich.

»Na und?« Ich lache. »Die Nachbarn würden vielleicht Augen machen.«

In diesem Moment klopft es an der Tür der Werkstatt, ehe sie schwungvoll geöffnet wird. Zum Vorschein kommt Bec, deren Anwesenheit meinen Puls augenblicklich in die Höhe treibt.

»Was für eine Überraschung«, freut sich mein Cousin und geht direkt auf sie zu, um sie zu umarmen. »Wie geht's dir?«

»Sehr gut, danke.« Scheu sieht sie zu mir. »Wie geht es dir?« Ihre Unsicherheit, wie sie mir gegenübertreten soll, steht ihr ins Gesicht geschrieben.

»Gut.« Sein Blick wandert zu mir, bevor er sich wieder an Bec wendet. »Soll ich euch allein lassen?«

»Nein, nein. Ich wollte eigentlich nur kurz etwas vorbeibringen.« Sie deutet auf ihre Tasche, die an ihrer Hand baumelt. »Granny hat Zimtschnecken gemacht und sie dachte sich, dass die Grays bestimmt auch ein paar haben möchten.«

Isaac verpasst mir unauffällig einen Seitenhieb. Also nehme ich meinen ganzen Mut zusammen und gehe zu Bec hin, um … ja, was eigentlich? Direkt vor ihr bleibe ich stehen, starre zunächst auf ihre Lippen. »Danke, das … ist nett von ihr.«

»Ist doch klar.« Sie hebt eine Augenbraue, als würde sie noch etwas von mir erwarten. Letztlich entscheidet sie sich anders und überspringt das Warten. Ehe ich mich versehe, landen ihre Lippen auf meinen. Ich schließe die Augen, genieße den flüchtigen Kuss, solange es geht. Auch wenn sich Wärme in meiner Lendengegend sammelt und ich am liebsten mehr von ihr hätte.

»Hey«, wispert sie und grinst mich an. Bilde ich mir diesen frechen Ausdruck in ihren Augen nur ein? Oder ist er wirklich da?

»Hi«, stammle ich und frage mich zeitgleich, wohin mein Selbstbewusstsein gewandert ist. »Schön, dass du da bist«, füge ich hinzu, nachdem ich mich einigermaßen gesammelt habe.

»Gern.«

Isaacs Räuspern durchbricht unsere Privatsphäre. »Also, wenn du mich nicht mehr brauchst, Ray, würde ich jetzt nach Hause gehen.«

»Warte, ich schaue auf der Liste nach, ob alles erledigt ist.« Ich gehe um das Auto herum zu unserer Theke, auf der wir unseren bürokratischen Kram ablegen. »Hier ist nichts mehr vermerkt«, meine ich und deute auf das Klemmbrett. »Für morgen stehen ein paar Termine an, falls du Zeit hast –«

»Ich werde da sein«, unterbricht er mich. »Das ist ja schon ausgemacht.«

»Danke dir.«

»Kein Problem.« Er nickt. »Also Bec, schön, dass wir uns nochmal kurz gesehen haben.«

»Auf jeden Fall«, stimmt sie ihm zu und umarmt ihn.

Isaac und ich schlagen ein, anschließend geht er zur Tür. Doch ehe er hinausgehen kann, wird er von Dad, der eben die Garage betritt, aufgehalten. »Hast du noch ein paar Minuten, Isaac? Ich muss euch etwas sagen.«

Verwundert sehe ich zu Dad. Er steht im Türrahmen und winkt uns zu sich. Es scheint etwas Dringendes zu sein. Das erkenne ich daran, wie er nervös seine Hände reibt. »Folgt mir bitte ins Wohnzimmer. Ivy wartet dort.«

Einstimmig nickend folgen wir Dad hinein. Ivy, die bereits auf der Couch sitzt und mit ihrem Fuß zappelt, springt auf, als sie Bec sieht. »Bec!« Sie fällt ihr um den Hals. »Schön, dich zu sehen.«

»Ebenfalls.« Bec drückt meine Schwester kurz an sich.

»Stimmt, ich habe dich noch gar nicht begrüßt.« Dad hebt entschuldigend die Hände.

»Alles gut, Grayson.« Sie zwinkert ihm zu. »Ich lasse euch dann mal allein, damit ihr ungestört sprechen könnt.«

»Papperlapapp, du gehörst zur Familie!«, weist er sie zurecht. »Deswegen wäre es schön, wenn du bleibst.«

»Okay.«

Obwohl ich keinen Schimmer habe, um was es gehen wird, greife ich automatisch nach Becs Hand. Sie dreht sich zu mir, hat einen aufmunternden Ausdruck auf dem Gesicht. Ihre Nähe gibt mir Halt und ich bin unglaublich dankbar dafür, sie hier zu haben.

»Ich werde die OP machen lassen.« Dads Gesagtes schlägt ein wie eine Bombe. »Ich werde mich am Rücken operieren lassen und hoffen, dass die Beschwerden danach besser werden.«

Ivy fällt die Kinnlade herunter. Die Angst steht ihr augenblicklich ins Gesicht geschrieben. »Bist du dir sicher?«, fragt sie sofort.

»Ja«, erwidert Dad entschlossen. »Sehr sicher sogar.«

»Wann?« Meine Stimme klingt mechanisch, fast wie ein Roboter. In mir sind so viele Gefühle, die ich gar nicht richtig zuordnen kann. Sie erfassen mich wie ein Wirbelsturm, in dem Bec mein Halt, meine Sicherheit ist.

»Am Dienstag.« Dad fährt sich durch den Bart.

»Du hast den Termin schon länger, oder?«, hakt Isaac nach.

Dad nickt. »Ich habe ihn damals vereinbart, als Ray mich zum Arzt gebracht hatte.«

Er hat es mir nicht gesagt. Für mich gleicht das einem Schlag ins Gesicht. Wieso? *Na, damit er schauen kann, wie du dich entwickelst*, denke ich. Es ist das einzig Logische. Dad ist niemand, der mich unter Druck setzen möchte.

»Wie können wir dir helfen?« Becs Stimme verdrängt die Stille im Raum.

»Isaac und Ray müssten die Werkstatt so lange übernehmen, bis ich wieder fit bin.«

»Das kriegen wir hin«, versichere ich Dad sofort. »Isaac und ich sind ein gutes Team, stimmt's?«

»Auf jeden Fall! Ich nehme mir ein paar Tage frei, damit ich euch voll und ganz unterstützen kann«, bietet Isaac sofort an.

»Das brauchst du nicht«, schreite ich ein. »Es reicht, wenn du mir nach der Arbeit oder an den Wochenenden hilfst.«

»Bei der Auftragslage, die ihr momentan habt, werde ich dir damit kaum eine Stütze sein.« Isaac hat recht. Derzeit kommen täglich neue Anfragen rein. Gut fürs Geschäft, aber allein nicht zu stemmen.

»Ich werde Ivy hier helfen«, schlägt Bec vor. »Für ein paar Tage könnte ich hier wohnen.«

»Das muss nicht sein«, meint Dad sofort, »ich möchte dich nicht von deinen Eltern wegdrängen.«

»Das tust du nicht.« In ihrem Gesicht lese ich ab, dass es für sie eine willkommene Abwechslung zu sein scheint. Ich nehme mir fest vor, sie später danach zu fragen.

»Dann bereite ich dir das Gästezimmer vor«, bietet Ivy sofort an.

»Das musst du nicht.« Bec dreht sich zu mir. »Ich hatte eigentlich gehofft, dass ich … bei dir schlafen darf?« Ihre Wangen färben sich rosa, und ich muss schmunzeln.

»Natürlich darfst du das.« Ich beuge mich zu ihr und hauche ihr einen Kuss auf die Stirn. »Danke«, flüstere ich.

»Kein Problem«, murmelt sie, während alle Augen auf uns gerichtet sind. Von Ivy ist ein freudiges Quietschen zu vernehmen, und Dads Miene erhellt sich, als ich ihn ansehe.

»Wir kriegen das hin«, verspreche ich Dad. »Zusammen schaffen wir das!« Und zum ersten Mal habe ich ein gutes Gefühl bei der Sache, auch wenn uns einiges bevorsteht.

32

BEC

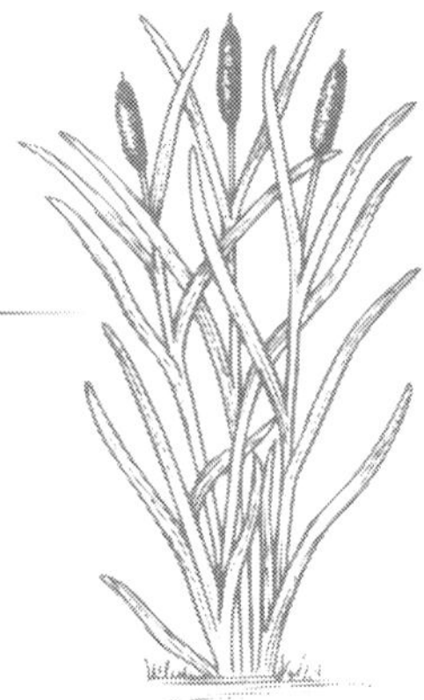

Die Neuigkeiten von Grayson haben mich umgehauen. Und doch konnte ich nicht anders, als den Grays sofort meine Unterstützung anzubieten. Es hat nicht nur den Vorteil, ein paar intensive Tage mit Ray verbringen und über die Zukunft sprechen zu können – auch wenn es zugegebenermaßen recht naiv und überstürzt ist –, sondern auch, Dad ein paar Tage aus dem Weg zu gehen.

So ist es schnell beschlossene Sache für mich, dass ich ab Montagabend bei Ray sein werde.

Mein Magen kribbelt bei dem Gedanken daran, rund um die Uhr mit ihm zusammen zu sein. In der Vergangenheit war das oft der Fall, aber es hat sich einiges verändert. Zum Beispiel, dass er allein wohnt, ohne seinen Dad und Ivy. Darauf bin ich am meisten gespannt.

Beflügelt und voller Vorfreude mache ich mich auf den Heimweg. Bereits unterwegs rufe ich bei Lizzy an, weil ich kaum erwarten kann, ihr die Neuigkeiten mitzuteilen.

»Bec!«, flötet sie ins Telefon, »wie schön, dich zu hören.«

»Störe ich dich?«, frage ich sie.

»Nein.« Im Hintergrund höre ich, wie etwas raschelt. »Ich wollte sowieso aufhören, mich auf das Semester vorzubereiten.«

»Du machst viel zu viel. Am Ende wird das vierte Studienjahr eh ein Klacks für dich. So wie letztes Jahr schon«, necke ich sie. Lizzy ist so verbissen darauf, ihr Studium mit einer Eins zu beenden, dass sie sehr viel Zeit ins Lernen investiert.

»Mhm.« Ihre Antwort verursacht mir ein mulmiges Bauchgefühl.

»Ist alles in Ordnung?«, erkundige ich mich deshalb.

»Alles bestens«, erwidert sie knapp und verstärkt damit das negative Gefühl noch mehr. Dennoch entscheide ich mich dagegen, sie erneut darauf anzusprechen. »Was wolltest du denn?«

»Es geht um Ray.«

»Schieß los!« Mit einem Mal kehren die Leichtigkeit und Euphorie in ihre Stimme zurück. »Was gibt's Neues?«

Also berichte ich ihr von dem heutigen kurzen Aufeinandertreffen und meiner Entscheidung, die ich spontan getroffen habe. Außerdem äußere ich ihr gegenüber meine Gedanken, die mir wegen Dad durch den Kopf geistern.

»Meinst du, es ist dumm, für ein paar Tage bei Ray zu leben? Ich fühle mich so naiv und als würde ich etwas überstürzen«, ende ich meine Erzählung. »Dad wird alles andere als begeistert sein.«

»Wie fühlst du dich dabei?«

Ich horche in mich und mache meine Empfindungen aus, die ich in Bezug auf Ray habe. »Sehr gut. Ich freue mich darauf, Zeit mit ihm zu verbringen und wieder bei den Grays zu sein. Es fühlt sich an, als wäre ich für sie noch immer ein Teil ihrer Familie.«

»Das ist doch schön.« Lizzy seufzt verträumt. »Was deinen Dad anbelangt: Mach dir nicht so viele Sorgen. Deine Grandma hat schon recht damit, dass er das zwischen Ray und dir akzeptieren muss. Aber er wird Zeit benötigen, um es annehmen zu können.«

Ich runzle die Stirn. »Natürlich wird er noch etwas Zeit brauchen, aber ich wünsche mir einfach, dass er Ray eine zweite Chance gibt. Er hat sie genauso verdient wie jeder andere auch.«

»Das verstehe ich. Sprich doch nochmal mit deinem Dad«, schlägt Lizzy vor. »Vielleicht kannst du ihm deine Wünsche näherbringen.«

Kurz denke ich darüber nach. »Na ja, versuchen kann ich es.« Wobei ich glaube, dass es schwer wird, Dad davon zu überzeugen.

Lizzy und ich unterhalten uns noch über die nächsten Tage und verabreden uns für einen Abend. Als ich vor meinem Elternhaus ankomme, verabschiede ich mich von ihr, bevor ich den Schlüssel ins Schloss stecke. Vor Aufregung rast mein Herz und ich kann gar nicht sagen, was der Auslöser dafür ist. Vermutlich aber die Angst vor einer Konfrontation mit Dad.

»Ich bin zuhause«, rufe ich und schlüpfe aus meinen Schuhen, ehe ich in die Wohnküche gehe. Mom steht am Herd, Dad sitzt auf dem Sofa und schaut sich ein Baseballspiel an. Granny sitzt am Küchentisch und ist vertieft in ihre neueste Strickarbeit.

»Hallo Schatz«, grüßt mich Mom. »In einer halben Stunde gibt es Essen.«

Mein Blick gleitet zur Uhr, die über dem Fernseher hängt, und ich stelle fest, dass es bereits sechs Uhr abends ist. War ich so lange bei den Grays?

»Hallo Mom, hallo Dad.« Ich gehe hinüber zum Esstisch. »Hallo Granny. In Ordnung, dann bereite ich schon mal den Tisch vor.« Aus einem Sideboard hole ich Teller, um sie auf dem Tisch zu verteilen.

»Wo warst du?« Dad schaltet den Fernseher aus und geht in die Küche, um Besteck zu holen.

Für einen Atemzug denke ich darüber nach, mir eine Lüge auszudenken. Zum Beispiel, dass ich bei Lizzy war. Da ich allerdings nicht länger lügen möchte, konfrontiere ich meine Eltern mit der Wahrheit. »Bei den Grays.«

»Oh, wie schön.« Granny legt ihre Sachen beiseite und sieht mich an. »Wie war es?«

Dad blickt finster drein, während Mom ihm einen warnenden Blick zuwirft. Als hätte er nichts davon bemerkt, verteilt er Gabeln und Messer auf dem Tisch.

»Grayson wird sich operieren lassen.« Meine Knie fühlen sich wie Gummi an, immerhin werde ich ihnen gleich meinen Plan beichten.

»Wirklich?« Mom wischt sich die Hände an der Schürze ab. »Schon wieder?«

»Es besteht die Hoffnung, dass seine Schmerzen danach weniger werden«, sage ich.

Granny nickt. »Wann?«

»Am Dienstag. Ab Montag muss er ins Krankenhaus.«

»Damit gibt er Ray wieder freie Hand, sein Leben aus dem Ruder laufen zu lassen«, brummt Dad vor sich hin.

»Wie bitte?«, hake ich provokant nach. »Dir ist schon klar, dass Ray einen geregelten Tag mit dem Job in der Werkstatt hat?«

»Pf.« Dad zuckt mit den Achseln. »Trotzdem hat Grayson keinerlei Kontrolle über ihn.«

Mom sieht ihn böse an. »Tony!«

»Was denn? Es ist doch wahr.«

Um mich kurz zu sammeln, gehe ich zum Küchenschrank und hole vier Gläser, die ich anschließend verteile.

»Ich finde es gut, dass Grayson die Operation machen lässt«, meint Mom, die gerade den Salat zubereitet. »Er leidet schon sehr, das sieht man ihm an.«

»Und ich bin mir sicher, dass Ray seinen Vater und seine kleine Schwester gut unterstützen wird«, bestärkt Granny Moms Aussage.

»Das sagt ihr jetzt.« Dad schüttelt den Kopf. »Wer weiß, ob der Junge das hinbekommt.«

Ich balle die Hand zur Faust. »Deshalb werde ich die Grays unterstützen und für ein paar Tage bei ihnen einziehen«, platzt es aus mir heraus. Meinen Puls spüre ich an meinem Hals, in meinen Ohren rauscht es und ich habe wirklich Angst davor, wie Dad darauf reagiert.

»Du wirst was?« Dads Augen weiten sich.

»Bei ihnen wohnen, bis Graysons OP überstanden ist«, wiederhole ich.

»Das wirst du nicht!« Seine Stimme ist fest. »Auf gar keinen Fall wirst du das tun!«

»Wieso nicht?« Zugegeben, die Frage ist überflüssig, aber ich kann nicht anders, als sie zu stellen. »Warum sollte ich nicht selbst diese Entscheidung treffen, um für die Familie da zu sein, in der ich einen Teil meiner Jugend verbracht habe?«

»Weil Ray dir wehgetan hat! Er hat es nicht verdient, dass du ihm hilfst«, sprudelt es aus Dad heraus. »Er wird dich nur wieder verletzen!«

»Nein!«, brülle ich. »Nein, ich will das nicht hören! Ich bin alt genug, selbst zu entscheiden, ob ich ihm eine zweite Chance gebe. Ich bin einundzwanzig Jahre alt!«

»Du bist noch immer unsere Tochter!«, wütet Dad. »Ray hat es nicht verdient, dass du so gut zu ihm bist. Nach allem, was passiert ist, hatte ich dich erwachsener eingeschätzt, als du dich gerade verhältst!« Mit geröteten Wangen erhebt er sich.

Seine Worte bringen das Fass zum Überlaufen.

Es tut mir weh, dass er mich als unreif bezeichnet. Mir sagt, dass ich nicht erwachsen genug bin, um eigene Entscheidungen zu treffen und meine Fehler zu machen. Dabei gebe ich Ray einfach nur eine zweite Chance. Und die hat er mehr als verdient.

»Wenn das so ist, dann gehe ich jetzt«, beschließe ich.

Mom schlägt die Hand vor den Mund, während Granny mir einen *Bist du dir ganz sicher?*-Blick zuwirft.

»Das ist naiv! Du kannst doch nicht einfach vergessen, was in der Vergangenheit war!«, ruft mir Dad hinterher, als ich mich umdrehe und zur Tür laufe.

Abrupt bleibe ich stehen und sehe ihm direkt in die Augen. In ihnen erkenne ich Zorn und Unverständnis. »Das tue ich doch überhaupt nicht! Alles, was ich tue, ist, Ray eine zweite Chance zu geben. So, wie du es mir beigebracht hast!«

Mit diesen Worten verlasse ich den Raum und stürme in mein Zimmer.

Dort ziehe ich eine Tasche hervor und packe sie mit den notwendigsten Dingen. Unterdessen tippe ich eine Nachricht an Ray, in der ich ihn frage, ob ich schon früher bei ihm übernachten kann.

Augenblicklich kommt zurück:

Natürlich!

Ist etwas passiert?

Erzähle ich dir später.

Ich lege mein Smartphone beiseite, um meine restlichen Sachen zu packen. Sobald ich fertig bin, gehe ich wieder hinunter und schlüpfe in meine Schuhe.

Mom kommt in den Flur. »Rebecca«, flüstert sie. »Willst du wirklich gehen?« Ich meine in ihren Augen Tränen zu erkennen.

Ein schlechtes Gewissen regt sich in mir. »Es tut mir leid, Mom.« Ich lege ihr eine Hand auf die Schulter. »Aber ich brauche Abstand.«

»Weißt du, dein Dad macht sich Sorgen um dich. Vielleicht können wir nochmal darüber sprechen?«, bittet sie mich flehend. Natürlich geht das nicht spurlos an mir vorbei. Sie beide haben mitbekommen, wie schlecht es mir im letzten Jahr an der Highschool ergangen ist. Mom und Dad waren die Ersten, die für mich da waren. Und doch habe ich das Gefühl, hier nicht atmen zu können. Es sind Jahre vergangen, in denen ich mich verändert habe. In denen ich erwachsen geworden bin.

»Das weiß ich, Mom.« Entschlossen schultere ich die Tasche. »Allerdings habe ich ständig das Gefühl, dass ich nicht erwachsen genug bin, und Dad mitbestimmen will, wie ich mich in Bezug auf Ray zu verhalten habe. Das möchte ich nicht. Stattdessen wünsche ich mir nichts sehnlicher, als dass er meine Entscheidung respektiert und Ray auch irgendwann vergeben kann. Es ist über drei Jahre her und seitdem hat sich so viel verändert, von dem ihr gar nichts wisst.«

Die Enttäuschung ist ihr deutlich ins Gesicht geschrieben. »Wir wollen dich doch nur beschützen«, murmelt sie.

»Das könnt ihr nicht«, erwidere ich. »Ich möchte meine eigenen Fehler machen.«

»Lass sie gehen.« Granny erscheint hinter Mom und greift nach ihrer Hand. »Glaub mir, es wird euch allen guttun.« Granny verschränkt ihre Finger mit Moms. »Bec ist ja nicht aus der Welt, sondern nur ein paar Häuser weiter.«

»Danke, Granny.« In dieser Sekunde könnte ich heulen. Alle Emotionen überrollen mich und ich kann sie nicht aufhalten. Da ist Dankbarkeit, jemanden wie Granny an meiner Seite zu haben. Trauer darüber, wie sich Dad verhalten hat. Enttäuschung, weil Dad mich nicht erwachsen genug findet. Wut, weil Mom unter Dads Verhalten leiden muss. Und der Drang, dem nachzugeben, was ich möchte.

Nämlich zu Ray.

»Ich werde mich melden, versprochen«, sage ich zu Mom und nehme sie in den Arm. »Und wie gesagt, ich bin nur ein paar Häuser weiter.«

»Okay«, flüstert sie und drückt mich fest an sich. »Egal, was ist, du kannst dich immer bei mir melden.«

»Das bedeutet mir viel, Mom«, bedanke ich mich bei ihr. Sie lässt mich los und lächelt traurig. »Ich melde mich, sobald ich bei Ray bin.«

»In Ordnung«, erwidert sie.

»Nimm dir die Zeit, die du brauchst«, wispert mir Granny ins Ohr, als ich sie kurz umarme.

»Das werde ich.« Mit einem Winken verabschiede ich mich von beiden und mache mich auf den Weg zu Ray.

Eine Mischung aus Enttäuschung über das Gespräch mit meinen Eltern und der Vorfreude auf den Besuch bei Ray machen sich in meiner Magengegend breit. Je mehr Distanz ich zwischen Dad und mich bringe, umso aufgeregter werde ich.

33

RAY

Becs Nachricht hat mich überrumpelt und doch habe ich ihr sofort zugestimmt. Das bedeutet natürlich nicht, dass ich weniger neugierig bin, was passiert ist.

»Hey Dad«, sage ich, als ich in die Küche gehe. »Könntest du etwas mehr *Mac and Cheese* machen? Bec kommt wohl heute schon.«

»Bec kommt heute schon?«, hakt Ivy nach, die am Küchentisch sitzt und von ihren Übungsblättern aufsieht. »Ist etwas passiert?«

»Keine Ahnung.« Ich zucke mit den Achseln. »Das werden wir aber vielleicht gleich herausfinden.«

»Wir haben auf jeden Fall genug Essen für uns alle.« Dad deutet mit der Hand in den Ofen. »Ivy, würdest du schon mal den Tisch decken?«

»Klar, ich bringe nur schnell meine Lernsachen in mein Zimmer.« Meine kleine Schwester legt ihre Sachen auf einen Stapel, nimmt ihn hoch und verschwindet in den Flur. Kurze Zeit später höre ich, wie sie die Treppe hinaufgeht.

Ich laufe zu unserem Küchenschrank und hole schon mal Gläser, die ich auf dem Tisch verteile.

»Es ist schön, dass ihr wieder zueinander findet.« Dads Worte überraschen mich. »Sie tut dir gut.«

Wärme durchflutet meinen Körper bei seinem Gesagten.

»Das spüre ich auch, Dad«, gestehe ich ihm. Dad kommt zu mir an den Esstisch.

»Glaub an euch.« Er legt mir eine Hand auf die Schulter. »Und glaub vor allem an dich.«

Etwas tief in mir wird angestoßen. Es ist, als würde Dad eine Stelle berühren, die ich lange versteckt gehalten habe. Die in meinem Kummer untergegangen ist. »Ich gebe mein Bestes, Dad.« Und auch wenn das ein großes Versprechen ist, weiß ich, dass Dad immer für mich da sein wird. Das zeigt mir die sachte Berührung an meiner Schulter. Egal, was ist.

Die Klingel unterbricht unser Gespräch.

»Ich geh schon!«, ruft Ivy, die gerade die Treppe herunterstürmt. Es ist zu hören, wie sie die Türe aufreißt. »Hallo!«

»Hey«, höre ich Bec, »ist Ray da?« Der Ton in ihrer Stimme ist anders.

Verunsichert davon, gehe ich in den Flur hinaus. Bec steht im Türrahmen, eine Tasche baumelt an ihrer Schulter. Mein Bauchgefühl sagt mir, dass sie ein paar Minuten braucht, um anzukommen.

»Ivy, kannst du uns bitte kurz allein lassen?«, bitte ich meine kleine Schwester.

»Klar.« Sie nickt und geht.

»Hey Bec.« Ich gehe zu ihr und nehme ihr die Tasche ab. »Was ist los?«

»Ich habe mich mit meinem Dad gestritten«, flüstert sie. Tränen rinnen über ihre Wangen und sie schnieft beinahe lautlos.

»Oh nein, warum?«, frage ich sie mitfühlend und schließe sie in meine Arme. Sie vergräbt ihren Kopf an meiner Halsbeuge. Innerhalb kurzer Zeit ist der Stoff meines Shirts nass.

»Kannst du mich bitte einfach nur im Arm halten?« Ihre Stimme ist dünn, kurz vor dem Abbrechen.

»Natürlich.« Ich küsse sie auf den Scheitel. »Sag mir, wenn du reden möchtest.«

»Später.« Sie schluchzt und kuschelt sich enger an mich.

Keine Ahnung, wie lange dieser Moment zwischen uns andauert. Ich weiß nur, dass es sich unglaublich anfühlt. In diesen Minuten, die wir hier eng umschlungen stehen, wird mir klar, wie wichtig ich für sie bin. Welchen Halt ich ihr trotz allem, was zwischen uns war, gebe. Und das ist etwas, das ich nicht mehr missen möchte.

»Essen ist fertig«, ruft Dad, der von alldem scheinbar nichts mitbekommen hat.

Ich löse mich von Bec und sehe sie an. »Möchtest du mit meinem Dad und Ivy essen?«

»Sehr gern.« Sie wischt sich über die Wangen. »Vorher sollte ich allerdings mein Gesicht frisch machen.« Mit der Hand deutet sie auf das kleine WC, welches sich am Ende des Flurs befindet. »Ich komme sofort nach.«

»In Ordnung«, sage ich und gehe schon mal zu meiner Familie. Dad und Ivy sitzen bereits und unterhalten sich über etwas, dem ich nicht ganz folgen kann. Meine Gedanken schweifen zu Bec, die so bitterlich geweint hat. Was ist nur zwischen ihr und ihren Eltern vorgefallen? Wegen was haben sie gestritten? Ging es dabei um mich?

Letzteres erschreckt mich und lässt meine innere Stimme lauter werden. *Schau, du zerstörst ihr Leben schon wieder!*

Kaum merklich schüttle ich den Kopf. *Nein, ich werde dir jetzt ganz bestimmt keine Chance geben, mir diesen Abend zu versauen!*, denke ich.

»Wo bleibt Bec?«, erkundigt sich Dad, als ich den Stuhl herausziehe und mich an den Tisch setze. »Ist sie wieder gegangen?«

»Nein«, erwidere ich, »sie ist nur kurz auf die Toilette.«

Dad nickt, runzelt dennoch die Stirn. Natürlich fällt ihm auf, dass irgendwas ist. Natürlich haben auch sie geahnt, dass etwas vorgefallen sein muss. Schließlich war geplant, dass sie frühestens ab Montag da sein wird.

»Hallo Grayson!« Bec kommt herein. »Danke, dass ich so spontan mitessen darf.«

»Kein Problem, Bec. Du bist jederzeit willkommen«, begrüßt Dad sie mit einem breiten Grinsen. Ihre Miene hellt sich gleichzeitig auf und sie nimmt neben mir Platz.

Das gemeinsame Essen mit Dad und Ivy vergeht mit vielen Gesprächen über New York, Becs Pläne, Ivys momentanen Stand bezüglich der Collegebewerbungen und Dads bevorstehender OP. Dabei fühlt es sich an wie früher, als wir beinahe täglich zusammensaßen, um zu frühstücken, Kuchen zu essen oder Abend zu essen. Besonders nach Moms Tod hat sich das zwischen uns etabliert und ist ein festes Ritual in unserem Alltag geworden. Dennoch verabschieden Bec und ich uns ziemlich schnell und ziehen uns in mein Haus zurück. Mir brennen so einige Fragen unter den Nägeln, die ich Bec unbedingt stellen möchte.

»Sollen wir noch einen Film sehen?«, frage ich, als wir in meinem Wohnbereich sind. »Wir könnten uns was auf *Netflix* anschauen.«

»Das klingt gut«, willigt Bec ein. »Wie wäre es mit etwas Actiongeladenem?«

»Kein Problem. Setz dich doch schon mal.« Ich deute mit dem Kopf auf das Sofa, welches sich vor meinem Fernseher befindet. »Hier ist die Fernbedienung. Such dir einfach was aus.«

»Okay«, antwortet sie und öffnet den Streamingdienst, während ich Chips aus meinem Schrank hole, diese in eine Schüssel fülle und anschließend zurücklaufen will. Bec ist vollkommen fokussiert auf den Bildschirm, klickt sich durch die Programme und kaut auf der Innenseite ihrer Wange, wie sie es früher immer getan hat, wenn sie konzentriert ist. Ich nehme mir eine Sekunde, um sie zu beobachten. Ihr braunes Haar hat sie zu einem hohen Zopf gebunden und sie zwirbelt die Haare zwischen den Fingern ihrer freien Hand. Sie kneift die Augen zusammen, als müsse sie etwas lesen, das sie kaum erkennen kann. Und doch sieht sie dabei so süß und gleichzeitig perfekt aus, dass mir ganz warm ums Herz wird.

Mit einem Lächeln auf den Lippen gehe ich zu ihr hinüber und stelle die Chips auf den Couchtisch. »Hast du was gefunden?« Ich lasse mich neben Bec auf das Sofa sinken.

»Jap. Es ist ein Film, den ich zumindest noch nicht gesehen habe.« Sie zuckt mit den Achseln. »Passt der für dich?«

Mir ist egal, was im Fernsehen läuft, solange ich die Zeit mit dir verbringen kann. »Klar passt das«, antworte ich statt meiner gedachten Worte und lege ihr einen Arm um die Schultern. Als hätten wir uns abgesprochen, kuschelt sie sich an meine Seite und lehnt ihren Kopf an meine Brust. Sanft streiche ich über ihre Schulter und warte auf den passenden Moment, um sie auf ihre Eltern anzusprechen.

»Bec, darf ich dich was fragen?«, überwinde ich mich.

»Klar, schieß los.« Sie schiebt sich ein paar Chips in den Mund.

»Wegen was hast du dich mit deinen Eltern gestritten?« Ich könnte wetten, dass

sie meinen Herzschlag hören kann. Ich habe, obwohl ich es wissen möchte, eine Heidenangst vor ihrer Antwort.

Sie schluckt und dreht sich zu mir. »Mein Dad …« Sie hält inne. »Dad ist nicht zufrieden damit, wie ich mich entscheide. Er möchte nicht, dass ich mich mit dir treffe.«

Ein beklemmendes Gefühl legt sich auf meine Brust. »Ist es, weil ich –«

»Es ist vor allem wegen früher«, schneidet sie mir das Wort ab. »Dad hat Angst davor, dass du mich erneut verletzen könntest. Da ich dir aber vergeben habe und du eine zweite Chance verdienst, haben wir gestritten. Dad hat mir Vorwürfe gemacht, weil er denkt, ich treffe die falsche Entscheidung.« Verlegen wendet sie den Blick von mir ab.

Was ist denn, wenn du sie erneut verletzt?, stichelt die Stimme in meinem Kopf. *Hör auf ihren Dad. Immerhin hast du es schon einmal geschafft, ihr das Herz zu brechen.*

Bec bemerkt, dass ich abschweife. Daraufhin nimmt sie liebevoll mein Gesicht in ihre Hände, damit ich meine Aufmerksamkeit wieder auf sie richte. »Du hast diese zweite Chance mehr als verdient, verstehst du? Egal, was in der Vergangenheit passiert ist. Ich habe dir vergeben. Nur das zählt.«

Unfähig, etwas zu sagen, nicke ich bloß. Meine Kehle ist trocken und ich fühle mich schlecht. Allem voran, weil ich ihrem Dad in gewisser Weise recht geben muss.

»Ray«, flüstert sie. »Was auch immer du gerade denkst, Dads Meinung ist mir egal. Mir ist wichtig, dass wir selbst herausfinden, was wir wollen und was *uns* guttut. Du hast es verdient, geliebt zu werden. Egal, was passiert ist.«

Die Härchen an meinem ganzen Körper richten sich auf,

während Wärme durch jeden Zentimeter meines Körpers fließt.

Trotzdem ist da dieser Zweifel, der mich noch immer daran hindert, ihr zu glauben. »Bist du dir sicher? Ich habe schreckliche Angst davor, dich nochmal zu verletzen«, gestehe ich ihr. Unsere Blicke sind ineinander verhakt, lassen alles um uns herum in weite Ferne rücken.

»Ja, ich bin mir mehr als sicher.« Bec beugt sich zu mir, ihre Körperhaltung signalisiert, wie überzeugt sie ist. »Ich vertraue dir und glaube an uns.« Entschlossen greift sie nach meinen Händen, verschlingt unsere Finger miteinander und schickt damit ein Kribbeln durch meine Nervenbahnen.

Glaub an euch, schießt mir Dads Gesagtes in den Kopf. *Und glaub vor allem an dich.*

»Ich glaube auch an uns«, flüstere ich und versinke in ihren Augen. Mit einem Mal nimmt die Spannung zwischen uns zu. Becs Wangen röten sich, als sie mit ihrer Zunge über ihre Lippen fährt. Erwartungsvoll schaut sie mich an, wobei sich ein sehnsüchtiger Ausdruck auf ihr Gesicht legt.

Nach allem, was zwischen uns war und noch ist, lasse ich dieses Mal nicht zu viel Zeit verstreichen. Und doch achte ich darauf, nicht zu voreilig zu sein.

Unsere Münder treffen aufeinander, unsere Zungen nehmen sofort ihr Spiel auf. Bec erkundet meinen Mund, während meine Hände über ihren Rücken hinab zum Saum ihres Oberteils gleiten. Sofort schiebe ich meine Finger unter ihr Shirt, raffe es und ziehe es mit einem Ruck über ihren Kopf. In einem rosa Spitzen-BH sitzt sie vor mir, schaut mich keck an. Ohne abzuwarten, entledigt sie mich meines T-Shirts, so dass sie volle Sicht auf meinen nackten Oberkörper hat. Mit ihren Fingern fährt sie an meinem Hals hinunter, über meinen Brustkorb, hin zu meinem Bauchnabel. Unterdessen küsst sie mich erneut, klettert auf meinen Schoß und presst ihren Körper an meinen. Es ist, als könnte sie mich nicht nahe genug bei sich haben. Als bräuchte sie mich zum Atmen.

Hitze durchflutet meinen Körper, ballt sich in meiner Lendengegend. Und doch mischt sich etwas anderes zu dieser Sehnsucht: Geborgenheit.

Becs Hände streichen über meinen Rücken, erforschen

jeden einzelnen Muskel meines Rückgrats und ein angenehmer Schauer durchfährt mich. Währenddessen wandern meine Finger zu ihrem BH, den ich in nur einem Atemzug öffne. Sanft streiche ich hinauf zu ihren Schulterblättern, dabei erschauert Bec und ihr Körper wird von einer Gänsehaut überzogen. Obwohl wir das hier in der Vergangenheit so oft getan haben, bin ich aufs Neue fasziniert davon, wie sie auf mich reagiert.

»Ich will dich«, flüstert Bec an meinem Mund und nestelt an meiner Jeans. »So sehr.«

Nervosität macht sich in mir breit, als wäre das hier mein erstes Mal. *Unser* erstes Mal. »Ich dich auch«, wispere ich und helfe ihr dabei, den Knopf meiner Hose zu öffnen. Sobald das gelingt, hebe ich sie hoch und lege sie mit dem Rücken auf das Sofa. Bec beugt sich zu mir, zerrt an meiner Jeanshose, so dass ich schnell aus ihr herausschlüpfe und sie achtlos auf den Boden fallen lasse. Anschließend wende ich mich Becs Hose zu, die ich ihr ebenfalls ausziehe.

Ich knie mich zwischen ihre Beine, während ihre Hände an meinem Brustkorb ruhen. Ihre Wangen sind gerötet und sie kaut auf ihrer Lippe, als könne sie kaum erwarten, was als Nächstes passiert.

Sanft beuge ich mich zu ihr, drücke meine Lippen auf ihre und ziehe eine Spur aus Küssen von ihrem Mund über ihren Hals zu ihren Brüsten. Diese umfasse ich mit meinen Händen und knete sie, während ich mit der Zunge an ihren Brustwarzen spiele. Bec entfährt ein Stöhnen, sie krallt sich in mein Haar und umschließt meinen Rücken mit ihren Beinen. Befeuert von ihrer Reaktion, setze ich meinen Weg fort, küsse jeden Zentimeter zwischen ihren Brüsten und ihrem Unterleib. Dabei genieße ich, wie sie unter mir zerfließt und gar nicht genug von meinen Berührungen bekommen kann.

Als ich bei ihrer Mitte angelange, unterbreche ich kurz und sehe zu ihr auf. Ihre Lippen sind leicht geöffnet, die Lider geschlossen. Ich weiß genau, dass sie es kaum erwarten kann, bis ich weitermache. Deshalb lege ich meinen Finger auf ihre empfindlichste Stelle und zeichne rhythmische Kreise. Bec reckt mir ihr Becken entgegen, als könne sie nicht genug davon bekommen. Ihre Hände ballt sie zu Fäusten, ihr Körper spannt sich mit jeder Sekunde mehr an.

»Ray.« Sie seufzt. »Ich will dich spüren. In mir.« Sie schaut mir tief in die Augen.

Mein Herz pocht mir bis zum Hals. Eine Mischung aus Aufregung und Vorfreude macht sich in mir breit. Ich küsse sie liebevoll.

»Ich hole kurz ein Kondom«, sage ich, stehe auf und gehe zur Treppe, die in meinen Schlafbereich führt. Dort hole ich aus einem der Fächer ein Päckchen.

Gerade als ich das Päckchen öffnen und das Gummi auspacken möchte, erhebt sich Bec und kommt zu mir. Sanft streift sie mit dem Finger über meine Härte und schickt damit ein Feuerwerk durch sämtliche Synapsen meines Körpers. Ich lege den Kopf in den Nacken, gebe mich der Liebkosung hin. Bec umschließt meine Länge mit ihrer Hand und massiert sie. Meine Gedanken sind wie in Watte gepackt, weit weg. Alle Zweifel, Ängste und Sorgen rücken in die Ferne. Wärme sammelt sich in meinem Bauch und schwappt in Wellen durch mich hindurch.

»Stopp«, knurre ich und halte Becs Hand fest. »Wenn du so weitermachst, wird das nichts mehr.«

Unschuldig und voller Begehren sieht sie mich an. Ohne länger zu zögern, packe ich das Kondom aus und rolle es über. Sehnsucht spiegelt sich in Becs Gesicht wider. Ich beuge mich zu ihr, küsse sie, lasse meine Zunge mit ihrer tanzen, und schiebe sie vorsichtig zur Couch zurück. Anschließend lege ich ihr meine Hand auf den Rücken und platziere Bec auf dem Sofa. Ich dränge mich zwischen ihre Beine.

»Bist du dir sicher?«, frage ich sie, während ich jeden Zentimeter ihres Körpers betrachte, als würde ich ihn zum ersten Mal sehen.

»Mehr als das«, murmelt sie, greift in meinen Nacken und zieht mich zu sich herunter. Bevor unsere Münder aufeinandertreffen und ich in sie hineingleite, halte ich inne. Zärtlich streiche ich über ihre Wange. Pures Glück durchströmt mich, in dem Wissen, sie an meiner Seite zu haben. In ihren karamellbraunen Iriden schimmert das Vertrauen, von dem ich nie gedacht hätte, es wiederzusehen. Bedingungslose Zuneigung, die ich verloren geglaubt habe.

Ungeduldig kommt mir Bec näher, legt ihre Lippen auf meine. Sie reckt mir ihr Becken entgegen, bereit dazu, eins mit mir zu werden. Vorsichtig dringe ich in sie ein und werde sofort vom Gefühl der Verbundenheit empfangen. Während wir einen gemeinsamen Rhythmus finden, stelle ich einmal mehr fest, dass das zwischen uns viel mehr als Sex ist. Nicht nur unsere Körper lieben einander, sondern auch unsere Seelen. Meine Gedanken verflüchtigen sich und die Emotionen überrollen mich. Bec stöhnt an meinem Mund und treibt mich damit näher an meinen Orgasmus. Sie umklammert meine Hüften mit ihren Beinen, drückt sich an mich und krallt ihre Hände in meinen Rücken, als hätte sie Sorge, mich jederzeit wieder zu verlieren. Doch das wird nicht passieren.

»Ray«, stöhnt sie, und ihre inneren Muskeln schließen sich um meine Härte. Ihr Körper erzittert und sie keucht auf, als sie ihren Höhepunkt erreicht. Sie klammert sich fester an mich, als suche sie Halt, während sie sich verliert. Es dauert nicht lange, bis ich ihr folge. Alles in mir explodiert, fließt durch sämtliche Nerven meines Körpers. Und während mich der Orgasmus vollständig einnimmt, spüre ich die bedingungslose Liebe zu Bec, die ich nie verloren habe.

Keuchend stütze ich mich auf meinem Ellenbogen ab. Mein Herz schlägt so fest, dass ich Angst habe, es könnte mir aus der Brust springen. Nur langsam kommen wir wieder zu Atem, sehen einander an. Bec strahlt trotz – oder gerade wegen – den verstrubbelten Haaren und ihren geröteten Lippen eine tiefe Zufriedenheit aus.

Sie legt ihre Hand auf meine Wange, während wir noch immer miteinander verbunden sind. »Ich liebe dich.«

Ihre Worte treffen mich bis ins Mark. Ein wohliger Schauer läuft mir über den Rücken. »Ich liebe dich auch«, erwidere ich und küsse sie auf die Stirn. Diese Verbindung zwischen uns hat etwas Magisches. Etwas, das ich trotz unserer gemeinsamen Vergangenheit noch nie gespürte habe. In diesem Moment bin ich mir so sicher wie noch nie, dass ich Bec nie wieder verlieren möchte.

34

BEC

Das Klappen einer Tür weckt mich. Verschlafen und mit geschlossenen Augen drehe ich mich zur Seite, suche mit meiner Hand nach Ray, der sich am gestrigen Abend an mich gekuschelt hatte. Langsam kommen die Erinnerungen zurück. Unser Sex, der mehr als nur eine körperliche Verbindung war. Eine tiefe Zufriedenheit durchströmt mich und vermischt sich mit Dankbarkeit bei den Gedanken daran.

Erneut vernehme ich ein Geräusch und ich reiße die Augen auf. Dieses Mal ist es das Klirren von Glas.

»Ray?«, flüstere ich in die Dunkelheit. Der Platz neben mir ist frei und ich luge über den Rand der Brüstung, die den Schlafbereich vom Essbereich trennt. Ray steht an der Küchentheke, die Hand zur Faust geballt. Sein Kiefer ist fest aufeinandergepresst, als hätte er starke Schmerzen. Vor ihm steht ein Whiskey-Glas, daneben eine Flasche mit brauner Flüssigkeit. Er nimmt die Glasflasche in die Hand, schraubt sie auf und legt den Verschluss auf die Theke. Danach gießt er sich etwas davon in das Glas.

»Ray«, sage ich etwas lauter, doch es ist, als könnte ich ihn nicht erreichen.

Mist. Mist. Mist!, fluche ich. Hastig hole ich ein T-Shirt aus einem der Regale neben mir und schlüpfe hinein. Anschließend laufe ich die Treppe hinunter und durchquere den Raum mit leisen Schritten.

Bei ihm angekommen, berühre ich ihn an der Schulter und er zuckt zusammen. Er dreht sich zu mir, seine Augen sind gerötet. »Bec.« Seine Stimme ist brüchig und in seinen Iriden sehe ich den Sturm, der in ihm tobt.

»Was ist los?« Ich lange nach seiner Hand, umklammere seine Faust mit meinen Fingern.

Sein Blick huscht zu der Glasflasche, die noch immer in seiner Hand ist. »Ich … kann nicht.« Angst steht ihm ins Gesicht geschrieben, als er die Flasche abstellt und nach dem Glas greift.

»Was kannst du nicht?«

»Widerstehen.« Er hebt es an die Lippen, bereit, daraus zu trinken.

»Stopp!« Vorsichtig umschließe ich seinen Unterarm und halte ihn auf. »Tu das nicht.«

»Ich kann nicht.« Leere spiegelt sich in seinem Blick. »Ich kann nicht.«

»Ray.« Diesmal ist meine Stimme fest, bestimmend. »Du bist stärker, hörst du?«

»Nein.« Beim Anblick seiner Verzweiflung zerbricht mir beinahe das Herz.

»Wir schaffen das – gemeinsam«, versuche ich ihn davon abzubringen, seinem Drang nachzugeben. »Du bist nicht allein.« Seine Faust, die ich mit meiner Hand noch immer umfasse, lockert sich. »Ich bin bei dir.«

»Bec«, flüstert er und sieht mich an. Langsam kehrt Leben in seinen Ausdruck zurück. Es ist, als würde der Ray, der sich nach einer Betäubung verzehrt, dem *normalen* Ray weichen. Er blickt auf das Glas in seiner Hand. »Ich …« Er stellt das Glas ab und verbirgt sich in seinen Händen.

»Hey«, wispere ich, als ich ihn schluchzen höre. Seine Schultern beben und ich weiß mir nicht anders zu helfen, als ihn in den Arm zu nehmen. Ihm das zu geben, was ihm hoffentlich hilft. »Ich bin da«, wiederhole ich immer wieder, während er seinen Emotionen freien Lauf lässt. Gleichzeitig frage ich mich, was passiert ist, das ihn so aus der Bahn geworfen hat. Schließlich haben wir einen schönen Abend miteinander verbracht und … ja, es wirkt, als wäre alles in

Ordnung. Abgesehen von der bevorstehenden OP seines Dads. Ob das der alleinige Grund für seinen inneren Kampf ist?

Nach einer Weile beruhigt sich Ray und er holt eine Packung Taschentücher aus einer der Schubladen an seiner Küche, um sich zu schnäuzen. Er starrt dabei die braune Flüssigkeit an, und ich verspüre das Bedürfnis, sie einfach auszukippen. Da ich nicht weiß, wie Ray darauf reagiert, halte ich mich allerdings zurück.

»Was ist los?«, frage ich stattdessen.

»Ich … ich habe schlecht geträumt. Vom Unfall, bei dem Dad schwer verletzt wurde.« Er seufzt. »Und dann … es war, als würde ich erneut in einen Strudel fallen. Mir ist in den Sinn gekommen, was dein Dad über mich gesagt hat und irgendwie … es hat eins zum anderen geführt.«

Ich streiche ihm über den Rücken und überlege, wie ich ihm am besten helfen kann. Welche Worte ich wählen soll, aus Angst, er könnte es falsch verstehen. »Mir ist egal, was Dad sagt«, beginne ich, »mir ist wichtig, was wir fühlen.« Ich ziehe Ray zu mir, lege seine Hand auf meine Brust. »Hier drinnen fühle ich nichts als Liebe für dich.«

Er sieht mir in die Augen, als könne er kaum glauben, was ich da sage. Um meine Aussage zu unterstreichen, ziehe ich seinen Kopf zu mir herunter, gehe auf die Zehenspitzen und hauche ihm einen Kuss auf die Stirn.

»Danke. Du hast mich gerettet. Wärst du nicht aufgewacht, dann …«

»Das ist vollkommen egal. Nur das Hier und Jetzt zählt.« Aufmunternd lächle ich ihn an. »Ich habe dir versprochen, dass ich für dich da bin. Daran halte ich mich auch.«

Seine Miene erhellt sich, auch wenn sein Lächeln nicht so intensiv ist, wie ich es kenne. Wie automatisch wandern seine Augen von mir zur Flasche. Er runzelt die Stirn, als würde er überlegen, was er damit machen soll. Nur wenige Augenblicke später löst er sich von mir, nimmt die Glasflasche und kippt die braune Flüssigkeit in den Abfluss.

Während ich zusehe, wie der Inhalt verschwindet, fällt mir ein Stein vom Herzen.

»Danke«, murmelt Ray, als die Flasche leer ist und er sie

auf die Theke stellt. »Danke, dass du mir die Augen geöffnet hast.«

Am liebsten würde ich ihn darauf aufmerksam machen, dass ich nicht immer für ihn da sein kann – zumindest in physischer Form. Schließlich bin ich in wenigen Wochen wieder in New York, um mein Studium zu beenden. Als ich Ray anschaue und das Abflachen des Sturms in seinen Augen sehe, entscheide ich mich allerdings dagegen, ihn jetzt darauf anzusprechen. Es wäre zu viel.

»Legen wir uns noch eine Weile hin?«, frage ich ihn stattdessen und hoffe insgeheim, noch ein paar Stunden Schlaf zu bekommen.

Er nickt, nimmt mich an der Hand und führt mich zur Treppe. Sobald wir beide hinaufgestiegen sind und uns hingelegt haben, dränge ich mich an ihn. Sein Körper strahlt die Wärme und Geborgenheit aus, die ich in den letzten Jahren vermisst habe.

Den Kopf an Rays Schulter gebettet, genieße ich die zärtlichen Berührungen an meinem Kopf und finde trotz der Geschehnisse schnell in einen tiefen Schlaf.

DER FOLGENDE TAG vergeht wie im Flug. Ivy hilft ihrem Vater dabei, die Tasche für den bevorstehenden Aufenthalt in der Klinik zu packen. Unterdessen bereiten Ray und Isaac alles für die kommenden Aufträge vor.

Ich ziehe mich in Rays Haus zurück, koche, backe und bringe Ray und Isaac Kaffee. In ruhigen Minuten suche ich nach Therapeuten in der Umgebung, die ich Ray vorschlagen kann.

So ungern ich Ray mit vergangener Nacht konfrontieren möchte, wiegen die Sorgen um ihn größer.

In nur wenigen Wochen werde ich Brokenville verlassen und nach New York zurückkehren, um mein Grundstudium abzuschließen. Das bedeutet, dass uns zwei Stunden voneinander trennen und ich ihn nicht auffangen kann, wenn er erneut einen Rückschlag erleidet. Abgesehen davon sind seine

Dämonen so tief, dass er unbedingt eine professionelle Stütze braucht, um das Geschehene aufzuarbeiten.

Ich sitze gerade am Tisch, habe mich über mein Smartphone gebeugt und schreibe Telefonnummern von Therapeuten auf einen Block, als er hereinkommt.

»Bec!« Sein Lächeln reicht von einem Ohr zum anderen, als er auf mich zukommt und mich küsst. »Was machst du?« Mit seinem Kopf deutet er auf mein Handy und den Notizblock mit den Nummern.

Mein Puls rast, während ich nach den richtigen Worten suche, um ihn möglichst schonend mit meinen Bedenken zu konfrontieren. »Mir hat gestern Nacht zu denken gegeben«, platze ich heraus.

»Was meinst du?« Das Lächeln auf seinen Lippen verschwindet augenblicklich.

»Dein Verhalten bereitet mir Sorgen«, gebe ich zu. »In wenigen Wochen bin ich wieder in New York, und ich möchte, dass du jemanden an deiner Seite hast, der dich unterstützen kann.«

Ray runzelt die Stirn. Sein Gesicht spiegelt Überraschung, aber auch einen Anflug von Wut wider. »Suchst du mir einen Therapeuten?«

»Jein.« Ich seufze und lange nach seiner Hand, um sie mit meiner zu verschlingen. Als er zurückweicht, überrollt mich Angst. Ob es zu früh war, ihn darauf anzusprechen? »Mir ist nicht wohl bei dem Gedanken, wieder am Campus zu sein und dich ohne Hilfe zu wissen.«

»Ich habe Ivy, Isaac und Dad. Das muss ja wohl reichen«, erwidert er mit einem zynischen Unterton. Die Hände vor der Brust verschränkt, steht er vor mir.

»Nein, tut es nicht«, gebe ich zurück und stehe auf, um mit ihm auf Augenhöhe zu sein. »Du brauchst jemanden, der dir hilft, mit deinen Gefühlen umzugehen und das Vergangene zu verarbeiten.«

Rays Kiefer mahlt. »Woher willst du das wissen?« Seine Frage klingt eher so, als würde er sie an sich selbst richten.

»Weil ich es heute Nacht mitbekommen habe.« Ich strecke meine Hand nach seinem Unterarm aus und bin erleichtert, als er die Berührung zulässt. »Du würdest niemals mit Ivy, Isaac oder deinem Dad darüber reden. Und ich möchte dich in guten Händen wissen. Bei jemandem, der dich unterstützt, so wie nicht mal ich das kann.«

»Ich krieg das schon allein hin«, meint er trotzig. Dabei passt sein Gesichtsausdruck so gar nicht zu dem, was er mir eigentlich vermitteln möchte.

»Du musst es nicht sofort entscheiden, aber bitte denk darüber nach.« Versöhnlich hebe ich die Hände. »Ich möchte nur wissen, dass es dir gut geht.« Es wäre gelogen, wenn ich behaupten würde, Ray solle sich Zeit lassen. In Anbetracht der Tatsache, wie lange man auf einen Therapieplatz wartet, würde ich ihn am liebsten eigenhändig zu einer Praxis schleifen und hoffen, baldmöglichst einen Termin für ein Erstgespräch zu bekommen. Allerdings befürchte ich, der Schuss könnte nach hinten losgehen. Zumal auch noch die OP von seinem Dad ansteht und das für Ray im Moment die höchste Priorität hat – verständlicherweise. »Hier.« Ich reiche ihm den Block mit den Telefonnummern. »Das sind Praxen, die eine sehr gute Bewertung haben. Vielleicht schaust du sie dir mal im Internet an und rufst unverbindlich an.«

Ray sieht auf den Zettel, scheint ihn beinahe zu studieren. In diesem Augenblick wünsche ich mir nichts sehnlicher, als seine Gedanken lesen zu können. »Vielleicht.« Er zuckt mit den Achseln und legt den Notizblock zur Seite. »Wegen was ich eigentlich hier bin«, wechselt er das Thema, »Dad, Isaac und Ivy möchten Essen bestellen. Dads Wunsch ist Sushi, weil er glaubt, dass er es nicht mehr so schnell bekommt.«

Obwohl mich Rays Reaktion enttäuscht, stimme ich zu. Mehr als ihn zu unterstützen und für ihn da zu sein, kann ich im Moment nicht. »Das klingt fantastisch.« Ich beuge mich zu ihm, um meine Lippen auf seine zu legen und ihn fest an mich zu drücken. »Habt ihr schon was ausgesucht?«

»Nein, noch nicht. Dad, Ivy und Isaac haben gerade die Speisekarte gelesen, als ich dich holen wollte.«

»Dann sollten wir uns wohl beeilen, dass wir uns auch noch etwas aussuchen können. Nicht dass sie den halben Laden leer kaufen«, scherze ich.

»Genau.« Ray lacht und greift nach meiner Hand, um mich hinter sich aus dem Haus zu führen.

Und während wir gemeinsam zu seiner Familie gehen, wird mir etwas bewusst.

Eine Fernbeziehung zwischen uns macht mir weniger Angst als die Tatsache, dass Ray noch nicht bereit dazu ist, von selbst Hilfe anzunehmen.

35

RAY

Heute steht Dads Operation an und ich bin so froh, Bec an meiner Seite zu wissen. Sie sitzt mit Ivy in der Küche und lenkt meine kleine Schwester mit Übungen für den Abschluss ab, während Isaac und ich die anstehenden Aufträge abarbeiten.

Seit gut bald zwei Stunden ist Dads OP geplant und wir haben bisher noch nichts gehört. Diese Tatsache macht mich unglaublich nervös. Was ist, wenn etwas schiefgegangen ist?

»Gibst du mir mal den Ölfilterschlüssel?«, bittet mich Isaac, der gerade den Ölfilter eines Fahrzeugs wechselt.

»Klar.« Ich reiche ihm das genannte Werkzeug und versuche, meine Überlegungen abzuschalten. Es bringt sowieso nichts, wenn ich mir den Kopf zerbreche.

Und ich möchte dich in guten Händen wissen. Bei jemandem, der dich unterstützt, so wie nicht mal ich das kann.

Warum muss ich ausgerechnet jetzt an Becs Worte denken? *Vielleicht, weil du seit dem Gespräch mit ihr die Liste mit den Telefonnummern der Therapeuten mit dir herumträgst*, erinnert mich eine Stimme in meinem Kopf. Und diese verdammte Telefonliste scheint mir beinahe ein Loch in die Hosentasche zu brennen. Als würde sie nur darauf warten, dass ich sie endlich heraushole und jede einzelne Praxis anrufe.

Aber bin ich dafür schon bereit?

»Was ist los?«, hakt Isaac nach und holt mich in die Gegenwart.

»Ich denke nur über Dads OP nach.« Immerhin die halbe Wahrheit.

»Wieso glaube ich, dass da mehr ist?«

»Keine Ahnung? Vielleicht interpretierst du zu viel in mein Schweigen?«, gebe ich zurück. »Was brauchst du als Nächstes?«

»Einen Lappen.«

Gesagt, getan. Ich gebe ihm einen, und er wischt sich seine Hände daran ab. Unterdessen mustert er mich intensiv, als könnte er meine Gedanken lesen oder in meinen Kopf schauen.

»Was ist?«

»Du bist komisch. Hast du mit Bec gestritten?«, mutmaßt er. »Oder hast du …«

Die Tür zur Werkstatt wird aufgerissen und Ivy kommt hereingestürmt. »Dad hat die OP gut überstanden!« In ihren Augen glitzern Tränen der Erleichterung. »Er ist in den Aufwachraum geschoben worden, und wir können ihn noch heute Abend besuchen!« Sie fällt mir um den Hals, drückt sich fest an mich.

Mit einem Mal verpuffen meine Sorgen um Dad. Auch wenn er noch eine lange Reha vor sich hat, ist der erste Meilenstein geschafft. »Danke, dass du uns gleich Bescheid gegeben hast«, sage ich. »Ab jetzt geht es nur noch bergauf.« Freude macht sich in mir breit und mischt sich mit Zuversicht.

»Ja!« Ivy schluchzt. »Kommt ihr später mit zu ihm?«

»Auf jeden Fall«, erwidere ich. »Sobald Isaac und ich die letzten Aufträge erledigt haben, machen wir uns auf den Weg.«

Meine kleine Schwester löst sich von mir. »Okay, ich gebe Bec Bescheid.« Die Art und Weise, wie sie das sagt, erfüllt mich mit Zufriedenheit und verstärkt die aufkeimende Zuversicht. Es wird alles gut, da bin ich mir sicher.

»Okay. Wir geben dann wohl Gas, oder?«, meint Isaac an mich gewandt, und ich nicke.

Innerhalb der nächsten Stunden arbeiten wir unser Soll ab. Während ich mich um den Bürokram und die Terminvereinbarung mit den Kunden kümmere, werkelt Isaac an den Fahrzeugen. Er tut das mit einer solchen Leidenschaft, die ich vorher noch nie an ihm bemerkt habe.

»Fertig«, sagt er, als er die letzten Reifen gewechselt hat. »Was steht jetzt noch an?«

Ich sehe im Kalender nach. »Nichts mehr.«

Er hebt mir seine Hand hin und ich klatsche ab. »Tag geschafft!«, ruft er. »Kann ich bei euch duschen? Ich würde gern mit zu Onkel GrayGray ins Krankenhaus.«

»Kein Problem.« Ich zwinkere ihm zu und muss schmunzeln, als er Dads Spitznamen verwendet. Das hat er schon lange nicht mehr.

Isaac hebt die Hand und verabschiedet sich ins Bad, während ich die Werkstatt abschließe.

Gerade als ich das Licht ausschalten will, kommt mir die Liste mit den Therapeuten erneut in den Sinn. Ich sehe zur Uhr, deren Zeiger kurz vor sechzehn Uhr anzeigt. *Ob ich wohl noch Glück habe und jemanden erreiche?*, frage ich mich und hole das Papier hervor.

Mir wird ganz warm ums Herz, als ich sehe, dass Bec mir sogar die Sprechzeiten aufgeschrieben hat. In dieser Sekunde weiß ich, dass ich es zumindest probieren muss.

Die ersten Praxen teilen mir mit, dass sie derzeit voll sind und längere Wartezeiten haben. Bei den meisten lasse ich mich auf die Warteliste setzen, insofern sie eine haben. Es dauert eine gefühlte Ewigkeit, bis ich ein Erfolgserlebnis verbuchen kann.

»Sie könnten direkt am Montag in zwei Wochen einen Termin für ein Erstgespräch haben. Es ist allerdings in der Früh um acht«, sagt die Sprechstundenhilfe an der anderen Leitung, nachdem ich ihr mein Anliegen geschildert habe.

»Den nehme ich!« Ich brülle vor Freude fast ins Telefon und notiere mir den Termin auf dem Zettel von Bec.

»Sehr gern.« Im Hintergrund höre ich das Klicken der Tastatur. »Dann bräuchte ich nur Ihren Namen und Ihre Kontaktdaten.«

Nervös – und irgendwie befreit – nenne ich ihr die gewünschten Informationen.

»Bitte kommen Sie ungefähr zehn Minuten vorher in die

Praxis, damit wir die Unterlagen mit Ihnen durchgehen können«, bittet sie mich. »Anschließend findet das Erstgespräch statt.«

»Okay.« Ich atme tief durch und schließe die Augen. »Vielen Dank, dass es so schnell klappt.«

Die Sprechstundenhilfe verabschiedet sich mit freundlichen Worten von mir und legt anschließend auf. Mit gemischten, aber vor allem positiven Gefühlen starre ich auf das dunkle Display meines Smartphones.

»Ich habe es wirklich getan«, flüstere ich. »Ich habe mir wirklich einen Termin vereinbart.« Es wäre gelogen, wenn ich mir nicht eingestehen würde, zumindest ein bisschen stolz auf mich zu sein.

Was Bec wohl dazu sagen wird?, frage ich mich und knipse das Licht aus, bevor ich die Werkstatt verlasse.

Als ich mich auf den Weg zu meinem Haus mache und Bec in der Küche stehen sehe, halte ich für einen Moment inne.

Ob ich ihr wirklich schon davon erzählen soll? Einerseits glaube ich, dass sie sich freuen würde. Schließlich hat sie mir extra die Termine rausgesucht. Andererseits hat mir die Frau am Telefon auch gesagt, dass das Erstgespräch nicht gleich bedeutet, sofort einen Platz zu bekommen. Es gibt noch andere Fälle, die unter Umständen dringender sind, sich melden und vorgezogen werden könnten. Insgeheim hoffe ich allerdings, dass das nicht passieren wird. Für mich ist dieses Erstgespräch wie ein Licht am Hafen, nachdem ich dauerhaft auf dem freien Wasser geschwommen bin und keinen Ausweg gesehen habe.

Ich seufze und setze mich wieder in Bewegung. Als ich die Haustür erreiche, beschließe ich, Bec erstmal nichts von meinem bevorstehenden Gespräch mit einem Therapeuten zu erzählen. Zum einen möchte ich mich selbst nicht unter Druck setzen, falls es nicht mit dem Platz klappt. Zum anderen steht Dad im Vordergrund.

»Hey!« Bec dreht sich strahlend zu mir, als ich hineingehe. Mir schlägt der Geruch von Gebäck entgegen. Es kommt mir bekannt vor, ich kann es aber nicht einordnen.

Auf direktem Weg begebe ich mich zu ihr und lege ihr die

Arme um die Hüften, um sie an mich zu ziehen. Ich atme ihren Duft ein, genieße ihre Nähe. »Hallo«, flüstere ich, beuge mich zu ihr hinunter und hauche ihr einen Kuss auf die Wangen. Augenblicklich heben sich ihre Mundwinkel.

»Ich bin so froh, dass es deinem Dad gut geht.« Sie drückt mich fest an sich. »Wie geht's dir damit? Ivy meinte, ihr wollt ihn noch besuchen?«

»Und ich erst! Ich bin so froh, dass alles gut verlaufen ist.« Erleichterung durchströmt mich. »Wir fahren später zu ihm. Möchtest du mit?«

Skeptisch sieht sie mich an, eine Absage auf ihren Lippen.

»Glaub mir, er will dich genauso sehen. Schließlich bist du Familie für ihn«, komme ich ihr zuvor und küsse sie auf die Stirn.

»Okay, ich komme mit.« Sie lächelt mich an. »Aber vorher musst du unbedingt den Kuchen probieren, den ich gemacht habe.« Bec wackelt mit den Augenbrauen und deutet mit einem Nicken auf den Kuchen, der auf der Theke steht.

»Ist das Zitronenkuchen?«, frage ich.

»Jep. Nach dem Rezept von Granny.«

Eifrig hole ich ein Messer und zwei Teller heraus und schneide den Kuchen an. Ich lege sowohl ihr als auch mir ein Stück auf den Teller. Anschließend beiße ich genussvoll in meinen. Dabei erwartet mich eine Geschmacksexplosion aus einer Mischung aus fluffigem Teig und dem intensiven Geschmack nach Zitrone. »Wow, der ist so gut!« Ich seufze.

»Wirklich?« Erwartungsvoll sieht sie mich an.

»Klar! Ich schätze, wir sollten Dad ein Stück mitbringen.«

»Alles klar.« Sie holt eine Box aus meinem Regal und legt zwei Stücke Kuchen hinein.

»Darüber wird er sich bestimmt freuen«, meine ich, während ich mein Stück verputze.

Bec lächelt. »Wann sollen wir überhaupt los?«

Ich sehe zu der Uhr an meiner Wand. »Eigentlich in zehn Minuten. Und eigentlich wollte ich vorher noch duschen.«

»Dann geh schon.« Sie schiebt mich Richtung Bad. »Ich räume hier in der Zwischenzeit auf.«

»Alles klar!« Eilig gehe ich ins Bad, entkleide mich, stelle mich unter das prasselnde Wasser und genieße das Glücksgefühl, welches in meiner Magengrube so präsent wie noch nie ist.

36

BEC

Der Besuch bei Grayson nach seiner OP war schön. Die Grays sind glücklich, dass er alles so gut überstanden hat. Er hat zwar Schmerzen und wird eine Reha benötigen, allerdings sind die Ärzte zuversichtlich, dass er ein nahezu schmerzfreies Leben haben wird. In Graysons Gesicht blitzte Freude auf, als er mich neben Ray stehen sah.

Die Tage danach vergingen wie im Flug. Ivy und ich nutzten die freie Zeit, um möglichst viel zu lernen. Sie ist noch verbissener darauf, einen guten Abschluss zu machen, als zuvor. Ray hingegen arbeitet wie verrückt in der Werkstatt. Er hat den Ehrgeiz, seinem Dad zu beweisen, dass er das kann. Mit Isaac bildet er ein tolles Team und man hat beinahe das Gefühl, dass die beiden nichts aus der Bahn bringen kann.

Auch wenn ich nicht weiß, ob Ray die Liste mit den Therapeuten, welche ich ihm herausgesucht habe, überhaupt angeschaut hat, fallen mir positive Veränderungen an ihm auf. Er scheint in den Nächten durchzuschlafen, ist entspannter und spricht offen mit mir über seine Gefühle. Das erfüllt mich nicht nur mit einer Zufriedenheit, weil wir wieder zueinander gefunden haben, sondern auch mit Stolz. Immerhin kommt es von ihm aus und ich spüre, dass er sich sichtlich wohl fühlt.

»Hallo!«, rufe ich, als ich die Werkstatt betrete. Isaac ist gerade vertieft darin, etwas an einem Fahrzeug zu reparieren.

Als er mich sprechen hört, hebt er den Kopf. »Hey Bec.« Er winkt mir kurz zu. »Alles klar bei dir?«

»Natürlich! Und bei dir?«

»Ebenso.« Er nickt und grinst mich breit an. »Ray ist im Büro«, fügt er hinzu.

»Danke.« Ich nicke und gehe zu der geöffneten Metalltür, die das Büro von der Werkstatt abtrennt. Ray sitzt über den Schreibtisch gebeugt, hat verschiedene Zettel vor sich liegen und tippt etwas in die Tastatur. Um ihn nicht abrupt herauszureißen, klopfe ich an die Tür.

Ray hebt den Kopf und sieht mich direkt an. »Bec.«

»Hey.« Ich kann nicht anders, als ihn anzustrahlen. Als ich den Schreibtisch umrunde, schiebt Ray den Stuhl ein Stück zurück, damit ich auf seinem Schoß Platz nehmen kann. Liebevoll küsse ich ihn, ehe ich mich setze. »Eigentlich wollte ich dir nur sagen, dass ich kurz zu meinen Eltern fahre.«

»Sie werden sich bestimmt freuen, dich zu sehen«, erwidert er. »Vielleicht kannst du kurz mit deinem Dad sprechen?«

»Na ja, der Plan war eher, dass ich ihm aus dem Weg gehe.« Mein Herz klopft wild. Seit dem letzten Streit und meinem spontanen *Auszug* habe ich nur ein paarmal mit Mom und Granny telefoniert. Dad wollte ich aus dem Weg gehen, weil ich keine Lust auf eine Konfrontation mit ihm hatte. Viel zu groß ist meine Angst davor, dass er mir erneut reinredet und mir vorwirft, ich sei nicht erwachsen genug.

Ray seufzt und drückt mich an sich. »Du solltest mit ihm sprechen. Ich merke, dass es dich mehr belastet, als du zugeben willst.«

Ich zucke mit den Achseln. »Wieso soll ich einen Schritt auf ihn zugehen? Schließlich könnte er genauso gut bei euch klingeln oder mich anrufen, wenn er mit mir sprechen möchte.«

»Du bist seine Tochter, sein Ein und Alles. Daran hat sich nichts geändert. Trotzdem steht ihm sein Stolz im Weg. Dein Dad war noch nie ein Mann der großen Worte.« Ray hat recht. Dad konnte noch nie damit umgehen, wenn er in einen Konflikt geraten ist. Lieber geht er ihm aus dem Weg.

»Trotzdem wäre es schön gewesen, wenn er einen Schritt

auf mich zukommt. Er hat Dinge gesagt, die ich einfach nicht in Ordnung finde.«

»Das mag sein.« Er küsst mich auf die Wange. »Ich kenne aber jemanden, der mir gezeigt hat, wie wichtig es ist, zu vergeben.«

Ich grinse. »Könnte ich gewesen sein.«

»Vielleicht solltest du deinem Dad auch verzeihen. Du bist seine Kleine, das warst du schon immer. Ich habe in der Vergangenheit viele Fehler gemacht und ich verstehe ihn. Mir würde es nicht anders gehen, wenn jemand Ivy all das angetan hätte und sie wieder mit dieser Person zusammenkommt.«

Bei seinen Worten füllt sich mein Herz mit purer Zuneigung, nein, Liebe für ihn. Einmal mehr bin ich stolz darauf, wie sehr er sich in dieser kurzen Zeit verändert hat.

Ich lege meine Hände in seinen Nacken und ziehe ihn zu mir. »Wenn du das so sagst, müsste ich glatt auf dich hören.«

»Das hoffe ich.« Er lacht, ehe seine Lippen meine finden.

Ich genieße die Berührung seines Mundes, die Verbundenheit, die wir zueinander haben, und wünsche mir in diesem Moment, dass ich sie nie wieder missen muss. »Ich liebe dich«, wispere ich an seinen Lippen.

»Ich liebe dich auch«, erwidert er und jagt mir mit seinen Worten einen warmen Schauer über den Rücken.

»Essen wir später zusammen?«, frage ich ihn, nachdem wir uns voneinander gelöst haben.

»Gern. Wir können etwas bestellen und einen Film schauen«, schlägt er vor.

»Das wäre ein guter Plan.« Vorfreude auf einen schönen Abend in Zweisamkeit mit Ray kribbelt in meinem Bauch. »Dann bis später«, verabschiede ich mich mit einem Kuss von ihm, ehe ich aufstehe.

»Bis später.« In seinen Augen schimmert noch immer die Zuneigung, die er für mich empfindet.

Fröhlich verlasse ich die Werkstatt und mache mich auf den Weg zu meinen Eltern. Selbst eine mögliche Konfrontation mit Dad trübt meine Stimmung nicht, viel zu stark ist das Glück in meinem Inneren.

Als ich wenige Minuten später die Einfahrt zu meinem

Elternhaus hinauflaufe, sehe ich bereits Granny hinter dem Fenster. Sie winkt mir zu, ehe sie verschwindet und die Haustür öffnet. »Bec! Wie schön, dich zu sehen.«

»Hallo Granny.« Ich drücke sie an mich und atme den vertrauten Geruch ein.

»Deine Mom ist gerade außer Haus«, meint sie, als wir hineingehen. »Sie wollte kurz einkaufen gehen.«

»Alles gut.« Ich schlüpfe aus meinen Schuhen. Noch bevor ich fragen kann, ob Dad da ist, höre ich Schritte im Flur und somit hat sich meine Frage beantwortet.

»Rebecca.« Seine Stimme klingt mild, fast schon versöhnlich. Als ich mich zu ihm drehe, lächelt er mich vorsichtig an. »Hast du kurz Zeit?«

»Ja.« Mein Herz schlägt mir bis zum Hals, als ich ihm in den Wohnbereich folge. Granny verabschiedet sich im Vorbeigehen mit einem Winken, ehe sie in ihr Zimmer verschwindet.

Dad deutet auf das Sofa und setzt sich auf den Sessel, woraufhin ich mich auf das weiche Polster sinken lasse. »Ich wollte mich bei dir entschuldigen«, sagt er und beugt sich zu mir. »Mir tut es leid, dass ich dir Vorschriften machen wollte.«

Sprachlos nicke ich.

»Ich mache mir einfach große Sorgen um dich, weil Ray dich schon einmal verletzt hat. Die Zeit vor drei Jahren ist nicht spurlos an mir vorbeigegangen. Es hat mir das Herz gebrochen, dich so zu sehen, und ich dachte … ich dachte, ich kann dich davor bewahren, dass nochmal etwas passiert.« Dad seufzt.

Es dauert einen Moment, bis ich meine Stimme wiederfinde. Dad so verzweifelt zu sehen, tut mir im Herzen weh und schnürt mir die Kehle zu. »Alles, was ich mir gewünscht habe, ist, dass du Ray eine zweite Chance gibst. Für ihn ist es unendlich schlimm, was er getan hat«, erzähle ich ihm, »es geht ihm schlecht damit.« Ich halte inne. »Es ist auch einer der Gründe, warum er so viel trinkt«, füge ich vorsichtig hinzu.

Alarmiert sieht mich Dad an, bereit, etwas zu sagen.

»Seit ich bei ihm wohne, trinkt er keinen Alkohol mehr.« Bewusst verschweige ich Dad die erste Nacht, die ich bei Ray verbracht habe. Schließlich war das ganz am Anfang und seitdem hat sich eine deutliche Verbesserung gezeigt. Auch wenn ich weiß, dass noch ein langer Weg vor ihm liegt. »Er hat sich verändert und er kämpft dagegen an, Dad. Er will das nicht, aber ich glaube, ihm hat die Perspektive gefehlt. Er wollte seinen Dad und Ivy nicht damit belasten, deshalb hat er das mit sich selbst ausgemacht«, vertraue ich ihm an. »Ich möchte ihm helfen. Er ist mir wichtig und ich … ich kann nicht ohne ihn.« Meine Augenwinkel werden feucht und eine Träne kullert über meine Wange. »Für mich ist es schlimm, dass du ihm keine zweite Chance gibst. Es macht mich sauer, weil du mir immer gesagt hast, jeder Mensch hat eine zweite Chance verdient. Du hast mir das beigebracht und dann hältst du dein Wort nicht.« Die Wut ist noch da, aber sie flammt nur noch leicht.

Dad runzelt die Stirn und verfällt in Schweigen. »Du hast recht. Meine Sorge, er könnte dich nochmal verletzen, hat mich genau das verdrängen lassen. Mit aller Macht wollte ich dich beschützen, dabei habe ich völlig ausgeblendet, dass du alt genug bist, um deine eigenen Entscheidungen zu treffen.« Ich sehe ihm an, wie schwer ihm die Worte fallen. »Rebecca, du bist noch immer mein kleines Mädchen und ich möchte nicht, dass du leidest.«

An den Rand des Sofas rutschend greife ich nach Dads Hand und nehme sie in meine. Mit einem Mal tut es mir unheimlich leid, ihn so ausgeschlossen zu haben. Ja, er hatte mir die Luft zum Atmen genommen und mich eingeengt, indem er mir den Umgang mit Ray verbieten wollte. Andererseits wird mir erst jetzt bewusst, wie schwierig es für ihn war und wie viel Angst er um mich hatte. »Ich verstehe dich, Dad«, wispere ich. »Aber bitte lass mir den Freiraum, meine eigenen Entscheidungen zu treffen. Ich will mich nicht mit dir streiten, ich will, dass wir wieder eine Familie sind.« *Auch mit Ray*, denke ich, doch meine Stimme versagt.

Dad nickt. Er weiß genau, was ich meine, das erkenne ich an seinem Gesichtsausdruck. »Okay.« Er schluckt. »Aber ich brauche noch etwas Zeit.«

»Das ist in Ordnung.« Ich lächle und meine Brust füllt sich mit Wärme. Immerhin ist das ein Schritt vorwärts.

»Und Rebecca?« Dads Stimme ist dünn, aber bestimmt.

»Ja?«

»Tu mir bitte einen Gefallen.«

»Welchen?« Verwundert hebe ich die Augenbrauen.

»Pass auf dein Herz auf. Du bist nicht für das Glück anderer zuständig. Sie müssen die Hilfe selbst wollen.«

»Ich versuch es, Dad.« Damit trifft Dad einen Punkt in meinem Inneren. Er führt mir vor Augen, dass ich zwar für Ray da sein kann, aber ich werde ihn niemals dazu zwingen können, Hilfe anzunehmen.

37

BEC

»Wie geht es eigentlich Grayson?«, hakt Granny nach, während ich ein paar meiner Sachen in meine Sporttasche packe. Ich habe ihr von dem Gespräch mit Dad erzählt, während sie es sich auf dem Ohrensessel in meinem Kinderzimmer bequem gemacht hat.

»Es geht ihm so weit gut. Die Ärzte sind zuversichtlich und glauben fest daran, dass er schnell wieder auf die Beine kommt. Die Reha wird zwar nochmal anstrengend und kraftaufwendig, aber er will das«, berichte ich ihr und lege ein paar T-Shirts zusammen, ehe ich sie in meiner Tasche verstaue.

»Das klingt ja super!« Granny klatscht in die Hände. »Dann …« Sie wird von einem Klingeln, lauten Schritten und anschließenden Stimmen, die durch den Flur dringen, unterbrochen.

Irritiert runzle ich die Stirn, als mir die Stimme bekannt vorkommt, die sich gerade mit Dad unterhält.

»Wer ist denn das?«, fragt Granny, erhebt sich neugierig und späht in den Flur.

»Ted.« Mein Herz rutscht mir in die Hose. *Was will er denn hier? Ich dachte, ich hatte mich klar ausgedrückt, dass ich Zeit brauche?!*

»*Der* Ted aus New York?« Granny zieht ihre Augenbrauen in die Höhe.

Ich nicke. »Ganz genau.«

»Rebecca?«, ertönt Dads Stimme von unten. »Du hast Besuch.«

»Komme!«, rufe ich zurück und gehe hinaus in den Flur. Mein Herz schlägt mir bis zum Hals, als ich die Treppe hinuntergehe. Als mein Blick auf Ted fällt, wird mir mulmig zumute.

Unsere Augen treffen aufeinander und er strahlt mich an. »Becca!«

»Hey!«, begrüße ich ihn, unschlüssig, ob ich ihn umarmen soll oder nicht.

»Wie geht's dir?« Als wäre es das Normalste der Welt, legt er mir seinen Arm um, zieht mich zu sich und drückt mir einen Kuss auf die Wange. Alles in mir sträubt sich gegen seine Berührung.

»Ähm.« Ich räuspere mich und winde mich aus der Umarmung. »Gut.« Es fühlt sich merkwürdig an, Ted hier zu sehen. »Was machst du hier?«, hake ich nach.

»Dich besuchen. Wie versprochen«, meint er und lächelt mich an. In seinen Augen sehe ich die Zuneigung für mich aufflammen.

»Aber …« In dieser Sekunde verfluche ich mich selbst. Ich hatte Ted zwar gesagt, dass ich Zeit brauche, ihm aber offengelassen, ob er zu Besuch kommen möchte. *Vielleicht ist das Schicksal,* schießt es mir in den Kopf, *vielleicht ist das ein Zeichen, um das mit ihm endgültig beenden zu können.*

Dad räuspert sich im Hintergrund und erinnert mich daran, dass er noch immer da ist. »Ich lasse euch mal allein.« Mit diesen Worten verschwindet er in den unteren Wohnbereich des Hauses.

»Was hältst du davon, wenn wir eine Runde drehen?«, schlage ich Ted vor, fest entschlossen, ihm ehrlich von meinen Gefühlen zu berichten.

»Das klingt sehr gut.« Wie früher greift er nach meiner Hand, doch ich ziehe sie ruckartig zurück. Irritiert sieht er mich an und sorgt nur noch mehr dafür, dass ich verwirrt bin. Habe ich ihm am Telefon nicht deutlich gesagt, dass ich Zeit brauche? Dass das zwischen uns vorüber sein sollte?

Schweigend laufen wir hinaus und gehen Richtung Park.

»Hier hast du also gewohnt?«, fragt er und sieht sich neugierig um.

»Genau. Ein kleines Fleckchen und gefühlt mitten im Nirgendwo«, erwidere ich lächelnd. Dabei stelle ich fest, dass es mir gar nichts mehr ausmacht, *mitten im Nirgendwo* zu sein. Selbst das Getratsche der Nachbarn geht mir nicht mehr auf die Nerven. Vermutlich hat mir die Studienzeit in New York nur deutlich gemacht, wie schön es eigentlich in Brokenville ist.

»Sehr … schön.« Mir entgeht der abwertende Unterton in Teds Stimme nicht. Ich weiß, dass er gebürtig aus New York ist und vermutlich niemals in ein solch kleines Kaff ziehen würde.

»Sollen wir uns dort setzen?«, frage ich, als wir an einer Bank vorbeikommen.

Zustimmend nickt er und nimmt Platz. Ich lasse mich mit etwas Abstand zu ihm ebenfalls auf das Holz sinken.

»Ich muss dir etwas sagen«, meint Ted.

»Es gibt da etwas, das du wissen musst«, sage ich gleichzeitig.

»Warte«, flüstert Ted und legt seinen Finger an meine Lippen. »Was auch immer es ist, lass mich zuerst.«

Die Berührung ist so vertraut, dass ich im ersten Moment wie erstarrt bin. Ted legt seine Hand an meine Wange, überwindet die Distanz zwischen uns und … küsst mich. Sanft, liebevoll und voller Zuneigung. Und doch fühlt es sich falsch an. In meinem Kopf schrillen sämtliche Alarmglocken, als mir klar wird, dass vor mir *nicht* Ray sitzt. Sofort meldet sich mein schlechtes Gewissen und ich fühle mich elend. Ich fühle mich, als würde ich Ray betrügen.

»Stopp!« Ich rutsche von Ted weg. »Was soll das?« Eilig stehe ich auf und stemme die Hände in die Hüften. »Wieso küsst du mich?« Verzweiflung erfüllt jeden Winkel meines Körpers.

»Weil ich dich liebe, Becca«, sagt er. »Das ist es, was ich dir sagen wollte. Ich will mit dir zusammen sein.«

Meine Knie sind weich und mein Kopf braucht lange, um Teds Geständnis zu verarbeiten. »Aber … ich habe dir doch gesagt, ich brauche Zeit.« Ich raufe mir die Haare.

»Ich dachte, ich könnte dir … helfen.« Ted erhebt sich und kommt einen Schritt auf mich zu. »Wir haben immer so gut harmoniert und ich wollte dir einfach zeigen, dass wir zusammengehören.«

»Nein!«, rufe ich, als er einen Schritt auf mich zukommt. »Ich … ich habe mich in jemanden verliebt.« Es tut so gut, die Worte auszusprechen.

Ted verharrt in seiner Position. »Wie bitte?«

»Ja, ich habe mich in jemanden wieder verliebt. In meine erste große Liebe. Das ist es, was ich dir die ganze Zeit sagen wollte. Ich will mit diesem Mann mein Leben verbringen.«

In diesem Augenblick sehe ich, wie etwas in Ted zerbricht. Seine sonst so strahlenden Augen werden stumpf, seine Mundwinkel fallen herunter. »Deshalb wolltest du also Zeit?«

»Ja«, hauche ich. »Es tut mir so leid!« Ich will nach seiner Hand greifen, doch dieses Mal ist es Ted, der von mir weicht.

»Wieso hast du mir nicht eher etwas davon erzählt?«

»Weil … ich mir nicht sicher war. Es hat sich erst in den letzten Tagen ergeben und … ich habe nicht damit gerechnet, dass du herkommen würdest.«

Wie ein Häufchen Elend steht er vor mir. Es zerbricht mir das Herz und ich bereue es, nicht früher mit ihm geredet zu haben.

»Das heißt … ich bin umsonst hergekommen?« Er läuft einen Schritt rückwärts.

»Ich … Es tut mir wirklich leid! Ich wollte nicht mit deinen Gefühlen spielen, aber …«

»Nein, schon gut. Ich wusste ja, worauf ich mich einlasse, oder?« Er lächelt mich schief an, aber es erreicht seine Augen nicht.

»Ted«, flüstere ich und greife erneut nach ihm.

»Becca, bitte lass mich. Ich muss das erstmal verarbeiten«, bittet er mich und dreht sich zum Gehen.

Ich schlucke hart. Meine Kehle schnürt sich zu und mein schlechtes Gewissen wird noch stärker. *Wie blöd bin ich nur?* »Bitte fahr vorsichtig, okay?«, rufe ich ihm hinterher, ohne zu wissen, ob er mich noch gehört hat.

38

RAY

»Wo gehst du hin?«, fragt Ivy. Sie sitzt an meinem Esstisch, hat ihre Lernsachen vor sich ausgebreitet und grübelt.

»Ich besorge eine Überraschung für Bec.« Genau genommen muss ich sie nur abholen.

»Und was?« Ivy grinst mich breit an, doch ich schüttle nur den Kopf. »Ach komm schon«, bettelt sie, »ich bin neugierig!«

»Das siehst du, wenn es Bec bekommen hat.« Mein Puls beschleunigt sich bei dem Gedanken daran, wie sie auf mein Geschenk reagieren könnte.

»Menno.« Ivy zieht eine Schnute. »Ich behalte es auch für mich.«

»Nein, nein.« Ich lache. »Also, wir sehen uns später!« Mit diesen Worten verabschiede ich mich von meiner kleinen Schwester und gehe hinaus zu meinem Fahrzeug. Dort schiebe ich mich hinter den Fahrersitz, drehe die Musik laut auf und lenke den Wagen in Richtung Zentrum.

Es ist Wahnsinn, wie viel sich in den letzten Wochen verändert hat.

Dad ist zwar noch im Krankenhaus, aber es geht ihm zunehmend besser, so dass er nach dem Wochenende in die Reha kommt. Isaac und ich sind ein eingespieltes Team in der Werkstatt. Unser Anspruch ist es, Dads Arbeit so weiterzuführen, wie er es immer getan hat und auch wieder tun wird. Ivys und mein Verhältnis hat sich wesentlich gebessert. Es ist ihr anzumerken, dass sie sich weniger Sorgen um mich macht, seit Bec bei uns wohnt. Tja, und dann … ist da noch Bec.

Ich bin ihr unglaublich dankbar für alles, was sie für mich und meine Familie tut. Dank ihr fällt es mir zunehmend leichter, meine negativen Gedanken abzuklopfen. Den Termin in der therapeutischen Praxis hätte ich ohne ihr Zutun wohl nie vereinbart und es fühlt sich richtig an. Auch wenn mich manchmal dunkle Momente erreichen, gebe ich nicht so schnell nach. Bec gibt mir die Kraft, die ich brauche, um zu widerstehen.

Und aus diesem Grund fahre ich mit dem Auto auf den Parkplatz eines kleinen Juweliers in der Nähe unseres Wohnortes. Dort steige ich aus und gehe hinein. Am Empfangstresen steht eine junge Frau, die mich mit einem freundlichen Lächeln begrüßt. Sie sieht mindestens genauso edel aus wie der Rest des Ladens. Überall schimmert Schmuck in verglasten Regalen, die mit einem Schloss versehen sind.

»Schön, Sie zu sehen.«

»Danke.« Ich kann nicht anders, als zu grinsen. »Ich würde die Bestellung gern abholen.«

»Alles klar.« Sie nickt. »Ich hole es schnell aus dem Lager.«

Keine fünf Minuten später verlasse ich den Laden wieder, nachdem ich mehrere hundert Dollar leichter bin. Aber das ist es mir wert. Das ist mir Bec wert.

Ich habe für Bec eine goldene Kette anfertigen lassen, die unsere Initialen miteinander verbindet. Mit dem Daumen streiche ich über die Schatulle und verstaue sie anschließend in meiner Hosentasche. Der Plan ist es, Bec heute Abend das Geschenk zu geben.

Voller Vorfreude auf unseren bevorstehenden Abend schlage ich den Heimweg ein. Ich lotse mein Auto gerade durch Brokenville, vorbei an dem Park, als mir eine Person ins Auge sticht. Ich bin irritiert von dem braunen Haar und der Silhouette, die Becs gleichen. Die junge Frau ist in Begleitung eines Mannes. Mit einem mulmigen Bauchgefühl parke ich in der nächstbesten Lücke und steige aus, um mich davon zu überzeugen, dass es sich *nicht* um Bec handelt.

Ich laufe das Stück zurück zum Parkgelände und suche nach den beiden Personen. Aus der Ferne entdecke ich sie auf einer Parkbank sitzend. Der Typ, der mir irgendwoher bekannt vorkommt, beugt sich zu Bec und sagt etwas. Sie schiebt sich eine Strähne hinters Ohr.

Mein Herz rast, Schweiß bricht mir aus und ich habe Angst. Angst vor dem, was da passiert.

Beide unterhalten sich miteinander, während ich meine feuchten Handflächen an meiner Jeans abwische und versuche, kontrolliert zu atmen.

Der Typ lehnt sich noch weiter zu Bec. Unterdessen rauschen durch meinen Kopf unzählige Möglichkeiten, was ich als Nächstes tun könnte. Soll ich hingehen? Bec und den Typen darauf ansprechen? Oder so tun, als hätte ich das gar nicht gesehen? Irgendwie muss ich reagieren, oder?

Doch dann bleibt meine Welt mit einem Mal stehen. Der Mann rutscht dichter zu ihr und seine Lippen treffen auf ihre.

Das zieht mir den Boden unter den Füßen weg. Ungläubig bleibe ich stehen, wie erstarrt, und sehe zu.

Du hast das verdient. Das sind die ersten Worte, die mir durch den Kopf schießen. Und gleichzeitig sind es die Worte, die dafür sorgen, dass sich meine Füße in Bewegung setzen. Zu meinem Auto. Alles um mich herum verschwimmt, während mich die Emotionen überrollen. Selbst das Fahrzeug, welches hupt, als ich unvermittelt über die Straße gehe, ist mir egal. Im Vordergrund steht der süßliche Schmerz, den meine Fingernägel in meinen Handflächen hinterlassen und durch sämtliche Nervenbahnen meines Körpers schickt.

Du hast das sowas von verdient, hallt es durch meinen Kopf, als ich die Tür meines Wagens wutentbrannt aufreiße. *Hast du wirklich geglaubt, sie würde sich nicht zumindest an dir rächen? Dachtest du wirklich, sie würde dir einfach verzeihen?*

Ich schiebe mich auf den Fahrersitz, starte den Motor und fahre los. Meine Kehle schnürt sich zu, ich spüre Tränen in meinen Augenwinkeln brennen. Irgendwie schaffe ich es, den Heimweg zu finden und mich sicher nach Hause zu bringen.

Keine Ahnung, wie, aber ich sperre die Haustür auf. In mir der Drang, die Gedanken zu betäuben, die Erinnerung an den Kuss zwischen Bec und dem Typen verblassen zu lassen. Mit verschleiertem Blick gehe ich direkt zu meinem Küchenschrank, wo ich das Versteck mit den alkoholischen Getränken öffne. Ich greife nach der erstbesten Schnapsflasche, öffne sie und setze das Glas an meine Lippen. Die Flüssigkeit hinterlässt das vertraute Brennen in meiner Kehle und prickelt in meinem Magen. Es fühlt sich erleichternd an, dem Drang, dem man lange widerstanden hat, endlich wieder nachzugeben.

Du solltest nicht trinken, flüstert die Vernunft in meinem Kopf. *Rede mit Bec. Frag sie, was das sollte. Vielleicht gibt es eine einfache Erklärung dafür.*

»Nein!«, sage ich zu mir selbst. Ganz bestimmt werde ich nicht mit ihr reden. Das war die Rache für das, was ich ihr in der Highschool angetan habe. Eigentlich kann ich es ihr nicht mal übelnehmen, oder?

Wieder setze ich die Flasche an die Lippen, nehme einen tiefen Schluck. Ehe meine Gedanken zu laut werden können, trinke ich erneut. Sämtliche Empfindungen meines Körpers rücken in weite Ferne, während die Stimmen in meinem Kopf leiser werden. Keine Ahnung, wie viel Zeit vergeht, bis die Flasche leer ist. Doch irgendwann taucht Ivy in meinem Blickfeld auf.

»Ray?« Enttäuschung liegt auf ihrem Gesicht und sie hält sich die Nase zu. »Was tust du da?« Meine kleine Schwester nimmt mir die Flasche aus der Hand.

»Lass mich in Ruhe«, fauche ich und will sie mir zurückholen.

»Nein. Ich rufe Bec an«, droht sie mir.

»Vergiss es!«, brülle ich. »Lass Bec bloß aus dem Spiel!« Wut durchzuckt mich.

»Was ist los mit dir?«, ruft sie und nimmt mir die Flasche aus der Hand.

»Lass den Scheiß!« Hastig lange ich nach der Glasflasche.

»Was denn? Dir ging es besser. Also sag mir, was passiert

ist!« Entschlossenheit funkelt in den Iriden meiner kleinen Schwester.

»Ich bin ein Idiot. Ich habe es nicht verdient. Hörst du?« Hastig zerre ich die Glasflasche aus Ivys Hand und setze sie erneut an meine Lippen, voller Erwartung, das Brennen erneut zu spüren. Doch es passiert nichts.

Mist, leer.

Also gehe ich erneut zu meinem Küchenschrank und hole eine weitere aus dem Versteck. Dabei ist es mir egal, dass Ivy das geheime Fach in meiner Küche nun kennt. Niemand kannte es bisher, nicht mal Isaac.

Mit einer fließenden Bewegung öffne ich das Getränk und empfange das Prickeln in meinem Mund mit Vorfreude.

»Was soll das? Hör auf zu trinken!« Ivy will erneut nach meiner Flasche greifen, doch dieses Mal bin ich schneller und kann mich abwenden.

»Lass mich in Ruhe, okay?«, fahre ich sie an. »Ich will einfach nur allein sein!«

»Nein!« Ivy verschränkt die Arme vor der Brust.

»Du hast mir gar nichts zu sagen.«

»Doch! Ich mache mir Sorgen um dich.«

Meine Gedanken verschwimmen und ich weiß nicht mehr, was richtig und falsch ist. Gleichzeitig ist da diese unbändige Wut auf alles und jeden. Aber vor allem auf mich. Den Versager. Nicht mal Bec konnte ich halten. Ich habe nicht gemerkt, dass sie in mir den gleichen Versager sieht wie ich selbst. Sie hat sich nur gerächt.

»Ray, bitte hör auf. Es reicht schon, dass Dad im Krankenhaus ist«, fleht Ivy.

»Ja, auch das ist meine Schuld!« Die Worte verlassen meinen Mund schneller als beabsichtigt. »Das alles ist meine Schuld.« Meine Knie werden weich.

»Was redest du denn da? Niemand kann etwas dafür, dass Dad im Krankenhaus ist«, widerspricht mir Ivy.

»Doch. Ich bin daran schuld. Ich habe ihm ins Lenkrad gefasst und deswegen hatten wir den Unfall!«, schreie ich.

»Du hast was?!« Sämtliche Farbe weicht aus Ivys Gesicht

und ich setze erneut zum Trinken an. »Das ist nicht dein Ernst, oder?«

»Doch. Siehst du jetzt endlich, was ich für ein Versager bin?« Zorn kocht in mir. Er kriecht durch sämtliche Synapsen meines Körpers. Ich balle eine Hand zur Faust, bis meine Knöchel weiß hervortreten und meine Nägel in meine Haut bohren. »Verstehst du endlich, warum ich mein Leben abgrundtief hasse?«

»Du bist ein Idiot, Ray.« Die Stimme meiner Schwester ist bedrohlich ruhig.

Jetzt hasst sie dich, denke ich nur.

»Du bist einfach nur ein Idiot.« Mit ihren Händen schlägt sie gegen meinen Oberkörper. »Ich weiß wirklich nicht mehr, wie ich dir helfen soll!«

Als sie aus dem Haus stürmt, knallt die Tür bedeutungsschwer hinter ihr ins Schloss und sie lässt mich allein. Mit meinen drückenden Gedanken, den Schuldgefühlen, meinem Hass und meinem einzigen Freund – dem Alkohol.

Mit zittriger Hand hebe ich die Flasche erneut an meine Lippen und genieße das Gefühl der Betäubung, das langsam einsetzt.

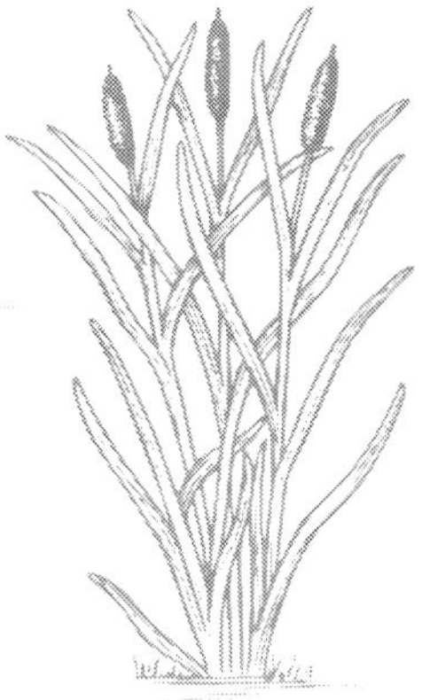

39

BEC

»Ich fühle mich so schlecht«, sage ich zu Lizzy, auf deren Bett ich sitze. Nach dem Gespräch mit Ted bin ich zu ihr geflüchtet. Ich habe mich nicht bereit gefühlt, Ray, meinen Eltern oder Granny zu begegnen. Vielmehr habe ich die Unterstützung meiner besten Freundin gebraucht. Eine feste Umarmung und die Gewissheit, dass sie trotz meines Fehlers zu mir steht.

»Das glaube ich dir.« Lizzy sitzt direkt neben mir und legt einen Arm um meine Schulter. »Ich bin mir aber sicher, Ted wird …«

Lizzy wird vom Vibrieren meines Smartphones unterbrochen und reicht es mir vom Nachttisch. Ihre gerunzelte Stirn irritiert mich. Erst als ich Ivys Namen auf dem Display aufleuchten sehe, stockt mein Herz. Sofort ballt sich ein unangenehmes Gefühl in meiner Magengrube, als ich den Anruf annehme. »Ivy?«

»Hey Bec, hier ist Isaac.«

»Isaac. Was ist passiert?« Unwillkürlich halte ich die Luft an. *Das ist ganz und gar nicht gut*, schießt es mir durch den Kopf.

Lizzy sieht mich alarmiert an, greift nach meiner Hand.

»Ray ist im Krankenhaus.« Die Nachricht steht schwer im Raum, nimmt mir den Raum zum Atmen.

»Wie bitte?« Ich schlage meine Hand vor den Mund. *Oh*

mein Gott! Mein Puls schnellt in die Höhe und ich weiß nicht, was hier passiert. »Wieso?« Tränen sammeln sich in meinen Augenwinkeln.

»Ich …« Isaac räuspert sich. »Ich habe ihn bewusstlos in seinem Haus gefunden, nachdem mich Ivy angerufen hat. Es besteht der Verdacht auf eine Alkoholvergiftung und er wird im Krankenhaus gerade behandelt.«

In meinem Magen brennt es. »Ich … ich bin sofort da«, bringe ich gerade noch so heraus.

»Okay.«

Ich verabschiede mich nicht mal mehr von Isaac, sondern lege einfach auf und stürme aus dem Raum, direkt in das Bad, welches an Lizzys Schlafzimmer angrenzt. Das ist zu viel für mich. Und mein Körper lässt mich das in aller Deutlichkeit spüren.

Noch während ich über die Toilette gebeugt bin, kommt Lizzy zu mir, hält mein Haar und streichelt mir über den Rücken.

»Ray ist im Krankenhaus«, sage ich zu Lizzy, als sich mein Magen einigermaßen beruhigt hat. »Ich muss zu ihm«, füge ich hinzu, als wäre ich auf Autopilot.

»Ich fahr dich«, sagt sie sofort. »Komm.« Sie nimmt mich an der Hand und zieht mich mit sich.

Die folgenden Minuten (oder Stunden?) vergehen wie im Flug. Alles passiert wie in einer Art Trance, aus der ich nicht mehr aufwache. Es fühlt sich an wie ein schlechter Traum. Ich habe keine Ahnung, was ich fühle, wie es mir geht und was mich erwartet. Erst als ich Ivy und Isaac im Wartebereich des Krankenhauses sehe und Grayson in einem Rollstuhl zu ihnen geschoben wird, wird mir bewusst, dass das hier real ist.

Isaac springt sofort auf, als er uns hereinkommen sieht, und erklärt uns unverzüglich, was genau vorgefallen ist. Dabei kann ich gerade ein paar Wortfetzen wie *übermäßiger Alkoholkonsum, Verdacht auf Alkoholvergiftung, Bewusstlosigkeit* und *Streit mit Ivy* behalten.

»Wegen was haben sie denn gestritten?«, fragt Lizzy, die sich zu ihm beugt und seine Hand in ihre nimmt.

Isaac blickt darauf, räuspert sich und zieht uns ein Stück

von Ivy und Grayson weg, die in ein Gespräch vertieft zu sein scheinen. »Onkel GrayGray hatte seinen Unfall damals, als er Ray in eine Suchtklinik bringen wollte. Ray wollte ihm, als er betrunken war, ins Lenkrad fassen. Onkel GrayGray wollte ausweichen und dabei sind sie von der Straße abgekommen. Deshalb hat Onkels Wirbelsäule Schaden genommen, während Ray so gut wie unverletzt davongekommen ist.«

Lizzy weitet ungläubig die Augen. »Dann stimmen die Gerüchte also wirklich.«

Isaac nickt bloß. Auch wenn mein Körper hier bei ihnen steht, sind meine Gedanken bei Ray im Behandlungsraum.

»Ich trage eine Mitschuld«, sagt Grayson, der unser Gespräch belauscht hat. »Ihr dürft nicht Ray allein die Schuld geben. Ich hätte ihn in seinem Zustand niemals zu einem Besuch in einer Entzugsklinik zwingen dürfen.«

Ich kann gar nicht mehr richtig zuhören. Mein Kopf ist voll mit Angst. Angst, dass Ray diesen Abend nicht überlebt. Angst, was passiert, wenn das so ist. Angst, wie es weitergehen soll. Mein Herz zieht sich schmerzhaft zusammen und ich kann nicht mehr an mich halten. Tränen rinnen mir über die Wangen, während ich mich machtlos fühle. Machtlos, weil ich nicht bei ihm sein kann und keine Ahnung habe, was ich tun soll. Es ist, als würde ein Teil meines Herzens mit ihm dort drin liegen. Als könnte ich diesen Teil für immer verlieren.

Meine Knie geben nach und Isaac kann mich gerade noch auffangen. An seine Schulter gelehnt, lasse ich meiner Trauer und Angst freien Lauf. Gleichzeitig bin ich unendlich dankbar dafür, dass er da ist.

Es dauert eine ganze Weile, bis ich mich wieder beruhigen kann. Irgendwann sitze ich nur noch wie eine leblose Hülle auf einem der harten Plastikstühle und starre die sterile Wand der Notaufnahme an. Alle anderen Patienten gehen an mir vorbei, als würden sie in einem Film mitspielen, der über den Bildschirm des Fernsehers flimmert.

Erst eine Gestalt in einem weißen Mantel erregt meine Aufmerksamkeit. Ivy, Isaac und Grayson stehen sofort auf. Wie ferngesteuert folge ich ihnen, ignoriere dabei den leisen Zweifel, ob ich überhaupt mitgehen soll.

»Mr Gray?« Es ist eine junge Ärztin, die sich zu uns stellt.

»Hier!« Grayson hebt die Hand, verzieht dabei das Gesicht vor Schmerz.

»Gibt es etwas Neues?«, hakt Ivy sofort nach. »Wie geht es Ray?«

»Sie sind der Vater?« Unbeirrt wendet sich die junge Frau erneut an Grayson.

»Ja, aber Sie können vor uns allen sprechen.«

Meine Aufregung steigt ins Unermessliche, während die Ärztin jeden von uns der Reihe nach ansieht. »Mr Gray ist gerade dabei, zu sich zu kommen. Wir möchten ihn über Nacht auf Station behalten. Er hat eine Alkoholintoxikation im dritten Stadium und ist dadurch bewusstlos geworden. Zu Beginn haben wir ihn mittels Infusion mit Flüssigkeit versorgt, mittlerweile überwachen wir nur noch seine Vitalwerte.« Sie schaut auf das Klemmbrett in ihrer Hand. »Wenn Sie möchten, können Sie ihn besuchen. Bitte nicht mehr als zwei Personen gleichzeitig hineingehen. Und denken Sie daran, dass er sich ausruhen muss. Für Mr Gray steht im Vordergrund, dass er wieder zu Kräften kommt. Alles Weitere wird der Stationsarzt morgen mit ihm und Ihnen besprechen.« Ehe sich die Ärztin zum Gehen wendet, legt sie Grayson eine Hand auf die Schulter und sieht uns der Reihe nach mitfühlend an. »Mr Gray hatte wirklich großes Glück, dass er rechtzeitig gefunden wurde.«

Es vergeht eine ganze Weile, bis die Realität in meinen Gedanken angelangt. Ich kann kaum fassen, was in den letzten Stunden alles passiert ist. Meine Emotionen sind noch immer so durcheinander, dass ich sie kaum fassen kann.

»Das haben wir nur dir zu verdanken«, sagt Grayson an Isaac gewandt, nachdem sich die junge Frau von uns verabschiedet hat.

»Und Ivy«, meint dieser. »Zum Glück hast du mich gleich angerufen.« Er nimmt seine Cousine fest in den Arm, die daraufhin in Tränen ausbricht.

»Ich … ich habe ihn nicht ernst genommen. Ich war so sauer, weil er an Dads Verletzung schuld ist. Dabei war mir vollkommen egal, wie es ihm damit geht.« Sie schluchzt.

»Das ist in Ordnung«, flüstert Isaac. »Du hast jedes Recht dazu, sauer zu sein. Schließlich hat er dich angelogen.«

Mein Körper fühlt sich an wie eine leblose Hülle. Keine Ahnung, was gerade in mir vorgeht. Alles, was ich spüre, ist Angst. Die Angst davor, wie es sein wird, Ray in diesem Krankenzimmer zu sehen. Rays geschlossene Lider zu sehen, daran erinnert zu werden, dass er großes Glück hatte. Zu beobachten, wie er langsam aufwacht. Das Piepsen der Maschinen im Hintergrund zu hören, das die Vitalwerte überwacht.

»Oh Gott«, stöhne ich, presse die Hand vor meinen Mund.

Sofort ist Lizzy zur Stelle und fängt mich auf. Meine Knie sind weich, fühlen sich an wie Pudding. Und obwohl ich weiß, dass alles gut wird, bricht meine Welt erneut zusammen. Was ist nur passiert, dass er so einen Absturz hatte? Was hat ihn aufs Neue dazu verleitet, zum Alkohol zu greifen? Warum hatte er nicht längst einen Therapietermin ausgemacht?

»Pscht«, macht Lizzy und streichelt mir über den Rücken, während Gray und Ivy zu Ray hineingehen.

»Ich habe nichts davon gemerkt«, wispere ich, »ich hätte es doch mitbekommen müssen!« Tränen rinnen mir über die Wangen, während mich meine Schuldgefühle zu erdrücken drohen. »Wieso ist mir nichts aufgefallen?« Hatte ich mich zu sehr darauf konzentriert, dass alles in Ordnung kommen würde? Hätte ich mehr tun können?

»Bec.« Isaacs Stimme ist fest, als wäre er der Fels in der Brandung, an den ich mich klammere. Ich kann nicht anders, als meine Tränen wegzuwischen und zu ihm aufzusehen. »Du kannst nichts dafür.« Behutsam legt er mir eine Hand auf die Schulter. »Nach deinem Wegzug, als seine Trinkerei begonnen hat, habe ich von alldem auch nichts mitbekommen. Für mich war es vollkommen normal, dass wir jedes Wochenende Partys oder den Pub unsicher machen. Erst nach dem Unfall, als sich sein Verhalten verändert hat, ist mir aufgefallen, dass etwas nicht stimmt, und dann hat er dichtgemacht, sobald ich ihn darauf angesprochen habe.« Er sieht mich gequält an. »Ohne es zu bemerken, habe ich ihn viel zu lange unterstützt.«

»Hey.« Lizzy legt ihre freie Hand auf seine. »Du hast das getan, was du tun konntest. Du warst für ihn da.«

»Trotzdem hätte ich mehr für ihn tun müssen. Ihn zu einer Therapie überreden oder ihm den Alkohol wegnehmen müssen. Ich wusste sogar, dass er sich ein verstecktes Fach in seine Küche eingebaut hat, und habe nichts, rein gar nichts dagegen unternommen!« Isaac rauft sich die Haare.

Lizzy sieht ihn verständnisvoll an, während sie mich noch immer festhält. »Schuldgefühle bringen uns heute nicht weiter. So schlimm es auch ist, Ray liegt zwar da drin, aber er wird wieder. Es wird ihm schnell besser gehen und dann ist es wichtig, dass er sich helfen lässt. Wir müssen für ihn da sein, mehr können wir nicht tun.«

Meine Augen brennen von den Tränen, die ich vergossen habe. Mein Schädel brummt, als hätte ich stundenlang viel zu laute Musik gehört. Meine Kehle ist noch immer wie zugeschnürt und ich frage mich, ob dieses drückende Gefühl auf meiner Brust je wieder weniger wird.

»Willst du ihn sehen?« Mitfühlend sieht mich Isaac an.

»Ich … ja«, stottere ich. Ich *will* nicht nur, ich *muss*. Ich muss ihn sehen, um mir sicher zu sein, dass er noch da ist. Das Stück meines Herzens, das ich gehofft hatte, nie wieder zu verlieren.

»Okay.« Er nickt.

»Ich warte hier auf euch.« Lizzy kneift mich ein letztes Mal aufmunternd in die Schulter. »Wenn es dir zu viel wird, ich bin hier.«

»Danke«, wispere ich und folge Isaac, wobei ich mich bei ihm unterhake. Zu unsicher bin ich auf den Beinen.

Wir laufen einen kahl wirkenden Flur entlang, vorbei an mehreren Fenstern, die teilweise den Blick auf Krankenbetten freigeben. Ich fokussiere mich auf die Tür, aus der Grayson und Ivy herauskommen, blende all die anderen Patienten aus. Beide scheinen erleichtert aufzuatmen, als sie die Tür hinter sich schließen.

»Ray hat die Augen schon geöffnet. Er ist zwar noch etwas orientierungslos, aber es scheint ihm allmählich besser zu gehen«, berichtet Grayson.

»Gut.« Isaac nickt. »Bec und ich werden noch kurz nach

ihm sehen, dann fahre ich dich nach Hause, Ivy«, sagt er an seine Cousine gewandt.

»Alles klar.« Sie lächelt matt. »Komm, Dad.« Gemeinsam entfernen sie sich von uns.

»Bereit?«, erkundigt sich Isaac bei mir, ehe er die Hand auf die Türklinke legt.

Mein Puls rast, aber davon lasse ich mich nicht abhalten. Wann, wenn nicht jetzt? »Jap.« Entschlossen greife ich nach der Klinke und öffne die Tür. Der Geruch nach Desinfektionsmittel dringt in meine Nase. Die Deckenlampe hüllt den Raum in eine angenehme Helligkeit. Das Piepsen der Maschinen durchbricht die Stille in regelmäßigen Abständen. Ray liegt im Bett, seine Brust hebt und senkt sich gleichmäßig. Seine Lider sind leicht geöffnet und er wendet seinen Kopf in unsere Richtung. Ein schmales Lächeln legt sich auf seine ausgetrockneten Lippen. Mein Herz macht einen Satz.

»Isaac.« Rays Stimme ist dünn wie Seidenpapier, kaum hörbar. »Bec, was machst du hier?« Er runzelt angestrengt die Stirn.

»Dich besuchen«, hauche ich und gehe zum Bett.

»Bitte bleib stehen.« Er sieht mich ernst an. »Ich … ich kann das jetzt nicht.« Er hustet. »Trinken«, bittet er Isaac und deutet auf den Plastikbecher auf dem Nachtkästchen. Dieser reicht ihm den Becher wortlos.

»Ich hab euch gesehen«, fährt Ray fort, nachdem er einen Schluck getrunken hat. Erschöpft lehne ich mich gegen die Wand, halte mir die Hand vor den Mund. Erst da dämmert mir, was passiert ist. Ray hat Ted und mich im Park gesehen. Unseren Kuss.

Isaac hebt eine Augenbraue und sieht mich an.

»Ted und ich … Er hat mich geküsst. Ich habe ihn weggestoßen«, erkläre ich ihnen verzweifelt. »Ted ist mein Kommilitone aus New York und wir … wir hatten was miteinander, bevor ich nach Brokenville gekommen bin. Aber ich dachte, er hat verstanden, dass da nichts mehr zwischen uns ist. Und dann stand er plötzlich da und hat mir von seinen Gefühlen erzählt und mich geküsst.« Am liebsten würde ich weinen, aber meine Tränen scheinen aufgebraucht. »Deshalb hast du …«

»Ja«, unterbricht mich Ray. »Ich dachte, das ist deine Rache«, krächzt er.

»Nein!«, rufe ich fast. »Niemals, ich … ich will dich!«

Ich gehe zu ihm ans Bett, will seine Hand nehmen, doch er zieht sie zurück. »Bitte, ich kann nicht«, bringt er hervor. »Es … es ist zu viel.«

Es fühlt sich an wie eine Ohrfeige. Alles in mir zieht sich zusammen, ehe der Kummer wie eine Welle über mir zusammenbricht. Ray dreht sein Gesicht von mir weg, und eine Träne löst sich aus seinem Augenwinkel.

»Es tut mir leid«, murmle ich, »es tut mir so leid!«

»Bitte geh.« Der nächste Schlag, der mich erreicht. »Ich kann nicht.«

In dieser Sekunde wird mir bewusst, dass das alles keinen Sinn hat. Es hat keinen Sinn, weil ich Ray den Freiraum geben muss. All die schönen Tage, die wir miteinander hatten, verpuffen. Das Glück, das in mir war, verschwindet mit ihnen.

Ohne etwas zu sagen, laufe ich rücklings zur Tür, werfe einen letzten Blick auf meine erste große Liebe und gehe hinaus. Mit dem Schließen der Zimmertür lasse ich nicht nur Ray hinter mir, sondern mit ihm den Teil meines Herzens, den ich nie wieder verlieren wollte.

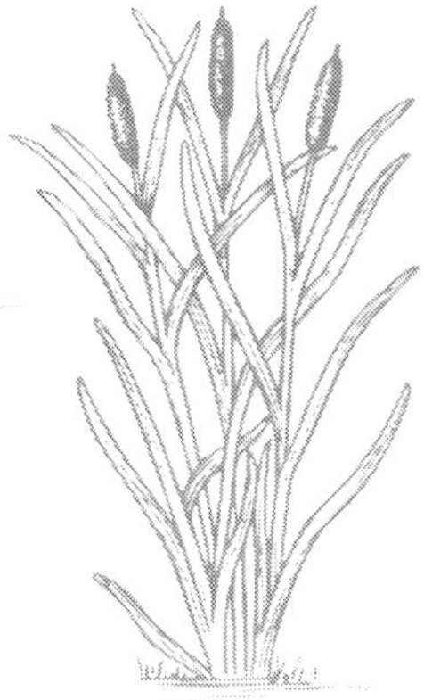

40

RAY

Mit dröhnenden Kopfschmerzen wache ich auf. Das grelle Licht der Decke strahlt mir entgegen und schmerzt in meinen Augen. Meine Atmung geht schnell, ich fahre hoch und verspüre einen piksenden Schmerz an meinem Arm. Als ich in die Beuge meines linken Ellenbogens sehe, bemerke ich eine Nadel, die dort platziert ist. Augenblicklich wird mir schlecht. Mein Magen brodelt und ich habe das Gefühl, mich jeden Moment übergeben zu müssen.

Noch bevor ich irgendwie reagieren kann, bahnt sich die Magensäure ihren Weg und ich übergebe mich auf den Boden.

»Guten Morgen, Mr Gray«, flötet eine Krankenschwester, die genau in diesem Augenblick die Tür öffnet. Als sie den Geruch meines Erbrochenen wahrnimmt, rümpft sie die Nase. »Ich schätze, ich hole mal was zum Putzen«, murmelt sie vor sich hin, stellt mir ein Tablett mit Essen auf das Nachtkästchen und verschwindet wieder.

»Was zur Hölle?« Meine Stimme ist rau, mein Rachen kratzt. Ich fühle mich hundeelend. Nicht nur diese beschissenen Kopfschmerzen und mein Magen machen es mir schwer, sondern auch meine Glieder, die schwer sind. Ja, es fühlt sich an, als hätte mich ein Lastwagen überrollt.

Die Krankenschwester kommt erneut herein. Dieses Mal trägt sie Schutzkleidung und hat einen Eimer sowie Putzzeug dabei. Eilig wischt sie mein Erbrochenes vom Boden auf, wobei sie den Mund verzieht. Ohne ein weiteres Wort geht sie wieder hinaus und lässt mich mit meinem schwachen Körper und wiederkehrenden Erinnerungen zurück.

»Scheiße«, stöhne ich, als mir bewusst wird, was gestern passiert ist. Der Tag hatte so gut angefangen. Bec und ich hatten uns für einen Filmabend verabredet und ich hatte ihr eine Überraschung besorgt. Als ich auf dem Heimweg war, habe ich sie mit diesem Typen gesehen. Wie hatte sie ihn noch gleich genannt? Ich runzle die Stirn und stöbere in den Wattebauschen, die mein Hirn auszufüllen scheinen, nach dem Namen. Theo? Ted?

Ach, ist auch egal. Allein der Gedanke daran, wie dieser Typ sie geküsst hat, lässt meinen Magen erneut rumoren. Viel schlimmer ist allerdings, dass ich einen Absturz hatte. Einen verdammten Absturz, der mich hierhergebracht hat.

Ivys vor Angst gequälter Blick hat sich trotz meines betrunkenen Hirns fest in mein Gedächtnis gebrannt. Genauso wie Dads Enttäuschung, gepaart mit Sorgen. *Immerhin habe ich eins mit Dad gemeinsam,* schießt es mir durch den Kopf, *die Enttäuschung.* Und wie sehr mich die Enttäuschung innerlich auffrisst.

Aber Bec hier zu sehen, hat meinen eh schon lädierten Zustand verschlimmert. In ihrem Gesicht stand nackte Panik. Zuerst dachte ich, sie wüsste ganz genau, was geschehen war. Doch ihre Reaktion auf meine Vorwürfe hat mir das Gegenteil gezeigt.

Was ist, wenn sie sich wirklich nicht rächen wollte? Was ist, wenn ihre Version der Geschichte stimmt und sie ihn weggestoßen hatte, als er sie küsste? Und ich es nur nicht mehr gesehen habe?

Das Klopfen an der Tür des Krankenhauszimmers reißt mich aus meinen Gedanken.

»Ja?«, krächze ich, und keinen Atemzug später rollt Dad im Rollstuhl herein. »Dad?«

»Hallo Ray.« Seine Erleichterung ist ihm anzusehen, als er mich halb sitzend im Bett sieht. »Wie geht's dir?«

»Scheiße«, antworte ich ehrlich. Wozu soll ich mich länger verstecken?

»Das glaube ich dir.« Er legt seine Hand auf meinen Unterarm. »Erinnerst du dich an gestern?«

»Schemenhaft«, erwidere ich, um nicht darüber reden zu müssen, dass sich die schlimmsten Szenen fest in meinen Kopf gebrannt haben.

»Warum?«, will Dad wissen.

Es läuft mir kalt den Rücken runter. »Ich …« Ich räuspere mich. »Ich habe gesehen, wie Bec einen anderen Typen geküsst hat.« Meine Hand balle ich zur Faust, so fest, dass sich die Nägel in meine Handflächen bohren.

Verblüfft sieht mich Dad an. »Hast du nicht mit ihr darüber gesprochen?«

»Nein«, presse ich zwischen zusammengekniffenen Lippen hervor. »Ich … ich hatte einen Rückfall. Gestern, als ich langsam zu mir gekommen bin und sie hier war, hat sie gesagt, dass sie den Kuss nicht wollte.« Mein schlechtes Gewissen gewinnt Oberhand.

»Ray.« Er drückt mich sanft an meinem Arm. Von der Enttäuschung, die ich gestern in seinem Gesicht gesehen habe, ist keine Spur mehr. »Das ist okay.«

Jetzt ist es an mir, überrascht zu sein.

»Es ist, wie es ist. Egal, was der Arzt sagen wird, wir schaffen alles zusammen, okay?« Aufmunternd lächelt er. »Aber das mit Bec solltest du klären.«

»Ich weiß nicht, ob ich das kann.« Ich seufze.

»Dann nimm dir die Zeit, die du brauchst.«

Bec reist ja nur bald ab, denke ich zynisch.

»Dad, ich hatte Angst, dass sie das aus Rache getan hat. Ich dachte wirklich, sie wollte mich so verletzen, wie ich sie damals verletzt habe.« Verzweiflung packt mich. Was ist, wenn ich es nicht mehr schaffe, mit ihr zu sprechen? Was ist, wenn sie nach gestern nichts mehr mit mir zu tun haben will?

»Ray«, beruhigt mich Dad. »Du warst gestern komplett ausgeknockt. Die Ärzte …« Dad unterbricht sich und schluckt sichtlich hart. »Sie wussten im ersten Moment nicht, welche Ausmaße dein Alkoholkonsum nimmt. Du hast uns allen einen unglaublichen Schrecken eingejagt und wir wussten nicht, wie die Sache ausgeht.«

Die Leblosigkeit in meinem Herzen wird durchstoßen von tiefgreifenden Schuldgefühlen, die sich hartnäckig um meinen Brustkorb klammern. »Ich … das wollte ich nicht.«

»Das weiß ich.« Dad nickt. »Trotzdem kann das so nicht weitergehen.«

»Ich weiß, Dad.« Voller Reue senke ich den Blick.

»Vorhin habe ich mit einem Arzt gesprochen und er wird dir später auch nochmal sagen, dass du dringend eine Therapie machen musst.«

»Ich habe schon einen Termin«, platzt es aus mir heraus, »Bec hat mir Praxen herausgesucht und … ich habe bald einen Termin.«

»Das ist schon mal gut.« Dad lächelt erneut. »Ich bin stolz auf dich!«

»Danke«, murmle ich und fühle mich elend. Nicht meines Körpers wegen, sondern weil ich Dad so viele Sorgen bereitet habe.

Dad und ich unterhalten uns eine ganze Weile, bis der Stationsarzt hereinkommt und nochmal ein Arztgespräch mit mir führt. In diesem klärt er mich nochmal darüber auf, was genau passiert ist, und legt mir ebenfalls nahe, baldmöglichst eine Therapie anzugehen. Er gibt mir einen Überblick über verschiedene Therapieformen und ermutigt mich, zu kämpfen. »Sie sind stark, Mr Gray, und Sie haben eine liebevolle Familie sowie eine wundervolle Freundin an Ihrer Seite.«

Wenn ich die nicht vergrault habe …

»Falls Sie keine Fragen mehr haben, mache ich Ihre Entlassungspapiere fertig.« Der Arzt erhebt sich. »Eine Schwester wird Sie gleich von den Zugängen befreien, dann können Sie wieder aufstehen.« Er verabschiedet sich von uns und geht hinaus. Fast zeitgleich kommt die Krankenschwester von vorhin herein.

»Ich rufe Ivy an, damit sie dich abholt«, meint Dad und verschwindet ebenfalls aus dem Zimmer.

Und obwohl die Krankenschwester ein letztes Mal meine Vitalzeichen überprüft und anschließend die Nadeln zieht, fühle ich mich einsam.

41

RAY

Seit ein paar Tagen wohne ich quasi wieder bei Dad und Ivy im Haus. Es fühlt sich falsch an, in meinem eigenen zu sein, wenn Bec nicht da ist. Eigentlich ist es schon fast erstaunlich, wie schnell ich mich an sie gewöhnt habe. Gleichzeitig glaube ich, dass Ivy ganz froh ist, ein Auge auf mich haben zu können. Sie ist noch immer sauer auf mich, aber anders sauer und vor allem besorgt.

»Hast du schon mit Bec gesprochen?« Isaac sitzt neben mir auf dem Sofa, weil wir uns zum Zocken verabredet haben.

»Nein«, sage ich und starre auf den Bildschirm, wo ich gerade meinen Fußballspieler über einen Rasen jage.

»Und mit deinem Dad?«, fragt Isaac weiter.

»Auch nicht«, brumme ich.

»Ray.« Isaac pausiert das Spiel und legt seinen Controller beiseite. Damit zwingt er mich, mit ihm über all das zu sprechen, was mich beschäftigt. Der alte Ray wäre wohl aufgestanden, hätte ihm eine Szene gemacht und wäre gegangen. Allerdings hat sich durch meinen Krankenhausaufenthalt einiges geändert. »Du tust dir selbst nichts Gutes damit.«

»Das weiß ich selbst.« Ich seufze. »Aber … ich kann nicht. Da ist etwas in mir, das mich verdammt nochmal hemmt, und ich weiß nicht, wie ich das hinkriegen soll.«

»Sollen wir zusammen mit deinem Dad sprechen?

Immerhin betrifft mich deine Entscheidung genauso«, schlägt er vor.

Ich überlege für einen Moment. »Die Idee ist gar nicht so schlecht«, willige ich ein.

»Sollen wir gleich zu ihm?« Erwartungsvoll sieht mich Isaac an.

»Wäre nicht schlecht«, sage ich. Ab morgen wird Dad auf Reha sein, was bedeutet, dass Ivy und ich eine Zeit lang auf uns allein gestellt sein werden.

»Dann mal los.« Isaac erhebt sich und ich folge ihm. Gemeinsam gehen wir die Treppe hinunter und ins Wohnzimmer, wo Dad auf dem Sofa sitzt und ein Baseballspiel ansieht.

»Hey Dad.« Ich klopfe mit meiner Hand gegen den Türrahmen, um ihn nicht zu erschrecken. »Hast du kurz Zeit für uns?« Mein Herz pocht und Angst füllt meine Magengegend.

Dad dreht sich zu uns. »Klar, kommt rein.« Mit seiner Hand klopft er auf das Sofa neben sich. »Setzt euch gern zu mir.«

Isaac nickt und nimmt auf dem Sessel Platz, so dass ich mich neben Dad setzen muss.

»Ich wollte mit dir über etwas sprechen, das mich schon länger beschäftigt.« Nervös knete ich meine Hände.

»Was ist los, mein Junge?« Dad schaltet den Fernseher aus und zeigt mir damit, dass seine komplette Aufmerksamkeit mir gilt.

»Ich … also … ich habe überlegt, zu studieren.«

Keine Ahnung, womit ich gerechnet habe, das Lächeln auf Dads Gesicht haut mich jedenfalls um. Er strahlt über beide Ohren, als hätte ich ihm gerade eine gute Nachricht überbracht. Dabei ist das alles andere als gut, oder nicht? Immerhin braucht er einen anderen Nachfolger für seine Firma.

»Wirklich?« Er dreht sich zu Isaac, der bestätigend nickt. »Was möchtest du studieren?«, hakt Dad nach.

»Architektur«, erzähle ich ihm. »Es hat mir so viel Spaß gemacht, das Tiny House zu designen und zu bauen, dass ich gern in diese Richtung gehen möchte. Auch … auch wenn das bedeutet, dass ich deine Firma somit nicht übernehmen werde.«

»Ich freue mich für dich!« Dad wirkt beinahe euphorisch.

»Bist du denn gar nicht sauer?«, erkundige ich mich. »Also, so gar nicht?«

»Nein! Wieso sollte ich deswegen sauer auf dich sein?«

»Na ja, ich lasse dich im Stich. Du musst dir jemanden suchen, der deine Firma übernimmt. Gerade jetzt, wo du in die Reha musst, ist das doch unnötiger Stress, oder nicht?«

»Weißt du«, beginnt Dad, »ich habe mir schon länger die Frage gestellt, ob es der richtige Weg für dich ist. Ich habe dich nie in meiner Werkstatt gesehen, sondern wusste schon immer, dass du studieren solltest. Deshalb bin ich dir weder böse, noch nehme ich dir übel, dass ich einen anderen Nachfolger brauche.«

Erleichterung durchströmt mich. Die Gewissheit, dass Dad mir meine Entscheidung nicht übelnimmt, macht es mir leicht, mich über meine Entscheidung zu freuen und meinen Weg zu gehen.

»Danke, Dad!« Ich umarme ihn. »Wenn ich dir irgendwie helfen kann, sag mir bitte Bescheid. Bis zum Studienbeginn sind es noch ein paar Monate und so lange werde ich definitiv weiterhin in der Werkstatt helfen.«

»Das ist in Ordnung.« Dad lächelt mich an. »Isaac ist auch noch da, stimmt's?«

»Ganz genau«, stimmt mein Cousin zu. Zu dritt unterhalten wir uns noch eine ganze Weile, ehe sich Isaac nach Hause verabschiedet und ich ebenfalls ins Bett gehe. Die ganze Zeit über begleitet mich dabei die Frage, ob ich überhaupt schon für ein Gespräch mit Bec bereit bin.

Am nächsten Morgen wache ich früh auf. Es ist einer der guten Tage, das spüre ich bereits, als ich die Lider öffne. Ein positives Gefühl durchströmt mich und ich stehe mit einer Motivation auf, die ich lange nicht mehr hatte.

Spontan entscheide ich mich dafür, eine Runde zu joggen. Dabei powere ich mich so aus, dass ich danach mit schmerzenden Gliedern unter die Dusche springe. Die Gedanken an

Bec kann ich die gesamte Zeit über nicht ausschalten. Schließlich ist heute der Tag, an dem sie wieder nach New York fährt.

Gerade als ich dabei bin, mich abzutrocknen, in bequeme Kleidung zu schlüpfen und in mein Zimmer gehen möchte, dringt ein bekanntes Lachen an mein Ohr. Die Härchen an meinen Armen stellen sich auf und mein Puls schnellt in die Höhe.

Ist das möglich?

Kurz entschlossen gehe ich hinunter in die Küche, um mich zu vergewissern, dass ich mich nicht verhört habe. Als ich allerdings die junge Frau mit dem dunklen braunen Haar dort sitzen sehe, setzt mein Herz für einen Schlag aus.

Bec.

»Guten Morgen, Ray«, begrüßt mich Ivy, die mich im Türrahmen stehen sieht. Daraufhin dreht sich Bec um und unsere Blicke treffen aufeinander. Ich habe keine Ahnung, was ich in dieser Sekunde fühle. So viele Emotionen wirbeln durch mich, doch nur eine wird immer präsenter: Sehnsucht. Sehnsucht nach ihr, nach unserer gemeinsamen Zeit. Sie umarmen zu können, sie an meiner Seite zu wissen.

»Ray.« Becs Mundwinkel heben sich und doch ist ihr Lächeln verhalten. »Schön, dich zu sehen.«

»Bec. Ich … Was machst du hier?«

»Ich wollte mich von euch verabschieden. Lizzy und ich fahren heute Abend wieder nach New York«, meint sie und strafft ihre Schultern.

»Okay.« *Wow, mehr fällt dir nicht ein?*

»Ich lasse euch dann mal allein«, meint Ivy und steht auf. Bec tut es ihr gleich und die beiden umarmen sich. »Danke für alles!« Meine kleine Schwester drückt Bec fest an sich. »Komm gut nach New York und melde dich bitte bei mir.«

»Das werde ich«, meint Bec, als sie sich wieder voneinander lösen. »Und wir sehen uns wieder, sobald du uns in New York besuchen kommst!«

Ivy nickt und verabschiedet sich nochmal, ehe sie in ihr Zimmer verschwindet. Als Becs Augen auf meine treffen, wird mir erst bewusst, dass wir allein sind. Zum ersten Mal, seit ich sie aus dem Krankenzimmer geworfen habe. Die Erinnerung haftet unangenehm an mir und ich würde sie am liebsten rückgängig machen.

Bec räuspert sich. »Ich … es tut mir leid, dass ich dir das mit Ted verschwiegen habe. Es war nie meine Absicht, ihn vor dir geheim zu halten. Mir war nicht klar, dass er trotz meiner deutlichen Worte zu Besuch kommen würde. Noch weniger habe ich damit gerechnet, dass er mich küsst und –«

Ich mache einen großen Schritt auf Bec zu und unterbreche sie, indem ich ihr meinen Zeigefinger auf die Lippen lege. »Es ist alles in Ordnung«, flüstere ich. »Ich habe überreagiert und keinen anderen Ausweg gesehen, weil ich der festen Überzeugung war, du würdest dich rächen wollen.«

»Niemals würde ich dir das antun«, haucht sie.

»Ich weiß.« Ich lächle sie an.

»Also … ist alles gut zwischen uns?«, hakt sie vorsichtig nach.

»Ja.« Kurz halte ich inne und sammle meine Worte. »Ich brauche nur Zeit, um … wieder *Ich* zu werden. Ich möchte mich meinen Dämonen stellen, um wieder in die Zukunft schauen zu können.«

»Du musst das nicht allein«, wispert sie.

»Doch. Für uns«, murmle ich. In diesem Augenblick brennt die Kette, die ich für Bec anfertigen lassen habe und ich unter meinem Shirt trage, auf meiner Haut. »Dreh dich um«, bitte ich Bec und öffne den Verschluss der Kette in meinem Nacken, um sie abzunehmen.

Bec steht mit dem Rücken zu mir, und ich lege ihr die Kette an. »Die habe ich für dich machen lassen. Sie sollte eine Überraschung für dich sein, damit du … du weißt, dass ich immer an dich denke.«

Hastig greift Bec nach der Kette und berührt den Anhänger, der unsere verschlungenen Buchstaben abbildet. Sie dreht sich zu mir, mit Tränen in den Augen. »Ich dachte, ich hätte dich verloren. Ich dachte an diesem Tag, ich sehe dich nie wieder.« Ein Schluchzen entfährt ihr.

Sofort ziehe ich sie an mich, spüre augenblicklich, wie ihre Tränen mein Shirt durchnässen. »Genau deswegen muss ich den Weg allein gehen. Ich möchte nicht, dass du nochmal so leiden musst.«

Bec nickt, schnieft und wischt sich die Tränen von den Wangen.

»Ich werde auf dich warten, Raymond Gray. Ich werde warten und will gefälligst Nachrichten von dir!«

»Die bekommst du!« Ich lache. Und so schwer es mir in diesem Augenblick auch fällt, erneut von ihr getrennt zu werden, so glücklich bin ich auch darüber. Denn wir werden uns beide weiterentwickeln, um unsere Zukunft gemeinsam verbringen zu können.

EPILOG

BEC

EIN JAHR SPÄTER

»Bist du bereit?« Lizzy legt mir eine Hand auf die Schulter. Ich sehe zu ihr auf, in ihre strahlenden grauen Augen.

»Ja«, antworte ich, ehe ich die Schlaufe meines High Heels schließe und mich erhebe. »Aber sowas von.« Ein breites Grinsen legt sich auf meine Lippen. »Lass uns losgehen.«

Lizzy nickt, wobei ihre roten Locken, die sie bis auf zwei Strähnen hochgesteckt hat, wippen. »In Ordnung.«

Gemeinsam gehen wir hinüber in unser Wohnzimmer. Dort wartet Ray, der bereits einen Anzug trägt und gerade dabei ist, seinen Schuh zu binden. Als er uns hereinkommen hört, schnellt sein Kopf nach oben. Sobald er mich sieht, wandern seine Augen an dem dunkelroten Abendkleid hinauf, hin zu meinem Gesicht, wobei sich seine Mimik sichtlich entspannt. Obwohl die anstrengenden letzten Monate Spuren auf seinem Gesicht hinterlassen haben, strahlt er eine Gelassenheit aus wie nie zuvor.

»Wow«, entfährt es ihm, und alles rückt in weite Ferne. Ray steht auf, kommt auf mich zu und legt mir seine Hände um die Taille. »Du siehst wunderbar aus.« Ich bin so fokussiert auf die Liebe meines Lebens, dass ich kaum mitbekomme, wie meine beste Freundin den Raum verlässt.

»Danke!« Hitze kriecht in meine Wangen und ich spüre deutlich an meinem Bauch, wie sein Körper auf mich reagiert. »Du siehst auch nicht schlecht aus«, necke ich ihn und zupfe an der Fliege, die auf mein Kleid abgestimmt ist.

»Vielen Dank, meine Dame.« Er lacht. »Isaac wartet bereits unten im Uber.«

»Okay.« Ich verschlinge meine Finger mit seinen und genieße dabei das Bauchkribbeln, das durch seine Berührung ausgelöst wird.

Ray hat sich verändert. Ich habe mich verändert. Insgesamt hat sich viel verändert. Die letzten Monate haben uns einander nähergebracht, obwohl ich zu Beginn große Sorge hatte, dass wir einander verlieren könnten. Nachdem ich aus den Semesterferien zurück an die Uni gekehrt war, hatte ich nicht nur schreckliche Sehnsucht nach Ray, sondern wusste auch, welchem strammen Programm er sich unterzieht. Durch seinen Absturz wurde ihm einmal mehr bewusst, wie wichtig eine therapeutische Behandlung für ihn ist. Er hat sich regelrecht hineingestürzt, hatte viele Höhen und Tiefen, Schmerzen auf der Seele und musste sich seiner Vergangenheit stellen. Und obwohl er seine Dämonen noch nicht vollständig bekämpft hat – und vielleicht auch nie gänzlich bekämpfen kann –, hat er alles dafür gegeben, bei mir sein zu können.

Seit einem halben Jahr wohnt er in Lizzys und meiner WG, hat sich einen Therapeuten in der Umgebung gesucht, verschiedene Praktika in Architekturbüros gemacht und sich für ein Studium ab dem kommenden Semester eingeschrieben. Während ich also heute meinen Abschluss feiere, beginnt für ihn ganz bald ein völlig neuer Lebensabschnitt.

»Bec? Wo bist du mit deinen Gedanken?«, fragt er mich, während wir die Stufen des Altbaus hinuntergehen.

»Ach«, beginne ich und drücke seine Hand, »ich kann es einfach nicht fassen, dass wir hier nebeneinander die Treppe hinunterlaufen.«

»Ich auch nicht«, erwidert er ehrlich. »Aber umso glücklicher bin ich.« Am Fuß des Treppenhauses bleibt er stehen und dreht sich zu mir. »Mit dir hier zu sein, bedeutet mir die Welt.« Er küsst mich auf die Stirn und treibt mir damit Tränen in die Augen.

»Und mir erst.« Ich lege die Hände in seinen Nacken und ziehe ihn zu mir, um ihn zu küssen. Draußen hupt es und erinnert mich daran, dass unsere Freunde auf uns warten. »Wir sollten sie nicht so lange warten lassen«, meine ich und ziehe Ray hinter mir her.

Am Auto angekommen, bemerke ich, wie Isaac, der auf dem Beifahrersitz des Fahrzeugs Platz genommen hat, seinen Kopf zu Lizzy dreht. Beide scheinen so aufeinander konzentriert zu sein, dass sie uns nicht kommen sehen. Etwas zwischen ihnen hat sich verändert, aber ich kann nicht genau sagen, was.

»Da sind ja unsere Turteltauben.« Isaac hebt seine Hand zum Gruß, als ich die hintere Autotür öffne. »Na, vermisst du mich schon?«, fragt er an Ray gewandt, nachdem wir uns auf die Rückbank geschoben und uns angeschnallt haben. Augenblicklich startet der Uber-Fahrer den Wagen, um uns zur Location der Abschlussfeier zu bringen.

»Definitiv.« Mein Freund zwinkert ihm zu.

»Ich dich auch, ich dich auch«, erwidert Isaac daraufhin.

»Wie läuft's in der Werkstatt?«, erkundige ich mich. Isaac ist gerade dabei, das Unternehmen von Grayson zu übernehmen. Aktuell liegen die Unterlagen noch beim Notar, und Isaac hilft Grayson, der sich nach seiner OP gut erholt hat, in der Übergangsphase. Seit Ray aus Brokenville weggezogen ist, wohnt er in dessen Tiny House und scheint sich mehr als wohlzufühlen.

»Sehr gut. Wenn alles wie geplant klappt, können wir in zwei Wochen eine Party schmeißen.« Isaac wackelt mit den Augenbrauen.

»Genial. Gratuliere.« Ray klopft ihm auf die Schulter.

»Danke!«, wiegelt er ab. »Aber jetzt feiern wir erstmal diese beiden Ladies.« Mir entgeht das charmante Grinsen auf Isaacs Lippen nicht, welches er Lizzy zuwirft. Ihre Wangen röten sich und sie dreht sich schnell zum Fenster.

Mein Smartphone vibriert und ich hole es aus der

schwarzen Clutch, die ich mir beim Gehen geschnappt hatte. »Unsere Eltern sind schon da«, sage ich zu Lizzy, nachdem ich Moms Nachricht überflogen habe. »Sie haben sich mit Ivy und Grayson einen Platz gesucht.«

»Sehr schön.« Auch wenn Lizzy all ihre Überzeugung in diese Aussage legt, beschleicht mich das Gefühl, dass etwas nicht stimmt. Aus diesem Grund nehme ich mir fest vor, sie bald darauf anzusprechen.

Keine halbe Stunde später kommen wir am Campus an. Menschentrauben strömen zum Eingang der Veranstaltungshalle. Wir bezahlen den Uber-Fahrer, der uns an einer geeigneten Stelle aussteigen lässt, und laufen den Menschenmassen hinterher.

Fasziniert davon, wie festlich die Halle ist, in der unsere Abschlusszeremonie abgehalten wird, lasse ich den Blick über den roten Teppich, der die Treppe verziert, bis hin zu den Studierenden gleiten, die sich am Eingang tummeln. Wir begeben uns ebenfalls zur Tür, wo wir unsere Tickets vorzeigen und anschließend von Bediensteten Sektgläser in die Hand gedrückt bekommen.

»Nein, danke.« Ray hebt abwehrend die Hand, als ihm eine junge Frau ein Glas geben möchte. »Ich nehme Orangensaft.«

»Für mich auch, bitte«, füge ich sofort hinzu. Mit Rays Abstinenz hat es sich eingebürgert, dass ich ebenfalls alkoholfrei bleibe. Es fühlt sich für mich besser an.

Die Bedienstete gibt uns zwei Gläser mit O-Saft und Isaac und Lizzy Sekt.

Ich sehe mich in dem großen Saal um und kann in der Menschenmenge Ted ausmachen. Es ist merkwürdig, ihn zu sehen. Seitdem ich ihm meine Gefühle gestanden habe, hatte sich unser Kontakt darauf beschränkt, dass wir einander aus der Ferne gesehen oder uns kurz zugewunken haben. Ihn jetzt glücklich neben einer jungen Frau stehen zu sehen, die sich an seinen Arm schmiegt, gibt mir einen inneren Frieden.

Als Ted mich sieht, hebt er seine Hand, um mir zuzuwinken. Ich tue es ihm gleich. Ray, der meine Bewegung bemerkt, legt automatisch seinen Arm um meine Hüfte und zieht mich näher zu sich.

»Ich glaube, da hinten ist Onkel GrayGray«, meint Isaac und deutet mit dem Kopf in Richtung Bühne. An einem der Stehtische, die mit einer grünen Tischdecke verziert sind, stehen unsere Familien.

»Dann lass uns zu ihnen gehen.« Lizzy läuft vorweg, wir folgen ihr.

Als wir bei ihnen ankommen, begrüßt mich Ivy mit einer überschwänglichen Umarmung. »Du siehst so schick aus«, sagt sie.

»Danke. Du ebenfalls.« Ich drücke sie fest an mich, ehe sie sich von mir löst, um ihren Bruder zu begrüßen.

Nachdem Ivy erfahren hatte, dass Ray eine Teilschuld an Graysons Unfall hat, dauerte es einige Zeit, bis sie sich ihm wieder angenähert hat. Umso erleichterter bin ich, als sie Ray in die Arme schließt. Als auch noch Dad Ray mit einer liebevollen Geste grüßt, durchströmt mich pure Liebe für diese Familien. So lange gab es eine Kluft zwischen uns, doch mit viel Kampfgeist und einem guten Willen haben wir es geschafft, dass wir uns einander wieder annähern.

»Dann können wir ja endlich anstoßen, oder?«, ruft Dad in die Runde und hebt sein Sektglas.

»Auf jeden Fall«, stimmt Isaac ein. Wir sprechen einen Toast, lassen die Gläser klirren und trinken einen Schluck.

Und während ich in die Gesichter meiner Familie und Freunde sehe, bin ich dankbar dafür, sie alle hier zu wissen.

Dankbar für meinen Glauben an die Liebe und die zweite Chance, die ich Ray gegeben habe.

Dankbar für seine Stärke, sich gegen seine Dämonen zu stellen, um seine Zukunft mit mir verbringen zu können.

Dankbar dafür, dass wir jede einzelne Scherbe unseres zerbrochenen Glücks eingesammelt und wieder zusammengesetzt haben.

Ende

DANKSAGUNG

Puh, was fühle ich nur?

Das war der erste Gedanke, der mir durch den Kopf schoss, als ich das Wörtchen *Ende* unter diese Geschichte gesetzt habe. Von ›Ich will heulen‹ bis hin zu ›Juhu, ich habe es geschafft!‹ war alles dabei.

Jetzt fehlt noch die Danksagung, war der nächste.

Also, dann fangen wir mal an:

Der erste Dank gilt dem Zeilenfluss Verlag, der mir ermöglicht hat, dieses wunderbare Buch zu veröffentlichen. Es ist ein sensibles Thema, auf das ich aufmerksam machen möchte, und es ist für mich in keiner Weise selbstverständlich, diese Chance zu bekommen. Danke an das Team hinter den Kulissen, welches mir das ermöglicht hat!

Meine erste WhatsApp-Nachricht nach Beendigung des Manuskripts galt niemand Geringerem als der lieben Lisa, die mich seit mittlerweile über einem Jahr begleitet. Zusammen gehen wir – ganz besonders in der Buchwelt – durch dick und dünn. Wir teilen jedes Leid, jede Freude und sprechen über unsere tausend Ideen, die uns ständig in den Sinn kommen. Dabei funkt uns manchmal das reale Leben dazwischen, das natürlich auch angesprochen werden will. Und ich sag euch was, liebe Leser*innen: Ich bin wirklich dankbar, Lisa kennengelernt zu haben. Sie macht mir Mut, hat die ersten hundert Seiten dieser Story für mich testgelesen, mich aus meinen Gedankenspiralen geholt und mir immer wieder zur Seite gestanden, wenn ich vor lauter Buchstaben die Seite nicht mehr gesehen habe. Deshalb bleibt mir nichts anderes übrig, als ihr ein fettes Danke zu sagen – an Lisa: Fühl dich fest geknuddelt!

Das Jahr 2023 war für mich geprägt von vielen Höhen und

Tiefen. Leider haben die Tiefen häufiger überwogen, obwohl es eigentlich das schönste Jahr meines Lebens werden sollte. Während dem Schreiben hat mich und meine Familie ein Schicksalsschlag eingeholt, der leider auch zu einer vorübergehenden Schreibblockade geführt hat. Manchmal wird man schneller auf den Boden der Tatsachen zurückgeholt, als einem lieb ist. Umso dankbarer bin ich, meinen Herzensmenschen (und mittlerweile Mann) an meiner Seite zu wissen, der mich gemeinsam mit meinen besten Freundinnen in den bisher finstersten Stunden meines Lebens unterstützt hat. Ich spüre nichts als Liebe für euch!

An dieser Stelle auch nochmal ein besonderes Danke an meinen Mann, der mir täglich aufs Neue zeigt, wie sehr er meine Liebe fürs Schreiben schätzt und mich ermutigt, niemals aufzugeben. Danke, danke, danke!

In diesem Zusammenhang bin ich unglaublich dankbar für meine Eltern, die mich in jeder Sekunde so gut wie möglich unterstützen und mich begleiten. Sie geben mir Ratschläge und sind für mich da, wenn ich sie brauche. Danke, dass ich euch habe!

Ich danke auch meinem Bruder und dessen Frau sowie meiner Schwester und dessen Freund für die Unterstützung in all der schweren Zeit. Ein besonderes Danke geht dabei an meine Schwägerin, weil sie mir mit all meinen Fragen, die ihr Heimatland betreffen, immer zur Seite steht.

Und zuletzt gilt mein Dank euch, liebe Leser*innen. Ich danke euch nicht nur, dass ihr meine Bücher kauft und sie lest, sondern vor allem danke ich euch dafür, dass ihr mich unterstützt, mir zeigt, dass ihr meine Bücher lesen wollt. Es bedeutet mir die Welt, meine Geschichten mit euch teilen zu können!

ÜBER DIE AUTORIN

Klara Juli wurde 1997 in einer bayrischen Großstadt geboren, in der sie auch heute noch lebt und schreibt.

Ihre Leidenschaft für Buchstaben begleitet sie seit ihrer frühesten Kindheit, sodass sie neben dem Lesen schon früh ihre ersten Geschichten schrieb. Von diesem Zeitpunkt an war es ihr größter Traum, irgendwann einmal ein Buch zu veröffentlichen. Dieser erfüllte sich im Jahr 2022 als der Auftakt ihrer ersten Buchreihe veröffentlicht wurde.

Die Sozialpädagogin liebt es, in der Welt der Bücher zu versinken, neue Charaktere und Welten zu erschaffen, mit denen sie ihre Leser und Leserinnen begeistern kann. Auch auf Instagram ist sie mit ihrem Autorenblog unter dem Namen klara_juli zu finden, wo sie über das Schreiben und Lesen bloggt.

Und wenn sie nicht gerade in der Welt der Bücher versinkt, findet man sie entweder umgeben von ihrer Familie und ihren Freunden oder im Eishockeystadion.

* TRIGGERWARNUNG

Liebe Leser*innen,

ich möchte euch darauf aufmerksam machen, dass dieses Buch einige Elemente enthält, die unter Umständen triggern können.

Diese sind:

Unfallverletzungen, depressive Gedanken, Missbrauch von Alkohol,
suchtähnliches Verhalten, starke Selbstzweifel